KB273831

어려운 문제가 가득한 레스토랑

어려운 문제가 가득한 레스토랑

어려운 문제가 가득한 레스토랑

초판 1쇄 인쇄 2026년 3월 3일
초판 1쇄 발행 2026년 3월 10일

지은이 유키 신이치로 **옮긴이** 김은모
펴낸이 허정도 **편집장** 박윤희
책임편집 이경주 **디자인** 용석재
마케팅 신대섭 김수연 배태욱 김하은 이영조 **제작** 조화연

펴낸곳 주식회사 교보문고
등록 제406-2008-000090호(2008년 12월 5일)
주소 경기도 파주시 문발로 249 (10881)
전화 대표전화 1544-1900 주문 02)3156-3665 팩스 0502)987-5725

ISBN 979-11-7061-363-3 03830

· 책값은 표지에 있습니다.
· 이 책의 내용에 대한 재사용은 저작권자와 교보문고의 서면 동의를 받아야 가능합니다.
· 잘못된 책은 구입하신 곳에서 바꾸어 드립니다.
· '북다'는 문학을 기반으로 다양하게 변주된 책들을 만드는 종합 출판 브랜드입니다.

유키 신이치로 지음   김은모 옮김

어려운 문제가 가득한 레스토랑

차례

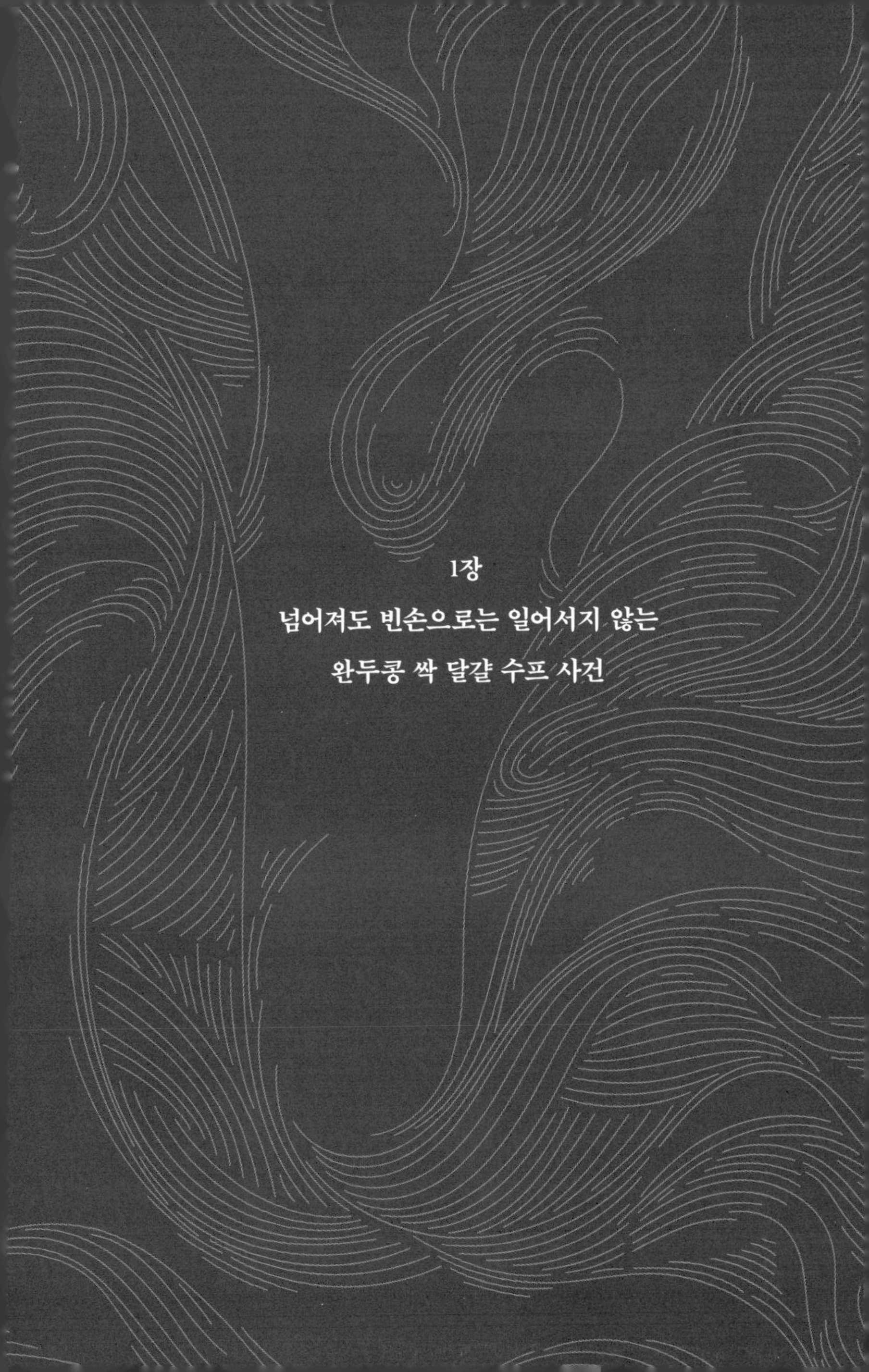

1장
넘어져도 빈손으로는 일어서지 않는
완두콩 싹 달걀 수프 사건

푹 눌러쓴 야구모자의 챙을 살짝 올리고 눈앞의 연립주택을 바라보았다.

12월 어느 날, 자정이 조금 지난 시각. 2층 모퉁이에 자리한 204호에서 솟은 불길이 시시각각 건물 전체로 퍼져 나갔다. 요란한 소리를 내는 불기둥, 밤하늘로 피어오르는 검은 연기. 이따금 콰당탕, 우르르르, 하며 뭔가 무너지는 소리가 들렸고 조금 떨어진 여기까지 열기가 밀려왔다.

"당해 봐라."

들으라는 듯이 중얼거리자 바로 근처에서 숨을 삼키는 기척이 느껴졌다. 고개를 돌리니 구경꾼 중 한 명이 이쪽을 응시하고 있었다. 잠옷 위에 다운재킷을 걸치고 헤어롤에 앞머리를 감은 모습. 근처에 사는 주부이리라. 불이 났다는 사실을 알아차리고 허둥지둥 집에서 뛰쳐나온 듯했다.

"당해 봐라."

한 번 더 말한 후 여자의 시선을 떨쳐 내듯 걸음을 옮겼다. 이곳을 떠나려는 게 아니다. 불타오르는 연립주택을 향해 나아간다.

"잠깐, 뭐 하는 거야?" 날카로운 여자의 목소리와 사람늘이 웅성서리는 소리를 등으로 받으며 외부 계단을 올라갔다. 발을 헛디디지 않도록 신중하게. 하지만 과시하듯 당당하게. 캉, 캉, 캉 건조하게 울려 퍼지는 발소리가 기분 좋았다.

"위험해! 돌아와!"

2층에 도착하자 오른쪽으로 몸을 돌려 외부 복도를 나아갔다. 이제 구경꾼들에게는 보이지 않는다. 자신의 모습도, 앞으로 하려는 일도, 전부.

목적지인 204호는 엎어지면 코 닿을 곳이다. 또 콰당탕, 우르르르, 하며 뭔가 무너지는 소리가 들렸다. 뜨겁다. 눈이 아프다. 목이 따갑다. 숨을 쉬기가 힘들다. 그래도. 가슴은 잔뜩 들이마신 연기를 웃도는 충족감으로 가득했다.

I

"불에 탄 시체입니다."

내가 그렇게 말한 순간 남자가 등을 움찔하며 반응했다.

지금까지는 정말로 듣고 있는 건지 불안해질 만큼 미동도 없었는데, 드디어 호기심의 레이더에 걸린 듯했다.

"화재 현장에서 불탄 시체가 나왔어요."

못 박듯이 한 번 더 말하자 괜스레 웃음이 솟구쳤다. 정말 뭐 하는 짓인지. 만약 내가 탐정 사무소 직원이고, 눈앞의 남자가 탐정 사무소장이라면 전혀 이상하지 않겠지만. 쓴웃음을 씹어 삼키며 주변을 둘러보았다.

오른편에 남자의 뒷모습, 왼편 안쪽 벽 앞에는 거대한 수직형 업소용 냉장·냉동고, 정면에는 4구 가스레인지, 거대한 철판, 더블 싱크대, 가로형 냉장고 등이 배치된 널찍한 조리 공간, 천장에는 음식점 주방 등에서 흔히 볼 수 있는 훌륭한 배연 및 배기 덕트.

그렇다, 여기는 배달 전문점이다. 그것도 조금……, 아니 꽤 특이하고 어쩐지 아주 수상쩍은. 그리고 나는 비버 이츠의 배달기사로 이 '가게'에 자주 드나드는 하잘것없는 대학생이다.

이 '가게' 사장인 흰색 요리 모자에 흰색 요리복, 감색 치노팬츠 차림 남자가 선반 위의 금붕어 어항을 바라보기 위해 웅크렸던 등을 펴며 천천히 이쪽을 돌아보았다.

"그건 좀 묘하군." 사장은 듣기 좋은 맑은 목소리로 말하더니 이쪽으로 다가와서 내 맞은편에 앉았다.

“계속해 봐.”

“네.” 나는 눈앞의 남자에게 시선을 고정한 채 고개를 끄덕였다.

중간 길이의 찰랑찰랑한 진갈색 머리와 총명해 보이는 곧은 눈썹, 권태로운 분위기를 풍기는 기름한 눈. 우뚝한 콧대도 그렇고 날렵한 턱선도 그렇고, 부자연스러울 만큼 완벽한 얼굴에서는 어쩐지 인공적인 느낌마저 들었다. 여기서만 하는 이야기인데 사실 그는 잘 만든 밀랍 인형이라서……, 하고 설명하면 “역시나” 하고 수긍하리라. 그중에서도 특히 두드러지는 부분은 눈동자였다. 무미건조하고 무감정. 모든 것을 꿰뚫어 볼 듯하지만 이쪽에서는 아무 감정도 읽어 낼 수 없다. 말하자면 타고난 매직미러다.

그 매직미러가 나를 똑바로 바라보았다. 이야기를 계속하라고 조용히 재촉한다.

“실은 그 시체의 신원이 큰 문제예요.”

간결하게 설명하면 이렇다.

지금으로부터 닷새 전, 자정이 조금 지난 시각. 게이오 이노카시라선 히가시마쓰바라역에서 걸어서 10분 거리에 있는 목조 연립주택 ‘메종 드 캄’ 2층의 한 집에서 불이 났다. 그 집에 사는 대학생 가지와라 료마가 담뱃불을 제대로 끄지 않은 게 원인이었다. 그날 밤, 그는 집에서 혼자 술을 마신 후 평소처럼 잠자리에 들었다. 하지만 그때 쓰레기통에 던져 넣은 마지막 꽁초가 완전히 꺼지지 않아서 불이 번지고 말았다. 문득 눈을 떴을 때는 이미 온 방이 불바다였다고 한다.

가지와라 료마는 불을 끄려고 잠시 애썼지만 혼자 힘으로는 안 되겠다는 걸 깨닫고 방을 뛰쳐나와 다른 입주자들을 깨우기로 했다. 일단 자신이 사는 2층, 다음으로 1층. 문이 잠겨 있지 않은 집에는 다짜고짜 뛰어들었고, 문이 잠겨 있으면 주인이 나올 때까지 문을 두드렸다. 신속하게 대응한 덕분인지 입주자들은 모두 무사했다. 그런데 놀랍게도 화재 현장에서, 그것도 그의 집에서 불탄 시체가 발견됐다.

"모로미자토 유즈키라는 대학생입니다. 가지와라 료마의 전 여친이래요."

그렇게 말하자 예상대로 사장은 "흠" 하고 콧김을 내뿜었다.

"확인할게. 가지와라 료마는 그날 밤 혼자 술을 마셨다고 증언했다는 거지?"

"네."

"그렇다면 그 증언은 허위고, 실은 그날 전 여친인 모로미자토 유즈키와 같이 있었다. 그거 아니야?"

처음에는 나도 그렇게 생각했다. 뭐야, 그게 전부인가 싶어 약간 김샜을 정도다. 모로미자토 유즈키는 왜 불타 죽었는가? 달아날 타이밍을 놓친 건지 아니면 달아날 수 없는 상태였던 건지는 잘 모르겠지만, 그녀가 가지와라 료마의 전 여친이었다면 그 집에 있었다는 사실 자체는 이상하지 않다.

"여기서 끝이 아니에요."

"호오." 사장이 한쪽 눈썹을 치켜올렸다.

"의뢰인 말로는 인근 주민 여럿이 '연립주택으로 들어가는 여자를 봤다'라고 증언했다는군요."

개중에서도 주목할 만한 건 연립주택 맞은편에 사는 주부의 증언이리라. 그날 밤, 불이 났다는 사실을 알아차린 주부는 잠옷 위에 다운재킷만 걸치고 뛰쳐나와 집 앞길에서 상황을 살폈다고 한다. 연립주택 사람들이 무사할지 염려하는 마음 절반, 우리 집에 불이 번지면 어쩌나 하고 자신을 챙기는 마음 절반으로.

"그런데 어디선가 나타난 여자가 연립주택으로 들어갔대요."

위험해! 돌아와! 그렇게 소리쳐도 여자는 들은 척도 하지 않고 외부 계단을 올라 외부 복도로 모습을 감추었다.

"게다가 연립주택으로 들어가기 직전에 이렇게 중얼거렸답니다."

당해 봐라, 라고.

"그렇군." 사장은 천장을 향해 고개를 들고 눈을 감았다.

10초, 20초, 시간이 흘러갔다. 드디어 사장이 "그런데" 하고 입을 열었다.

"그건 언제 있었던 일이야?"

"네?" 무슨 뜻인지 몰라 고개를 갸웃했다.

"시간 순서. 여자가 연립주택에 들어간 건 가지와라 료마가 입주자들을 구출하러 나서기 전이야, 그 후야?"

"어디 보자." 기억을 더듬었다. "전이네요."

그 주부는 여자가 연립주택으로 들어가고 얼마 후 2층 입주자로 보이는 사람들이 차례차례 외부 계단을 뛰어 내려왔고, 마지막에 가지와라 료마가 팬티 바람으로 나타났다고 증언했다.

그렇게 보충하자 사장은 한 번 더 "그렇군" 하고 말하더니 천천히 자리에서 일어섰다.

"어, 벌써 알아내셨어요?"

"어디까지나 추측이지만. 문제는."

그 추측을 어떻게 증명하느냐 뿐.

그때 조리 공간에 놓아둔 태블릿PC에서 띠리링, 하고 소리가 났다. "앗." 내가 눈을 돌렸을 때 사장은 이미 태블릿PC 앞으로 향하고 있었다.

"주문인가요?"

"그런 것 같아."

“메뉴는요?”

“종종 나가는 그것.”

종종 나가는 그것. 즉, 모둠 견과류, 떡국, 똠얌꿍, 콩고물을 묻힌 떡. 보통은 상상도 할 수 없는 괴상한 음식 조합이지만, 그렇기에 굳이 이런 메뉴를 주문하는 손님들에게는 공통점이 하나 있다.

사장은 담담히 요리 모자를 다시 썼다.

“자, 또 어딘가의 누군가가 곤란한 상황에 빠진 모양이군.”

2

신호가 빨간불로 바뀌어서 공유 자전거를 멈추기 위해 브레이크를 잡았다. 끼익, 하고 타이어가 내지른 비명은 달려가는 자동차 소리에 지워졌다. 아무리 겨울이라지만 너무 추웠다. 최강 한파가 올 거라던 일기예보가 들어맞은 모양이다. 방한용 사이클복으로 단단히 무장했지만, 이 거리 특유의 쌀쌀함을 띤 겨울 냉기는 가난뱅이 학생이라고 해서 봐주는 법이 없다. 하얀 입김과 찌르듯이 아픈 얼굴, 감각 없는 손발이 그 사실을 증명한다.

오른발을 땅에 대고 균형을 유지하며 사이클 헬멧의 턱끈을 조였다. 사이클복에서 버스럭대는 소리가 나고, 앞니가 몹시 커서 웃기게 생긴 비버 그림이 들어간 빈 배달 가방이 등 뒤에서 흔들렸다.

곱은 손으로 스마트폰을 꺼내 시간을 확인했다. 밤 11시 50분. '가게'를 나선 지 5분쯤 지났다. 새로운 주문이 들어와서 내 '안건'은 일단 뒤로 미루어졌고, 눌러앉아 있으면 방해만 된다는 이유로 쫓겨났다. 지금쯤 어느 배달기사가 '종종 나가는 그것'을 받기 위해 '가게'로 향하고 있으리라. 음, 부럽다. 하지만 누구에게 배달 요청이 들어갈지는 앱의 알고리즘에 달렸으니 어쩔 수 없다. 내일 이후에 해야 할 '숙제'도 받아 놨으니 오늘은 영업 끝이다. 얼른 돌아가서 자자.

밤의 롯폰기 교차로는 평소와 다름없이 떠들썩했다. 어깨동무하고 크게 소리치는 양복 차림의 남자들, 재빠르게 지하철역으로 빨려드는 화려한 여자들, 빙 둘러서서 눈짓을 교환하며 이다음에 어떻게 할지 궁리하는 남녀들. 한겨울이건만 반소매와 반바지 차림으로 커다란 배낭을 메고 걸어가는 외국인 관광객 일행. 머리 위에 뻗은 수도고속도로에서는 끊임없이 차가 오가는 소리가 들렸고, 오른쪽에는 사무실의 불빛이 징검다리처럼 띄엄띄엄 켜져 있는 롯폰기힐즈가 우뚝 서서 잠들지 않는 거리를 조용히 내려다보고 있었다.

넘실거리는 열기와 소용돌이치는 욕망과 일종의 무상
관無常觀. 관능적이고 향락적이며 찰나적. 도쿄, 롯폰기.

그 감미로운 어감에 막연히 끌렸던 게 사실이고 그곳의
공기를 마시면 나도 뭔가 특별한 존재가 될 수 있을 듯했지
만, 막상 생활권에 들어와 보니 별것 아닌 평범한 거리였다.
물론 뒷골목에서 덩치 큰 문신남들이 피 튀기게 싸웠다든가
클럽 VIP룸에서 쇠파이프를 휘두르며 난투극을 벌였다는 소
문도 들린다. 그러나 지금처럼 비버 이츠의 배달기사로서 자
전거를 타고 다니는 한 그런 일들은 평행 세계의 롯폰기에서
벌어지는 진귀한 일화에 지나지 않는다.

당연하다. 흔하디흔한 인간에게 일어나는 건 흔하디흔
한 일뿐이다. 사흘 연속으로 길에서 검은 고양이를 봤다든
가, 개찰구를 통과할 때 앞사람의 교통카드 잔액이 딱 777엔
이었다든가, 배달 도중 도쿄 타워 소등 장면을 봤다든가. 내
가 일상에서 마주치는 이벤트는 기껏해야 그 정도다. 드라
마틱하고 판타스틱하고 손에 땀을 쥐는 '사건'이 일어날 리
없다.

신호가 파란불로 바뀌었다. 페달에 발을 얹고 인파의 느
릿느릿한 움직임에 맞춰 천천히 앞으로 나아갔다.

이렇듯 '평범한 거리'의 한구석에 특이한 음식점이 있다
는 사실을 알아차린 건 반년 전, 비버 이츠 배달기사를 시작

한 지 1년쯤 지났을 무렵이었다.

　배달기사 일을 선택한 이유는 마음 편하니까. 그뿐이었다. 슬렁슬렁 적당히 거리를 달리다가 배달 요청이 들어오면 기분에 따라 받아들인다. 특정 가게에 소속된 건 아니니 상사나 선배의 안색을 살필 필요도 없고, 원할 때 원하는 만큼 일하면 된다. 덧붙여 몸을 움직이는 걸 싫어하지 않고, 전략적으로 임하면 한 달에 두 자릿수 만 엔 이상 벌 수도 있다. 부모님의 반대를 무릅쓰고 자취를 시작해서 학비 외의 지원이 모조리 끊기는 바람에 하루하루 살아가기 위해 돈을 벌어야 하는 내가 배달기사로 일하지 않을 이유는 없었다.

　―돈을 대 주는 건 어렵지 않지만 그래서는 너한테 아무 도움도 안 돼.

　―그렇게 나가고 싶거든 네 힘으로 알아서 하렴.

　쩨쩨하다고 생각한 건 사실이다. 한 번뿐인 대학 생활인데 아르바이트에 찌들어 살라는 말인가, 하고. 하지만 아르바이트에 찌들지 않아 본들 지금까지처럼 담배 연기 가득한 친구 집에서 술을 마시며 마작에 찌들 뿐이다. 어차피 찌들거면 아르바이트가 훨씬 보람 있고 건강에도 좋을 듯했다.

　반년 전 어느 날, 비버 이츠가 24시간 운영 체제로 바뀌었고 심야 배달은 주간 배달보다 단가가 더 높았으므로 기대에 부푼 마음으로 밤의 롯폰기를 달리고 있는데 드디어 배달 요청이 들어왔다.

'태국 요리 전문점 왓포.' 듣도 보도 못한 가게였지만 일대의 음식점을 다 꿰고 있는 건 아니니 두말없이 배달 요청을 수락하고 앱에서 지시한 주소로 갔다. 나를 기다리고 있던 것은 다른 건물과 별다를 바 없는 상가 빌딩과 기묘한 입간판이었다.

배달기사 여러분, 다음 가게는 빌딩 3층으로 가 주십시오

입간판에는 어마어마하게 많은 가게 이름이 적혀 있었다. '원조 꼬치 튀김 가쓰카와', '카레 전문점 코리앤더', '본격 중화요리 진만채가', '만두의 차와 포' 등등. 족히 서른 개도 넘어 보였다. 목적지인 '왓포'도 적혀 있었으므로 미심쩍어하면서도 지시대로 엘리베이터를 타고 3층으로 올라갔다.

문이 열리고 리놀륨 복도로 조심조심 발을 내디뎠다. 머리 위의 형광등이 연신 깜박거렸다. 그 탓인지 몹시 어두침침했다. 분위기상 도저히 음식점이 하물며 서른 곳 이상 늘어서 있을 것 같지 않았지만, 엘리베이터에서 내리자마자 '배달기사님은 이쪽으로←'라는 벽보가 눈에 들어왔다. 그리고 화살표가 가리키는 곳에는 간유리에서 희미하게 불빛이 새어 나오는 문이 하나 있었다.

문손잡이를 돌리고 머뭇머뭇 안으로 들어갔다. 문 너머는 지극히 평범한 공유 주방이었다. 조리 교실이나 파티, 포장 전문점 등에 활용되는 임대 스튜디오다.

명색뿐인 의자와 테이블 너머로 널찍한 조리 공간이 펼쳐져 있고, 왼편 안쪽에는 업소용 냉장·냉동고, 오른편에는 금붕어 어항이 놓인 선반이 있었다. 그리고 조리 공간에 서서 뭔가를 탁탁탁 써는 남자가 보였다. 하얀 요리 모자에 하얀 요리복, 감색 치노팬츠. 그 외에 종업원 같은 사람은 없었다. 혼자 운영하는 것이리라.

아하, 하고 바로 이해했다. 예전에 인터넷 뉴스에서 본 적 있다. 여기는 이른바 '고스트 레스토랑', 배달만 전문으로 하는 음식점이다. 앱에는 다양한 이름이 마치 개별 가게인 것처럼 실려 있지만, 실제로는 전부 같은 조리장에서 음식을 만든다. 지금 남자가 만들고 있는 음식도 수많은 가게 중 어느 한 곳의 메뉴일 것이다. 이런 식으로 오픈 비용과 인건비를 줄이고, 이름에 '원조'나 '전문점'이라는 글자를 넣어 고객의 선택을 유도한다. 실제로 내가 수락한 배달 요청에도 '태국 요리 전문점'이라고 적혀 있지 않았던가.

그런 생각을 하고 있는데 프라이팬에 식재료를 던져 넣은 남자가 고개를 휙 돌렸다.

—뉴 페이스로군.

정말이지 한순간 숨이 턱 막힐 정도로 미남이었다. 어느 한군데가 아니라 전부. 얼굴 생김새도, 목소리도, 몸동작

도 전부 완벽할 뿐만이 아니라 서로 조화를 이루었다. 나이
는 전혀 짐작이 가지 않았다. 내 또래 아니면 나보다 어리다
고 해도 믿길 만큼 뽀얀 피부가 투명하고 매끈매끈했다. 한
편 나보다 십어 실 많다고 해도 고개가 끄덕여질 만한 차분
함이랄까, 왠지 모를 잔잔함도 느껴졌다.

그건 그렇고 '뉴 페이스'라니 무슨 뜻일까. 처음 왔다는
의미에서는 틀린 말이 아니지만, 배달기사의 얼굴을 모조리
기억하기라도 한다는 건가.

—배달 나갈 음식은 준비해 놨어.

둘러보니 테이블에 흰색 비닐봉지가 덜렁 놓여 있었다.
이게 틀림없다. 평소처럼 배달 가방에 비닐봉지를 넣은 후
감사합니다, 하고 가게를 떠나려는 순간이었다.

—그리고 부탁이 있는데.

김이 펄펄 피어오르는 프라이팬을 내버려둔 채 남자가
성큼성큼 다가오자 향긋한 마늘 냄새가 풍겼다. 이 시간에
이런 냄새를 풍기는 건 거의 범죄나 다름없다.

—배달 가는 김에 이걸 내가 말하는 주소에 전달해 줘.

남자가 평범해 보이는 USB 메모리를 내밀었다. 내가 고
개를 갸우뚱하자 남자는 믿기지 않는 말을 꺼냈다.

—보수는 현금으로 1만 엔.

—물론 수령증을 받아서 여기로 돌아오는 게 조건이

지만.

뭐냐 이건! 이렇게 짭짤한 일감이 있어도 되는 건가! 믿기지 않게 잘생긴 남자가 제안한, 믿기지 않는 돈벌이.

—어때? 할 거야?

몹시 수상쩍었지만, 솔직히 말해 아주 매력적이었다. 어쨌거나 이쪽은 가난뱅이 대학생. 하루하루 살아남기 위해 필사적으로 자전거 페달을 밟으며 배달에 여념이 없는 신세다. 그런데 갑자기 1만 엔짜리 한 장이 굴러들었다.

—덧붙여 이 이야기는 절대로 남에게 발설하지 말도록.

—만약 발설하면…….

목숨은 없다고 생각해.

남자는 그렇게만 말하고 몸을 돌려 방치되어 있던 프라이팬 곁으로 돌아갔다. 너무 뜬금없어서 속으로 웃었지만, 얼굴에는 드러내지 않았고 드러낼 수도 없었다. 이쪽을 응시하는 두 눈동자가 너무나 차갑고 '공허'하게 느껴졌기 때문에.

하여간 이렇게 솔깃한 이야기를 남에게 떠벌릴 리 없다. 그것은 내 따분한 일상에 처음으로 끼어든 '사건'이었다.

그 후로 나는 이 '가게'에 들락날락했다. 되도록 이 '가게'에 관련된 일을 받을 수 있도록 영업시간이 되자마자 자전거로 주변을 달린다. 비버에 주문이 들어오면 근처에 있는 기사에게 먼저 배달 요청이 들어가기 때문이다.

'가게'는 밤 10시부터 다음 날 아침 5시까지, 일곱 시간 동안 영입한다. 배달 전문점으로서는 전대미문의 영입 스타일이나 아무튼 그 시간이 되면 주변을 어슬렁거리다가 배달 요청이 들어오자마자 수락한다. 그길로 '가게'에 달려가서 음식을 받는다. 그러면 꽤 높은 빈도로 '추가 임무'가 부여된다. 이걸 어디까지 전달해 줘. 어디로 가서 물건을 받아 와. 그 '심부름'을 마치면 즉시 현금으로 1만 엔을 지급해 준다. 속된 말로 개꿀이다. 이렇게 통 크게 보수를 지급하면 손해 보지 않을까 오히려 내 쪽에서 불안해질 정도다. 그나저나 난 뭘 운반하는 걸까? 혹시 마약 같은 불법적인 물품의 운반책으로 이용하는 것 아닐까, 하고 한순간 의심한 적도 있었다. 그러나 이 의문도 '가게'의 영업 방식을 이해하는 가운데 해소됐다.

영업 방식은 다음과 같다. 기본적으로는 일반적인 배달 전문점과 다를 바 없다. 주문이 들어오면 음식을 만들고, 배달기사가 손님에게 배달한다. 그뿐이다.

다른 점은 특정한 상품을 주문하면 '가게'에 '어떤 의뢰'를 하겠다는 의사 표시로 받아들여진다는 것이다. '고등어 된장찜, 팟 카프라오, 치어 덮밥'은 '사람 찾기', '매실 절임 연골 무침, 와플, 키마 커리'는 '불륜 조사'라는 식으로 몇 가지 '비밀 의뢰'가 준비되어 있다. 그중에서도 가장 핫한 것이 '모둠 견과류, 떡국, 똠얌꿍, 콩고물을 묻힌 떡'이라는 음식 조합이었다.

이 네 가지 상품이 의미하는 바는 '수수께끼 풀이', 요컨대 탐정 업무를 의뢰한다는 뜻이다. 주문이 들어오면 배달 요청을 수락한 배달기사에게 '고객의 상담 내용을 듣고 온다'라는 '추가 임무'가 부여된다. 보수는 현금 3만 엔. '심부름'보다 어렵고 시간도 걸리니 합당한 금액이리라. 이야기를 속속들이 들은 후 즉시 '가게'로 돌아와서 내용을 보고한다. 그러면 신기하게도 사장이 수수께끼를 속 시원하게 해결한다. 경사로세, 경사로세.

그러나 그날 들은 내용만 가지고 수수께끼를 모조리 해결하는 경우는 드물기 때문에 추가로 '숙제'를 내기도 한다. 그럴 때는 같은 배달기사가 숙제를 맡아 해당 안건을 전담하는 게 보통이다. 물론 '숙제'에도 '심부름'의 몇 배가 넘는 '보수'가 나온다. 유연한 업무가 장점인 배달기사를 장시간 붙잡아 놓는 셈이므로 다소나마 이득을 안겨 주는 것이리라.

이렇게 되면 '숙제'를 받으려고 일부러 의뢰 내용을 허술하게 듣고 오는 사람도 나올 법하나, 적어도 나는 그럴 마음이 없었다. 위험한 다리는 건너지 않는다. 안면을 튼 그 '가게'의 단골 배달기사에게 이런 소문을 들었기 때문이다.

—여기서만 하는 이야기인데, 예전에 그랬던 녀석이 있었거든.

—어느 날인가 감쪽같이 사라졌어.

—사라졌달까, 지워졌을지도 모르지.

물론 이사 가서 일하는 구역이 달라졌을 뿐일지도 모른다. 회사에 취직해 배달기사 일을 그만두었을 가능성도 있다. 평범하게 생각하면 그러리라. 만약 아니라면? 그날 봤던 사장의 '텅 빈 구멍 같은 눈'을 떠올릴 때마다 전혀 말도 안 되는 이야기는 아닐 것 같다는 기분이 들었다.

그건 그렇고 예전에 딱 한 번 "왜 이렇게 성가신 일을 하세요?" 하고 사장에게 물어봤다.

—비용을 줄이기 위해 외주로 돌릴 수 있는 부분은 돌려야지. 당연하잖아.

그런 답변이 돌아왔다.

배달기사에게 '심부름'이며 '숙제'를 시킬 때마다 몇만 엔이나 지급하는 게 비용 절감으로 이어지는지는 잘 모르겠지만, 그만큼 많은 안건을 처리하면 총합계는 흑자라고 판단했으리라. 비버 이츠가 아니라 비버 디텍티브. 마침내 탐정 업무의 일부를 긱 워커gig worker (*조직에 소속되지 않은 단기 계약직 노동자. 대표적으로 배달기사, 차량호출 기사 등)가 담당하는 시대가 도래하다니, 참으로 감개무량하다. 사장은 "난 '탐정' 이 아니라 어디까지나 '셰프'야"라고 말하지만, 그 말을 진심 으로 받아들일 만큼 나도 바보는 아니다.

혹시나 우연히 이 메뉴를 주문한 손님이 있다면 어떻게 할까. 이 의문에는 명확한 해답이 있다. 그런 손님은 없다. 이 상. 겉보기에 네 가지 음식은 각각 다른 음식점의 메뉴고, 단 품 가격이 각각 2만 5천 엔이다. 즉, 이 네 가지 음식을 동시 에 주문하면 10만 엔이니까 이 조합으로 '비밀 의뢰'가 발동 한다는 사실을 모른다면 취향이 별난 억만장자가 아닌 한 실 수로라도 주문할 리 없다.

덧붙여 수많은 배달 플랫폼 가운데 '한 번에 여러 음식 점에서 주문이 가능한' 플랫폼은 비버뿐이라 이 의뢰는 사실 상 이 앱에서만 할 수 있는 셈이다. 그런 의미에서도 믿기지 않을 만큼 바늘구멍 같은 틈새 산업이라 할 수 있으리라.

어쨌거나 이것이 바로 이 '가게'의 진정한 모습이며, 내 가 비밀리에 수없이 수행했던 '심부름'에는 의뢰인에게 보고 자료를 전달하거나 추가 자료를 받으러 가는 등의 정당한 목 적이 있었다.

'고스트 레스토랑 겸 탐정 사무소.' 정말이지 다각경영 의 끝판왕이다.

3

다시 빨간불에 걸려서 공유 자전거를 세웠다. 그건 그렇고. 나는 배달 가방을 추스르며 생각했다. 이번 인건은 꽤 까다롭다 하지 않을 수 없었다.

오늘 밤 10시경, '가게'의 영업 시작과 거의 동시에 배달 요청이 들어왔다. 평소대로 수락하고 배달하러 갔다. 목적지는 롯폰기 외곽에 자리한 고급 아파트 '크레센트 롯폰기' 1011호. 롯폰기 거리를 다메이케산노 방면으로 쭉 달리다가 큰길에서 한 블록 안으로 들어가면 느닷없이 나타나는 비교적 한적한 주택가였다.

—기다리고 있었습니다. 가지와라입니다.

점잖은 신사 같은 남자가 현관문을 열고 맞이해 주었다. 나이는 마흔 살에서 쉰 살 사이. 키가 크고 마른 체격에 수려한 외모. 위아래 모두 헐렁한 운동복 차림이었지만 그조차 '잘나가는 IT 기업 사장의 오프 모드' 같아서 태가 났다. 깔끔한 단발에 무테안경, 그 안쪽의 날카로운 눈매도 한몫해서 양복을 입으면 가방끈 긴 조폭처럼 보일 듯도 했지만, 말투와 행동이 정중하고 세련돼서 첫인상은 아주 좋았다.

여기요, 하고 주문한 음식이 담긴 비닐봉지를 형식적으로 내밀었다. 가지와라 씨는 비닐봉지를 힐끗 보더니 "아아"

하고 쓴웃음을 지었다.

―기본적으로 밤에는 탄수화물을 안 먹는데요.

이걸 주문하는 게 규칙이라 어쩔 수 없었습니다, 하고 말하지는 않았지만 그런 뜻이리라. 그렇다면 억지로 먹을 필요는 없지 않나 싶었으나 확실히 버리기는 아깝다. 음식 낭비를 막기 위한 소소한 배려는 소시민도 함께할 수 있는 SDGs(*지속 가능한 발전 목표)다.

―들어오시죠. 변변한 대접은 못 하겠지만.

가지와라 씨의 재촉에 배달 가방을 옆구리에 낀 채 안으로 들어갔다. 사정을 모르는 사람이 보면 "요즘은 비버 배달기사가 집에 들어가서 식사 준비까지 해 주나?" 하고 오해할지도 모르는 장면이지만, 다행히 복도에는 아무도 없었다. 일반적인 1LDK(*숫자는 방의 개수, LDK는 거실, 식당, 주방을 가리킨다)였다. 하얀 천장에 하얀 벽, 하얀 바닥. 정연하게 늘어선 진갈색 가구들. 통일감 있고 고급스러우면서도 차분한 분위기였다. 물건이 적은 것으로 보건대 혼자 사는 모양이었다. 그리고 어디선가 좋은 향기가 났다. 허브랄까 향신료랄까 아무튼 그런 느낌의. 생활 형편은 나쁘지 않은 듯했다.

―어쩐지 재미있는 가게가 있다는 소문을 들었거든요.

가지와라 씨가 식탁 의자를 빼내면서 어색한 웃음을 던졌다. 확실히 남에게 전해 듣는 것 말고 이 '가게'의 존재를 알아낼 방법은 없다. 어디에도 광고하지 않으니 당연하다. 하지만 존재를 알았다고 해서 "어디 한번 시험해 볼까" 하고 장난삼아 주문할 수 있는 수준은 아니다. 메뉴 네 가지에 10만 엔. 이른바 '착수금'을 아까워하지 않을 만한 문제를 끌어안고 있는 것은 확실하리라.

실제로 식탁에 마주 앉자 가지와라 씨가 말을 꺼냈다.

—아들 일을 상담하고 싶어서요.

꺼내 놓은 사진 두 장은 구도가 똑같았다. 안경 쓴 소년을 가운데 두고 서 있는 말쑥한 남녀. 장소는 교문 앞이고 뒤편에는 벚꽃이 흐드러지게 피었다. 세 사람 바로 옆에는 '입학식'이라고 적힌 커다란 입간판이 세워져 있었다. 내 쪽에서 보기에 오른쪽이 초등학교 때 사진이고 왼쪽이 중학교 때 사진이다.

사진 속 남자는 물론 양복을 입은 가지와라 씨인데…….이건 아무리 봐도 가방끈 긴 조폭이네요, 나쁜 길로 빠지지 않으셔서 정말 감사합니다. 한편 여자는 베이지색 재킷과 와이드팬츠를 맞춰 입은 냉철하고 지적인 느낌의 미인이었다. 음, 잘 어울린다. 너무 잘 어울려서 좀 얄미워 보이기도 했다.

사진 속 소년은 척 보기에도 영리한 인상이었다. 얼굴 윤곽이 쑥 들어가 보일 만큼 도수 높은 뿔테안경도 그렇고, 의지가 강해 보이는 눈동자도 그렇고, 허무감이 느껴지는 뼈

딱한 입매도 그렇고, 망설임 없이 쭉 편 등줄기도 그렇다. 사진을 찍는 찰나라고는 하나, 이 나이대에 이런 분위기를 자아내는 남자애는 드물 듯하다. 찰랑거리는 검은 머리는 귀를 덮을 만큼 길고, 전체적으로 살빛이 뽀얀 데다 선도 가늘어서 얼핏 보면 여자애로 착각할 것 같았다.

—제가 가지고 있는 건 이 두 장뿐입니다.

예상치 못한 말에 엇, 하고 사진에서 고개를 들었다.

—실은 6년쯤 전에 이혼했거든요.

가지와라 씨는 어깨를 움츠리며 말했다. 과연, 그래서 지금은 여기서 혼자 사는 건가. 분명 내가 가족들은 오늘 밤 어디에 갔는지 궁금해하는 걸 알아차리고 선수 친 것이리라. 이혼 사유는 굳이 묻지 않았다. 필요하면 알아서 말하지 않을까 싶었는데, 곧바로 그 화제가 나왔다.

—창피하게도 정리해고를 당해서요.

밥벌이를 잃은 가지와라 씨는 자포자기해서 술과 도박에 빠졌다고 한다. 남편에게 오만 정이 떨어진 아내는 아들과 함께 집을 나갔고, 곧 이혼 서류를 보냈다. 서류에 도장을 찍은 가지와라 씨는 당시 거주하던 요코하마의 임대 아파트를 정리하고 지금은 롯폰기에서 혼자 살고 있다고 한다.

—죄송합니다. 쓸데없는 이야기였네요.

아니라고 고개를 꾸벅 숙이며 새삼 집 안을 둘러보았다.

역시 생활 형편은 나빠 보이지 않는다. 그리고 이곳은 썩어도 준치라고 불리는 도쿄 롯폰기다. 약간 외곽이기는 해도 집세가 만만치 않으리라. 한번 나락으로 굴러떨어졌는데 용케 다시 일어섰다.

내가 그런 생각을 하는 줄도 모르고 가지와라 씨는 드디어 본론에 들어갔다.

—친권은 아내한테 있어서 웬만하면 만나지 않는데요.

요전에 어쩌다 알게 됐다고 한다. 아들, 그러니까 가지와라 료마가 사는 연립주택이 전소했다는 사실을.

그 후의 경위는 내가 사장에게 보고한 바와 같다. 설명을 마친 가지와라 씨는 탐색하듯 치뜬 눈으로 나를 바라보며 목소리를 낮추었다.

—일단 현재 시점에서는 실수로 불이 난 것으로 보고 있습니다만.

아마도 경찰은 다른 방향, 어쩌면 살인일 가능성까지 의심하는지도 모른다. 실수로 불을 낸 장본인의 옛 여자친구가 화재 현장에서 시체로 발견됐으니까. 오히려 사건성을 의심하는 게 당연하다. 예를 들면…… 치정 싸움 끝에 죽였다든가. 내 빈약한 상상력으로는 그 정도가 한계지만.

그러나 '불타는 연립주택으로 들어간 여자'라는 수수께끼도 있다. 그게 사실이라면, 목격자가 그렇게 많으니 사실이겠지만, 기상천외한 자살일 가능성도 부정할 수 없다. 동기는 짐작도 안 가지만, 그렇지 않다면 왜 활활 타오르는 연립주택에 제 발로 뛰어든단 말인가.

─그러니까 꼭 밝혀내 주십시오.

이게 불행한 사고인지, 아니면 무슨 사건인지.

─경찰보다 먼저요.

가지와라 씨가 다시 치뜬 눈으로 바라보았다. 나는 그 눈동자 속에 한순간 끈적끈적한 빛이 깃들었다는 걸 놓치지 않았다.

─그러면 무슨 대책을 세울 수 있을지도 모르니까요.

무슨 대책. 가령 아들이 범죄를 저질렀다면 뭔가 은폐 공작에 나설 작정일까. 아까 그 묘한 눈빛을 그렇게 해석하는 건 너무 삐뚤어진 생각일까.

─부탁드립니다. 사랑하는 아들을 위한 일이에요.

모르겠다. 그렇다기보다 그건 내가 고민할 일이 아니다. 어쨌거나 나는 '배달기사'다. 한밤중에 곱빼기는 먹지 않는 편이 낫다 싶더라도, 요청받은 대로 손님에게 소고기덮밥을 배달하는 것이 업무다. 거기에 내 가치 판단이 개입할 여지도, 필요도 없다. 사고 정지라는 이름의 어쩐지 옹색한 자유. 하지만 그건 그것대로 뜻밖에 마음이 편하기도 하다.

하여튼 내일은 지시받은 '숙제'를 하러 간다. 화재를 목격한 주부 등에게 당시 이야기를 다시 듣는 것이다. 일급 5만 엔. 단순한 '심부름'이 하찮아 보일 만큼 보수가 높으므로 의욕은 넘친다.

넘실거리는 열기와 소용돌이치는 욕망과 일종의 무상관. 관능적이고 향락적이며 찰나적. 도쿄, 롯폰기. 그 한쪽 구석에서 수상한 '비밀 부업'에 힘쓰는 특별한 나.

신호가 파란불로 바뀌었다. 페달을 힘껏 밟았다. 나는 고양감과 우월감, 그리고 어쩌면 일말의 비도덕적인 스릴에 등을 떠밀리며 내일을 향해 어둠 속을 달려갔다.

4

"뭐랄까, 망설이지 않는 눈치였어."

수수께끼의 여자에 관해 증언한 메종 드 캄 맞은편 집에 사는 주부 메자키 씨는 찻잔에 든 차를 후루룩 마셨다. 진한 화장과 컬을 강하게 넣은 머리 때문에 나이가 느껴지지 않는…… 정정하자. 진한 화장과 컬을 강하게 넣은 머리가 나이에 어울리지 않고, 싹싹하니 수다 떨기 좋아하는 평범한 아주머니다.

다음 날 오후 1시 반이 지났을 무렵. 사장이 지시한 대로 나는 부지런히 '숙제'를 하고 있다.

"아무리 불러도 들은 척도 안 하더라고."

인터폰을 받은 메자키 씨는 처음에는 수상쩍어했지만 "요전에 화재 현장에서 숨진 피해자의 친구입니다. 실은 묘한 소문을 들었는데……. 네, 네, 그거요. 하지만 도무지 믿기지 않아서…… 현장에 계셨던 분에게 직접 이야기를 들을 수 없을까 싶어서요" 하고 설명하자 간절함이 전해졌는지 집에 들여 주었다. 천벌을 받을 만한 거짓말이지만 아슬아슬하게 방편의 범위에 들어간다고나 할까.

메자키 씨가 들려준 이야기에 지금까지 모은 정보와 어긋나는 부분은 없었다. 화재가 발생한 밤, 메자키 씨는 잠옷 바람으로 집을 뛰쳐나갔다. 거기에 갑자기 나타난 여자는 불타오르는 연립주택을 잠시 바라보다가 "당해 봐라" 하고 중얼거리더니 외부 계단을 올라 모습을 감췄다. 음, 전부 다 아는 이야기다.

"정말 어이없잖아. 불타는 화재 현장에 제 발로 뛰어들다니, 그냥 자살행위인걸."

입주자를 구조하려는 것 같지도 않았는데, 하고 귤껍질을 벗기며 혼잣말하는 메자키 씨를 본체만체 사고 현장에 대해 한 번 더 생각해 보았다.

메자키 씨 집 바로 앞이라 당연하지만, 메자키 씨 집을 방문하기에 앞서 현장을 직접 확인했다. 그 일대는 좋게 말하면 '오래된 서민 동네의 정취'가 넘치고, 나쁘게 말하면 '너저분하고 비좁은' 흔한 주택가였다. 죽어도 공터는 만들지 않겠다는 결의를 표명하듯 빽빽이 늘어선 가정집, 경차가 간신히 비껴갈 정도의 좁은 골목, 머리 위에 무질서하게 뻗은 전선. 주변으로 불이 번지지 않은 것이 불행 중 다행이었다.

화재가 발생한 메종 드 캄은 상상 이상으로 상태가 심각했다. 한 층당 네 세대뿐인 아담한 2층 목조 건물인데, 전체의 70퍼센트 정도가 불타서 눈 뜨고 볼 수 없을 만큼 처참한 몰골이었다. 건물의 형태는 간신히 유지하고 있지만 2층, 특히 화재 발생지인 204호를 중심으로 검게 탄 벽이 문드러진 것처럼 쓰러졌고 지붕도 내려앉았다. 그렇게 속이 훤히 드러난 건물 내부에서 무슨 잔해인지도 모를 만큼 망가진 물건들이 무질서하게 고개를 내밀었다.

모로미자토 유즈키는 여기서 목숨을 잃었다. 그것도 스스로 불바다에 뛰어드는 형태로. 본인의 의사였다고는 하나 몹시 고통스러웠으리라. 양손을 모으고 20초쯤 묵념을 올렸지만 의문은 떠나지 않았다. 어떤 의미였지? 당신은 뭐에 대해 그렇게 생각한 거지?

당해 봐라, 당해 봐라.

"잘못 들으신 건 아닐까요?"

참지 못하고 물어보자 메자키 씨는 "응?" 하고 의아하다는 듯 이맛살을 찌푸렸다.

"'당해 봐라'라고 들렸지만 실은 다른 말이었다거나."

메자키 씨는 음, 하며 귤껍질을 벗기던 손을 멈추더니 반대로 질문을 던졌다.

"당장은 떠오르는 말이 없는데, 예를 들자면?"

그 말씀대로다. 내가 래퍼라면 라임이 맞는 다른 말이 나왔겠지만 공교롭게도 힙합과는 친하지 않다.

"마스크 때문에 목소리가 흐릿했지만 잘못 듣지는 않았을 거야."

"……마스크요?" 뭐, 특별히 부자연스러운 일은 아니다. 겉모습에 관한 이야기가 나온 김에 좀 더 파고들어 보았다.

"그날 밤 그 사람의 차림새는 어땠나요?"

"차림새? 음, 확실히 기억나는 건 아닌데……."

여성용인 듯한 낙낙한 와이드팬츠에 오버사이즈 롱 후드집업, 흰색 운동화, 그리고 야구모자를 푹 눌러썼다고 한다. 새로운 정보이기는 하지만 특징이 너무 없어서 뭔가에 연결될 것 같지는 않았다.

큰일이다. 돌파구가 없다. 초조함이 밀려온 순간, 문득 사장의 묘한 의뢰가 떠올랐다.

─그 주부를 만나면 확인해 봐.

─팬티 바람으로 나타난 건 이 남자가 틀림없느냐고.

사장이 내민 건 내가 가지와라 씨에게 받은 사진 두 장 중 중학교 입학식 때 찍은 가족사진이었다. 물론 원본이 아니라 가지와라 씨가 미리 복사해서 준 것이지만. 이쨌기나 이해가 되지 않았다. 7년 가까이 지난 사진이니까.

가지와라 료마는 보안 의식이 낮은 건지 자기 현시욕이 강한 건지 SNS에서 쉽게 찾을 수 있는 자신의 계정에 최근 사진을 잔뜩 업로드했다. 변함없이 여성적인 인상이었고 패션도 유니섹스 계열이었다. 지나치게 꾸미지 않은 헤어스타일이 꽤 잘 어울렸다. 대학에 가면서 이미지 변신을 시도한 건지는 확실치 않지만, 안경에서 콘택트렌즈로 바꾼 덕분에 눈매가 더 시원스러워졌다. 전체적으로 요즘 유행하는 K-팝 아이돌 같았다. 그러니까 무슨 소리를 하고 싶으냐 하면 여자한테 인기 많을 것 같아서 마음에 안 들었다.

일방적인 내 질투와 시샘은 제쳐 놓고, 그런 사진은 안 되느냐고 물어보자 사장은 "응" 하고 고개를 끄덕였다.

─SNS에 올라온 사진 말고, 그 사진으로 확인해 줘.

가지와라 료마는 동안이라 중학교 입학식 사진으로도 동일 인물임을 확인하는 데 문제는 없겠지만, 대체 왜? 그러나 지시받은 대로 "죄송한데요. 한 가지만 더요" 하고 입학식 사진을 내밀었다.

“팬티 바람으로 나타난 남자가 이 사람이 맞나요?”

“음, 어디 보자.” 메자키 씨는 미간에 주름을 잡으며 사진을 들여다보더니 곧 “맞아” 하고 고개를 끄덕였다.

“안경 때문에 잠깐 헷갈렸지만 이 사람이 틀림없어.”

“과연, 그렇군요.”

글렀다. 수확 없음. 포기하고 슬슬 물러가려 했을 때였다.

“아, 그러고 보니 지금 생각났는데.”

메자키 씨가 눈으로 허공을 이리저리 더듬었다. 이윽고 내가 바라보는 걸 알아차렸는지 정말로 별것 아니라고 양해를 구하고 나서 다음과 같은 이야기를 들려주었다.

2층에서 팬티 바람으로 뛰어 내려온 가지와라 료마는 1층 입주자들을 깨우러 돌아다닌 후 길로 나와서 힘이 다 빠진 듯 털썩 주저앉았다. 큰일 났다, 큰일 났다, 하고 잠꼬대하듯 중얼거리며. 그런데 다음 순간.

“길 저편을 보더니 ‘아카네’ 하고 중얼거렸어.”

가지와라 료마의 시선을 좇자 20미터쯤 떨어진 곳에 그와 비슷한 나이로 보이는 화사한 차림새의 여자가 서 있었다. 그 여자는 우두커니 서서 불타는 연립주택을 바라보고 있었다고 한다.

“사진을 보니까 문득 생각나서.”

주목할 만한 새 정보다. '아카네'라는 이름을 머릿속 메모장에 적어 넣었다. 지인이나 어쩌면 현재 사귀는 사람인지도 모른다.

"느닷없이 찾아와서 죄송했습니다."

고개 숙여 사과의 뜻을 전한 후 선물로 받은 귤 두 개를 들고 메자키 씨의 집을 나섰다. 마지막의 마지막에 겨우 수확을 올렸다. 물론 귤 두 개는 아니다. 머릿속 메모장의 아카네. 다음으로 찾아가야 할 사람은 분명 이 여자다.

5

"분명 '복수'하기 위해서야."

세리자와 아카네는 석양이 눈부신지 눈을 가늘게 뜬 채 말했다.

"복수요?" 예상치 못한 말에 고개를 갸웃하자 세리자와 아카네는 "그래" 하고 고개를 끄덕였다.

"걔, 제멋대로 료마를 원망하다가 스토커가 되었거든."

"네?" 새로운 정보가 불쑥 나타났다.

"그래서 불이 난 걸 보고 생각했겠지. 여기에 뛰어들어 죽으면 료마가 평생 자기를 못 잊을 거라고. 아무리 잊고 싶어도, 잊으려 애써도 절대로.”

다음날 오후 4시가 조금 지났을 무렵. 지금 내가 있는 곳은 게이오선 메이다이마에역에서 가까운 메이오 대학교 이즈미 캠퍼스 한구석에 자리한 테니스 코트다.

어제 메자키 씨에게 얻은 정보를 바탕으로 가지와라 료마의 인스타그램을 살펴보니 목표물은 금방 눈에 띄었다. 세리자와 아카네. 100일 기념이라며 함께 찍은 사진을 올린 데다 태그까지 달았기 때문이다. 그대로 세리자와 아카네의 계정으로 이동해 살펴보니, 두 사람은 대학교 동기고 테니스 동아리 ‘타이 브레이크’에서 함께 활동하고 있었다. 타이 브레이크의 계정을 확인하자 월, 수, 금에는 캠퍼스의 테니스 코트에서 연습한다길래 오늘 돌격 취재를 감행한 것이다.

코트에 도착하자마자 후배 같은 남학생에게 세리자와 아카네 씨와 이야기하고 싶다고 요청하니 수상쩍어하면서도 본인을 불러왔다.

—어, 뭐야? 일단 누구?

나타난 사람은 위아래 운동복 차림의 여학생이었다. 어깨까지 내려오는 머리를 금발로 염색했는데 뿌리 부분은 약간 까매졌다. 운동하러 나온 사람이 맞나 싶을 만큼 풀메이크업을 했는데, 유행하는 굵은 눈썹, 눈이 커 보이도록 진하게 그린 아이라인, 탱탱하고 반들반들한 입술 등 그림으로 그런 듯한 요즘 여자 대학생이었다.

처음에는 경계심을 드러냈지만, 의뢰를 받고 가지와라 료마의 집에서 불탄 시체가 발견된 일을 조사하는 중이라고 설명하자 약간 흥미를 보였다.

—엇, 혹시 탐정 같은 건가?

—겉보기에는 길거리에 널린 평범한 대학생 같은데?

쓸데없는 참견이다.

—그런데 의뢰인은 설마 료마 어머니?

—미안하지만 그렇다면 협력 못 해.

흘려들을 수 없는 말이었다. 그의 어머니와 사이가 안 좋은 걸까. 그러나 어머니의 의뢰는 아니고, 협력해 주지 않으면 곤란하므로 "아버지의 의뢰입니다" 하고 솔직하게 답했다. 비밀 엄수 의무 위반이라는 문구가 뇌리를 스쳤지만, 그런 유의 계약은 맺은 적 없거니와 솔직히 내 알 바 아니다.

—아아, 아버지구나. 그럼 괜찮아.

—이혼해도 역시 아들을 아끼시는구나.

다정하고 멋진 아버지라며 세리자와 아카네는 혼자 납득하고 고개를 끄덕였지만, 설명은 수긍이 갔다. 다른 여자로 갈아탄 전 남친에 대한 '복수'. 이거라면 '당해 봐라'라는 발언도 정황상 앞뒤가 맞을 듯했다.

내가 속으로 흡족한 웃음을 짓는 줄도 모르고 세리자와

아카네는 술술 말을 늘어놓았다.

"료마에게 여자친구가 있는 걸 알고서도 접근했으니 그런 의미에서는 빼앗은 셈이지만, 누구랑 연애하든 그건 자유 아니야? 스토커로 돌변하는 건 잘못이고 위험한 짓이야."

자유와 방종을 착각하는 전형적인 얼간이 대학생의 발언이나 과연 내가 남 말할 처지일지는 의심스러우므로 잠자코 넘어갔다.

"스토커라고 하면 구체적으로 어떤 짓을?"

살짝 유도하자 잘 물어봤다는 듯 세리자와 아카네는 말을 쏟아냈다.

"학교 정문에 숨어서 기다리거나 밤새 집 초인종을 누르기도 하고 우편함에 협박장 비슷한 편지를 넣기도 했어. 처음에는 료마에게만 그랬는데 최근에는 나한테도 그러길래 무슨 짓을 당하는 거 아닐까 솔직히 겁나더라. 전에 근처 역에 숨어 있다가 '널 죽이고 나도 죽을 거야' 하고 협박한 적도 한 번 있거든."

생각했던 것보다 더 심각한 상황이었던 듯하다. 여담이지만, 하고 세리자와 아카네가 말을 이었다.

"술을 마시면 정신이 회까닥한대. 손도 못 댈 지경이랄까. 날 죽이고 자기도 죽겠다고 협박했을 때도 분명 취한 것 같더라고. 사귀던 시절부터 그랬던 모양인데, 정서가 불안정한 상태로 울고불고 난리를 쳐서 골치 아팠다더라. 술이 센 건 아닌지 금방 곯아떨어져서 얌전해지는 모양이지만."

다른 뜻 없이 꺼낸 말이겠지만 여기서 등장한 '술'이라는 키워드는 사실 쾌 중요했다. 어젯밤에 메자키 씨에게 얻은 정보를 전달하기 위해 '가게'에 갔을 때 사장이 이런 이야기를 들려주었기 때문이다.

―어떤 소식통을 통해 사망한 모로미자토 유즈키에 대해 조사했어.

사인은 일산화탄소 중독이며, 불길에 의한 화상이나 열상을 제외하고 부자연스러운 외상은 없었다고 한다.

―욕실 겸 화장실에 쓰러져 있었다는데, 여기서 한 가지 중요한 정보가 있어.

―모로미자토 유즈키는 속옷만 입고 있었던 것 같아. 피부에 남은 섬유 등을 조사한 결과, 99퍼센트 틀림없다는군. 그렇다면 당연히 옷은 어디로 갔느냐는 의문이 떠오르는데, 욕실 앞 복도에서 그럴싸한 옷가지의 잔해가 발견됐대.

―덧붙여 아무래도 모로미자토 유즈키는 만취 상태였던 걸로 추정돼.

혈중알코올농도로 추측건대 거의 확실하다고 한다. 너무 많이 마신 탓에 토할 것 같아서 화장실로 뛰어들었다. 그렇게 보면 일단 말은 되지만, 과연 그럴 때 옷을 벗을까? 마음에 드는 옷이라 더러워지는 게 싫었다든가? 그렇대도 훌렁 벗지는 않겠지.

전부 흘려들을 수 없는 정보이기는 했지만 대체 '어떤 소식통'은 누구일까? 이런 정보를 가지고 있는 건 경찰뿐이지 않을까 싶어서 솔직히 물어보았다.

—세상에 긱 워커가 너뿐인 줄 알아?

과연. 그런 일을 전문으로 하는 '수족'이 따로 있는 건가. 말허리를 잘라서 죄송합니다.

—그리고 하나 더.

—그날 저녁, 공중전화로 모로미자토 유즈키의 스마트폰에 연락한 사람이 있다는군.

메종 드 캄에서 50미터쯤 떨어진 곳에 있는 공중전화라는 사실이 이미 밝혀졌다고 한다. 전화가 걸려 온 시각에 누가 그 공중전화를 사용했는지 목격한 사람은 없지만.

—가지와라 료마가 불러냈을 가능성이 높아.

동감이다. 사정을 아는 사람이라면 누구나 그렇게 생각하리라.

모로미자토 유즈키가 히가시마쓰바라역에 도착한 것이 그날 오후 9시 22분. 역 주변의 여러 방범 카메라에 찍혔다고 한다.

—덧붙여 당시 모로미자토 유즈키의 옷차림은 메자키

씨의 증언과 일치해.

낙낙한 와이드팬츠에 오버사이즈 롱 후드집업, 흰색 운동화, 푹 눌러쓴 야구모자, 그리고 마스크.

―체크메이트까지 앞으로 한 수인가.

사장은 금붕어 어항에서 고개를 들고 이쪽을 보았다.

―그러니까 세리자와 아카네에게 이야기를 잘 듣고 와.

"세리자와 씨, 그날 남자친구 집에 가셨죠?"

당부를 받았으므로 드디어 본론에 들어가기로 했다. 그날 밤, 세리자와 아카네가 현장에 나타난 건 우연일까 아니면 필연일까. 한순간 망설이는 듯한 표정이었지만 대답을 하지 않거나 허위로 정보를 제공하면 불리할 거라 여겼는지 "맞아" 하고 고개를 끄덕였다.

"사과하려고."

"사과요?"

"그날 학교에서 좀 싸웠거든."

학교 식당에서 잡담하다가 사소한 이유로 말다툼을 벌였다고 한다.

"옷 좀 제대로 입고 오면 안 되느냐고 내가 투덜거린 게 계기야."

연인들은 늘 이런 일을 불씨 삼아 싸움을 벌인다.

"예전에는 옷차림에 꽤 신경 썼는데 요즘은 영 대충 입더라고. 머리도 부스스하지, 콘택트렌즈 대신 안경을 끼지, 옷도 운동복이나 맨투맨만 입어.”

그걸 계기로 시작된 가벼운 말다툼은 점점 과열되었다.

“열받아서 막 다그쳤지. 이불 위에서는 절대로 과자를 먹지 않는다느니 헤어왁스를 발랐거나 콘택트렌즈를 낀 채로는 절대로 잠들지 않는다느니, 그런 부분에서는 과하다 싶을 만큼 까다롭게 굴면서 학교 올 때는 왜 대충 입고 오는 건데? 그래서 이런 사람이 남자친구라니 솔직히 부끄럽다는 둥, 그 여자와 깔끔하게 헤어지지 못한 탓에 나도 피해를 본다는 둥, 허름한 연립주택에서 빨리 이사하는 게 어떻겠냐는 둥, 그런 쓸데없는 소리까지 포함해 속에 있던 말을 전부 내뱉었지.”

“뭐, 흔한 말싸움이로군요.”

흔하지만 입심이 보통 아니다. 싸울 때는 이것보다 몇 배는 더 세차게 쏘아붙였으리라. 나는 무리다. 3분도 못 버틴다.

“그 집에 사는 건 어머니가 엄해서야. 자식을 너무 싸고돌면 좋지 않다며 생활비를 많이 안 보내거든. 그래서 자기 힘으로는 그 정도가 고작이라나. 게다가 여자친구는 만들지 말라는 둥, 학생의 본분은 공부라는 둥 잔소리가 심해. 그런 이유도 있어서 그 여자에 관해 경찰에 말하고 싶지 않대. 어

머니 귀에 들어가면 여러모로 성가실 테니까. 어이없지 않
아? 이해해. 이해는 하지만 너무 엄하달까, 요즘은 그런 시대
가 아니잖아. 료마가 사는 집에 딱 한 번 들어가 봤는데, 옆
방 소리가 다 들리더라. 남자친구 집이 그래서는 못 쓰잖아."

나도 어른이다. 남자친구 집이 그래서는 왜 못 쓰는지는
넘어가도록 하자. 다만 세리자와 아카네가 가지와라 료마의
어머니를 적대시하는 이유는 알 것 같았다. 시끄럽게 잔소리
하며 자식에게 간섭하는 소위 극성맘. 세리자와 아카네 본인
에게도 적지 않게 그 불똥이 튀었고, 어머니의 눈치를 살피
는(것처럼 보이는) 남자친구의 태도에도 불만이 있는 것이다.

그러나 가지와라 료마의 어머니 마음도 이해가 간다. 이
혼하고 여자 혼자서인지 아닌지는 모르지만, 어쨌거나 고생
하며 키운 사랑하는 아들이다. 엄해질 만도 하리라.

우리 집도 마찬가지다. 자취하고 싶다고 했을 때 맹렬히
반대한 건, 요컨대 그런 이유다. 돈을 대 주는 건 어렵지 않
지만 그래서는 너한테 아무 도움도 안 돼. 그렇게 나가고 싶
거든 네 힘으로 알아서 하렴. 딱히 심술부리려고 한 말은 아
니고, 자식인 나도 그걸 잘 안다. '자식은 부모 마음을 모른
다'라는 말이 있지만 이 나이쯤 되면 '자식은 부모 마음을 알
지만 순순히 따르지 않는다'가 더 정확한 표현이다.

그렇기에 다른 사람이 그 부분을 찌르면 가지와라 료마

로서도 참기 힘들 것이다. 네가 참견할 일이 아니야. 모르면 잠자코 있어. 같은 상황이라면 나도 언성을 높이리라.

"그런데 밤이 되어도 메신저에 답이 없더라고. 계속 안 읽씸. 그래서 말이 너무 심했나, 설마 바람피우는 건 아닐까 싶어 좀 불안해졌지."

"그렇군요. 그래서 연립주택에."

"갈까 말까 망설였는데 아슬아슬하게 막차가 있었거든."

그때 코트 쪽에서 "아카네, 다음이야, 다음" 하고 부르는 소리가 들려서 대화를 마치기로 했다.

"뭔가 알아내면 알려 줘, 탐정님."

세리자와 아카네는 손을 살랑살랑 흔들고 친구들에게로 뛰어갔다. 말해 두겠는데 나는 '탐정'이 아니라 '배달기사'다, 하고 어디선가 들어 본 적 있는 대사를 속으로 중얼거리며 그 뒷모습을 바라보았다.

그들에게 얽힌 다양한 사정이 다소나마 수면 위로 드러났다. 낮에 여자친구와 싸우고 일종의 바람기가 발동해 전 여친을 불러내는 게 전혀 말도 안 되는 이야기는 아니다. 그렇게 밀회를 마치고 가지와라 료마의 집을 떠난 모로미자토 유즈키는 무슨 이유, 뭔가 두고 왔다거나 이대로 떠나기는 아쉬웠다거나 아무튼 무슨 이유로 현장에 돌아갔다가 204호가 불타는 광경을 목격한다. 그리고 요사스럽게 춤추는 화염 앞에서 문득 이런 생각을 한다.

―이 불 속에 뛰어들어 죽으면 료마는 날 평생 못 잊겠지.

―아무리 잊고 싶고 아무리 잊으려 해도 절대로.

일단 말은 된다. 이해할 수 없는 점이 몇 가지 남지만, 이 상황에서 도출되는 시나리오 중에서는 제일 합리적인 듯도 했다. 아니, 더 나아가 모로미자토 유즈키 본인이 방화했을 가능성도 있으리라. 잊지 못했던 가지와라 료마가 오랜만에 불러내자 좋은 기회다 싶어 '정신 나간 동반 자살 계획'을 결의했다거나? 문제는 어떻게 증명하느냐인데…….

"수고했어. 이걸로 전부 갖추어졌군."

그날 밤, 세리자와 아카네에게 들었던 이야기를 보고하자마자 사장은 표정 변화 하나 없이 그렇게 말했다.

"어? 정말요?"

"응, 정말이지."

내가 어리둥절해하거나 말거나 사장은 "그러니까" 하고 어디까지나 무덤덤한 태도로 말을 이었다.

"상품 라인업에도 추가해야겠어."

드디어 '마지막 단계'에 접어들어 의뢰인에게 보고할 일만 남았다. 실은 이 단계를 위해 의뢰인을 처음 만나러 갔을 때 '암호'를 정한다. 무슨 말이거나 상관없지만 가지와라 씨가 "암호라니, 뭐로 하지" 하고 끙끙대길래 "좌우명은 뭔가요?" 하고 내가 재촉했더니 다음과 같은 대답이 돌아왔다.

—'넘어져도 빈손으로는 일어서지 않는다' 뭐, 그런 거랄까?

그리하여 지금 수많은 업소명 중 하나인 '국물 요리 마코토'라는 가게 메뉴에 그 '암호'를 덧붙인 요리를 추가하려 한다. '넘어져도 빈손으로는 일어서지 않는 콩소메 수프'라거나 '넘어져도 빈손으로는 일어서지 않는 채소국' 같은 요리를. 그리고 그 요리의 가격이 이번 안건의 '성공 보수'인 셈이다. 아무리 가격이 높아도 해답을 알려면 요리를 주문해야 하므로 인정미라고는 없는 영업 방식이다.

국물 요리 마코토, 즉 진상을 아는 자다(*일본어로 국물 요리와 아는 자는 '시루모노'로 발음이 같고, 마코토는 '진실, 진상'이라는 뜻이다).

"가격은 50만 엔으로 할까."

두 귀를 의심할 만한 가격이라 눈이 휘둥그레졌다. 역대 최고액 아닌가.

"그런 가격인데…… 과연 주문할까요?"

참지 못하고 물어보자 사장은 "응" 하고 당연하다는 듯 고개를 끄덕였다.

"걱정하지 마. 가격이 얼마든 그는 알고 싶어 할 테

니까.”

“어, 그건 대체 무슨……”

잠시 침묵이 흘렀다. 들리는 것이라고는 윙윙 돌아가는 환풍기 소리뿐.

사장이 요리 모자를 다시 쓰고 무덤덤하게 말했다.

“그럼 시식회를 시작할까.”

6

신호가 빨간불로 바뀌어서 공유 자전거를 멈추기 위해 브레이크를 잡았다. 끼익, 하고 타이어가 내지른 비명은 달려가는 자동차 소리에 지워졌다. 오른발을 땅에 대고 균형을 유지하며 사이클 헬멧의 턱끈을 조였다. 사이클복에서 버스럭대는 소리가 나고, ‘종종 나가는 그것’을 실은 배달 가방이 등 뒤에서 살짝 흔들렸다.

그날 ‘넘어져도 빈손으로는 일어서지 않는 완두콩 싹 달걀 수프’를 메뉴에 추가하자 곧 주문이 들어왔고, 그 요리는 그대로 메뉴에서 조용히 자취를 감추었다. 그런 웃기지도 않는 요리가 한순간이나마 메뉴에 추가됐다는 사실을 아는 사람은 거의 없으리라.

하지만 나 말고 다른 배달기사가 그걸 가지와라 씨에게 배달했다. 아쉽지만 누구에게 배달 요청이 들어갈지는 앱의 알고리즘에 달렸으니 어쩔 수 없다. 가지와라 씨는 보고 자료를 읽고 어떻게 생각했을까. 그 후 그에게는 무슨 일이 일어났을까. 추위에 몸을 떨며 그날 들었던 이야기를 곱씹어 보았다.

"그럼 시식회를 시작할까."

내 맞은편에 앉은 사장은 이어서 다음과 같이 단언했다.

"결론부터 말하자면 가지와라 료마의 자작극이야."

눈을 동그랗게 뜨면서도 마음속의 또 다른 내가 '역시나' 하고 고개를 끄덕였다. 머릿속 한구석에 그런 가능성도 어렴풋이 자리 잡고 있었다. 그렇지만 너무 희한해서 믿기지 않았고, 그 가능성을 뒷받침할 증거도 없었다.

"그는 분명 이렇게 했겠지."

공중전화로 모로미자토 유즈키에게 연락해 연립주택으로 불러낸다. 뭐라고 핑계를 대도 상관없다. 오랜만에 보고 싶다고 하든, 할 말이 있다고 하든 모로미자토 유즈키가 거절할 이유는 없었을 것이다.

"그리고 자기 집으로 데려가서 술을 잔뜩 먹여."

그러면 어떻게 될까. 술에 약한 모로미자토 유즈키는 곧 잠들어서 얌전해질 것이다.

"잠든 여자를 욕실로 옮기고 옷을 벗겨."

가지와라 료마는 벗긴 옷을 입고 자기 방에 불을 지른 후 밖으로 나간 것이다. 여기서 중요한 점은 가지와라 료마가 여성적인 인상이고 평소 유니섹스 계열의 옷만 입었다는 사실이다. 당연히 여자 옷도 문제없이 입을 수 있었을 것이다. 하물며 그날 모로미자토 유즈키는 낙낙한 와이드팬츠와 오버사이즈 롱 후드집업 차림이었다. 가지와라 료마뿐 아니라 중간 키에 중간 몸집인 남성이라면 누구나 소화할 수 있으리라.

"그는 잠시 후 불이 번질 타이밍을 노려서 현장으로 돌아왔어."

그 사람이 메자키 씨를 비롯해 인근 주민들이 목격한 '수수께끼의 여자'였고, 정체는 여장을 한 가지와라 료마였다.

"'당해 봐라'라고 중얼거린 건 '복수'할 목적이라고 오인시키기 위해서."

목소리 때문에 들킬 가능성은 낮다고 판단했으리라. 애당초 화재로 소동이 벌어진 데다 마스크를 써서 목소리도 흐려질 테니까. 어쨌거나 이 증언이 나오면 '여자'의 정체는 가지와라 료마에게 악의를 품은 사람, 즉 불탄 시체로 발견된 모로미자토 유즈키가 틀림없다고 여겨질 것이다. 그 책략에 모두가 감쪽같이 속아 넘어간 셈이다.

"가지와라 료마는 자기 집으로 돌아가 냉큼 옷을 벗어 던지고 다시 밖으로 나왔어. 욕실에 모로미자토 유즈키를 내버려둔 채."

이거라면 옷이 욕실 앞에 내팽개쳐져 있었던 것도, 가지와라 료마가 팬티 바람으로 뛰쳐나온 것도 설명이 된다. 덧붙여 그런 차림새로 뛰쳐나왔어도 미심쩍어할 사람은 없었다. 겨울철이라고는 하지만 난방을 켰으면 팬티만 입고 잘 수도 있거니와, 방에 불이 났으니 옷을 챙겨 입을 겨를도 없이 헐레벌떡 뛰쳐나왔을 것이라고 다들 알아서 해석하리라.

"그리고 입주자 모두를 대피시키면 이번 같은 상황이 연출되지."

즉, 제 발로 화재 현장에 들어간 '수수께끼의 여자'가 불에 탄 시체로 발견되는 것이다. 과연. 모든 상황이 설명되는 만큼 고개가 끄덕여지는 가설이지만, 문제는 '이 가설을 어떻게 증명하느냐'다.

그러자 사장이 "그 점 말인데" 하고 턱을 당겼다.

"애당초 여자가 현장에 들어간 타이밍이 이상하다 싶었어."

증언에 따르면 여자가 연립주택으로 들어가고 얼마 후 2층 입주자로 추정되는 사람들이 차례차례 외부 계단을 뛰어 내려왔다. 그리고 마지막에 가지와라 료마가 팬티 바람으로 나타났다. 즉, 그가 외부 계단을 내려오기 전이다.

"이상하지 않아?"

나한테 물어본들 고개만 갸웃거려질 뿐이다. 사장은 말귀를 참 못 알아듣는다는 듯 콧김을 내뿜더니 또박또박 말했다.

"그렇다면 가지와라 료마와 마주치겠지?"

앗, 하고 나도 모르게 목소리를 높였다. 그 말이 옳다, 완전히 간과한 지점이었다. 그렇게 아쉬워하는데 사장이 설명을 계속했다.

"하지만 이 부분은 아슬아슬하게 발뺌할 수 있어."

왜냐하면 가지와라 료마가 입주자들을 깨우러 다닐 때, 문이 잠겨 있지 않은 집에는 다짜고짜 뛰어들었으니까. 그렇다면 그 틈에 그 집 앞을 지나쳐 가지와라 료마와 마주치지 않고 204호에 도착했을 가능성도, 아주 희박해도 아예 없다고 단정할 수는 없다. 또 더욱 엄밀하게 따지면 가지와라 료마가 잠든 틈에 욕실로 숨어들었을 가능성도 있다. 물론 그가 현관문을 잠그지 않았다는 가정 아래 이야기이긴 하지만.

"그렇지만 이 이야기를 들은 시점에 어라, 싶었지."

그게 말이야, 하고 사장이 날카로운 눈빛으로 말했다.

"그의 증언에는 그 이상으로 이상한 점이 있거든."

시험하는 듯한 침묵이 잠깐 흐른 후, 사장은 조용히 결론을 꺼냈다.

"그날 밤, 가지와라 료마는 잠을 자지 않았어."

나는 허를 찔려서 할 말을 잃었다. 무슨 소리지? 분명 가지와라 씨에 따르면 '그날 밤, 집에서 혼자 술을 마신 후 평소처럼 잠자리에 들었다'라고 했는데.

"그렇다면 가지와라 료마는 안경을 쓰고 있었겠지?"

"어, 안경이요?"

"깨어나서 불을 끄려고 잠시 기를 썼으니까. 흐릿하니 눈이 잘 안 보이는데 그럴 수 있을까?"

순간 '사진' 속 가지와라 료마의 모습이 뇌리를 스쳤다. 얼굴 윤곽이 쑥 들어가 보일 만큼 도수 높은 뿔테안경. 목숨이 달린 상황이라고는 하나, 아니 오히려 그런 상황이기에 안전을 위해서라도 안경은 필수다.

그와 동시에 어떤 말들이 머릿속에 되살아났다.

—안경 때문에 잠깐 헷갈렸지만 이 사람이 틀림없어.

그렇게 말하고 고개를 끄덕인 메자키 씨.

—헤어왁스를 발랐거나 콘택트렌즈를 낀 채로는 절대로 잠들지 않는다느니, 그런 부분에서는 과하다 싶을 만큼 까다롭게 굴면서 학교 올 때는 왜 대충 입고 오는 건데?

부루퉁한 표정으로 그렇게 말한 세리자와 아카네.

내가 전부 알아차린 걸 깨달았는지 사장이 "그래, 맞아" 하고 고개를 끄덕였다.

"평소처럼 잠자리에 들었다면 콘택트렌즈를 뺐겠지. 하지만 밖으로 나온 그는 안경을 쓰고 있지 않았어."

안경을 썼느냐고 직접 물어보면 생각의 범위가 너무 좁아져서 오히려 떠오르지 않을지도 모른다. 그래서 일부러 간접적으로 안경 쓴 시절의 사진을 보여 줌으로써, 메자키 씨에게 '왠지 모를 위화감'을 불러일으키기로 했다고 한다.

"'뭔가가 없었다'라는 증언을 끌어내기는 생각보다 힘들어."

그렇기에 SNS에 올린, 안경을 벗은 최근 사진 말고 7년 가까이 전에 찍은 가족사진을 보여 주라고 지시한 것이다. 과연, 완벽하다. 아귀가 딱 들어맞는다.

하지만 여기서 굳이 반론을 시도해 보았다. 아무것도 착용하지 않은 맨눈이었을 가능성도 있기 때문이다. 딱히 가지와라 료마를 편들고 싶은 건 아니고 안경 때문에 얼굴 윤곽이 쑥 들어가 보일 만큼 도수 높은 안경을 끼는 사람이 과연 맨눈으로 돌아다닐 수 있을지 의문스럽기는 하지만, 일단 지적은 해야 하리라.

"아니, 맨눈일 리 없어."

사장은 단박에 부정했다.

"그야 이름을 중얼거렸으니까."

20미터쯤 떨어진 어둠 속에 있는 여자를 보고서 '아카네' 하고.

"그렇게 시력이 나쁜데 맨눈으로 알아볼 수 있을 리가."

과연, 지당하신 말씀이다.

"따라서 평소처럼 잠자리에 들었다는 가지와라 료마의 증언은 십중팔구 허위라고 봐도 되겠지."

그럼 왜 그런 거짓말을 해야 했을까? 여기까지 왔으니 답은 불 보듯 뻔했다. 나는 한숨을 푹 내쉬고 의자 등받이에 몸을 맡겼다. 그 순간 어째선지 웃음이 솟구쳤다. 이 남자 뭐지? 왜 이런 사람이 이렇게까지 바늘구멍 같은 틈새 산업에 종사하는 거야?

그와 동시에 의뢰인인 가지와라 씨의 얼굴이 머릿속에 떠올랐다.

―그러니까 꼭 밝혀내 주십시오.

―부탁드립니다. 사랑하는 아들을 위한 일이에요.

이 사실을 알면 그는 무슨 생각을 할까. 왜 그렇게 바보 같은 짓을 했느냐고 눈물을 흘릴까. 아니면 사랑하는 아들을 위해 '무슨 대책'을 세우고자 바쁘게 움직일까.

"아버지는 참 좋은 사람인데……." 참지 못하고 그렇게 중얼거린 순간이었다.

"응?" 사장은 고개를 갸웃하더니 테이블로 몸을 내밀었다.

"뭔가 오해하는 것 같은데."

예전에 보았던 '텅 빈 구멍 같은 눈'이 나를 응시했다.

"의뢰인 가지와라에 대해서도 어떤 소식통을 통해 조사했어. 분명히 말하는데 건실한 인간이 아니야."

그 후 사장은 귀를 의심할 만한 새로운 사실을 들려주었다. 가지와라 씨가 해고당한 이유는 회삿돈을 착복했다는 사실이 들통났기 때문이다. 하지만 회사 상층부가 일이 커지는 걸 꺼려서 형사 고발하지 않고 징계해고하는 수준에서 일을 마무리했다고 한다.

"그 후로 녀석은 본성을 드러냈다는군."

술과 도박에 빠져 부부가 아들을 위해 모은 저금에 손댔고, 아내가 나무라자 폭력을 행사했다. 그러던 끝에 이혼 서류에 도장을 찍었다. 하지만 헤어진 후에도 가끔 전처를 찾아가 자기가 잘못했으니 재결합하자고 치근거렸고, 전처는 결국 "이거 받고 다시는 오지 마" 하고 돈다발을 내밀었다.

"그게 화근이었어."

오히려 맛을 들인 가지와라 씨는 그 후에도 기회가 있을 때마다 돈을 요구했다. 어떤 때는 "이게 마지막이야" 하고 얌전하게, 어떤 때는 "만약 안 주면" 하고 협박 비슷하게. 평온

한 삶을 지키고 싶었던 전처는 이래서는 안 된다는 걸 머리로는 알면서도 그때마다 돈을 주었다. 이렇게 그는 전처에게 기생충처럼 들러붙었다.

"아주 구린 일에도 손을 댄 모양이야. 예를 들면 대마 재배와 밀매라든가. 꽤 재미를 본 것 같던데. 제법 좋은 집에 살고 있지 않았어?"

그 순간 콧구멍 속에 그날의 기억이 되살아났다. 집에 들어가자마자 어디선가 좋은 향기가 풍겼다. 허브랄까 향신료랄까 아무튼 그런 느낌의. 그건 혹시.

말문이 막혀 내가 아무 말도 못 하자 사장이 한 방 더 날렸다.

"분명 이번 일도 공갈의 소재로 삼을 생각이겠지."

깜짝 놀라서 온몸이 굳어 버렸다.

"그래서 아까 그랬던 거야. 가격이 얼마든 그는 알고 싶어 할 거라고."

너무 얼떨떨해서 눈앞이 깜깜해졌다.

안타깝게도 료마는 사람을 죽였어. 여기 확실한 증거도 있지. 자, 어떻게 할래? 내가 입 다물기를 원한다면, 하고 전처를 협박할까.

"넘어져도 빈손으로는 일어서지 않겠다는 거겠지."

한몫 챙기기 위해 이번 일을 이용하다니, 그러고도 친아버지인가?

"애당초 사진을 두 장밖에 가지고 있지 않다는 점에서 부부 관계가 원만하게 해소되지 않았다는 것까지는 쉽사리 상상이 가."

게다가, 하고 사장은 손바닥에 턱을 괬다.

"왜 경찰보다 먼저 진상을 알아내야 하는 건데?"

"앗." 시야가 휘청 흔들렸다.

"경찰이 내놓은 결론에 수긍이 가지 않는다면야 의뢰할 법도 하지. 하지만 당시는 실수로 불을 냈다는 게 경찰의 입장이었으니, 문제없잖아? 더 나아가 가령 경찰보다 먼저 진상에 다다랐더라도 화재가 발생하고 닷새가 지난 그 시점에서 세울 수 있는 '무슨 대책' 같은 건 없어."

따라서, 하고 사장은 의자 등받이에 몸을 기댔다.

"다른 목적이 있을 거라고 예상한 거야."

더는 대꾸할 말도 없었다.

"뭐, 아버지도 아버지이지만 아들도 여간 아니지. '넘어져도 빈손으로는 일어서지 않는' 수준을 넘어서 목적을 위해 '일부러 요란하게 넘어졌으니까'."

그렇게 말하며 사장은 선반 위의 금붕어 어항에 시선을 주었다. 별 의미는 없었겠지만, 그 순간 내 머릿속에 한 가지 이미지가 떠올랐다. 물을 갈려고 금붕어 어항을 옮기던 사장이 발을 헛디디며 넘어져서 어항이 깨진다. 당연히 금붕어도 죽는다. 그 광경을 본 사람은 "한눈을 파니까 그러지" 하고 야단치겠지만, 다치지는 않았는지 걱정도 하리라. 하지만 달려온 사람들은 모른다. 사장의 진짜 목적이 금붕어를 죽이는 것이었음을. 진짜 목적을 은폐하기 위해 '일부러 요란하게 넘어졌다'는 것을. 즉, 가지와라 료마는 그런 짓을 한 셈이다.

진상이 밝혀지지 않으면 그는 실화죄로만 처벌받을 것이다. 사망자가 나오기는 했지만 스스로 불바다에 뛰어드는 사람이 있을 줄 누가 알겠는가. 따라서 과실치사에는 해당하지 않는다. 살인을 은폐하기 위해서라면 실화죄로 처벌받는 건 어쩔 수 없다. 나무를 감추려 숲속에 두는 수준을 넘어, 스스로 숲을 만들어 낸 셈이다.

"그리고 어쩌면 집을 불태우는 것 자체에도 의미가 있었을지 모르지."

세리자와 아카네의 부루퉁한 얼굴이 떠올랐다.

—열받아서 막 다그쳤지.

—허름한 연립주택에서 빨리 이사하는 게 어떻겠냐는 둥,

—그 집에 사는 건 어머니가 엄해서야.

—자식을 너무 싸고돌면 좋지 않다며 생활비를 많이 안 보내거든.

혹시 일석이조를 노린 걸까. 스토커로 변한 전 여친을 처리할 수 있는 데다 지금 사는 집이 불타 없어지면 새집으로 옮길 수 있으리라고 기대한 걸까. 그렇다면 너무 지독하다. 그러고 싶다면 배달기사든 뭐든 열심히 일해서 이사 비용을 모으는 것이 순리 아닌가. 나 자신이 그랬던 만큼 그 꽃밭 같은 정신 상태가 역겨워서 구역질이 날 것 같았다.

"하지만 이게 100퍼센트 진실이라고 확정된 건 아니야."

정황상 가지와라 료마의 자작극일 가능성이 한없이 농후할 뿐, 모로미자토 유즈키가 자신의 의지로 불 속에 뛰어들었을 가능성이 완전히 부정된 건 아니다.

"다만 고객의 바람에는 부응했어. 이걸로 마무리됐군."

마무리……, 마무리? 정말 그럴까. 오히려 무엇 하나 마무리되지 않은 것 아닐까. 이 '수수께끼'를 풀어 버린 탓에, 그렇다기보다 단순히 '해답'을 하나 제시했을 뿐이지만, 그런 까닭에 또 다른 비극의 연쇄가 생겨날지도 모른다면 과연 그걸 마무리라고 할 수 있을까.

"이봐, 착각하지 마."

내가 아무 말도 없자 사장은 못을 쾅 박듯 말했다. 역시 이 남자는 예리하다. 인간의 태도, 그것도 '동적'인 부분만이 아니라 '정적'인 부분에서도 상대의 가슴속에 소용돌이치는 다양한 마음을 읽어 낸다.

"여기는 음식점이야. 그렇다면 해야 할 일은 하나."

고객의 허기진 배를 채워 주는 것.

"단지 그것뿐이지."

무슨 무책임한 소리냐고 화낼 뻔했지만, 잠시 후 과연 그렇구나, 하고 수긍했다.

―난 '탐정'이 아니라 어디까지나 '셰프'야.

그건 그런 의미였나. 어떤 욕구에 굶주린 사람들의 허기진 배를 채워 준다. 목격 증언과 현장 상황 등 객관적 사실이라는 이름의 '소재 본연의 맛'을 살리면서도 고객의 '취향'에 맞춰 조리하고 양념한다. 그것이 바로 이 독특한 '고스트 레스토랑'의 존재의의이자 가치다. 조리 과정에서 첨가물, 화학조미료, 극약, 독소가 얼마나 들어가든 그것이 손님의 바람이라면, 그래서 배가 부르다면 그 후 몸에 어떤 지장이 생기든 본분을 다한 셈이다.

아니, 본분을 다한 셈일까? 모르겠다. 그건 내가 고민해야 할 일이 아니다. 사장이 그저 '셰프'인 것과 마찬가지로 나는 그저 '배달기사'다. 주문한 음식이 아무리 건강을 해칠 가능성이 크더라도, 배달 요청에 따라 시키는 대로 고객에게 배달하는 수밖에 없다. 그것이 긱 워커의 의무이자 긍지다.

신호가 파란불로 바뀌었다. 등에 멘 배달 가방에는 오늘도 누군가가 주문한 '종종 나가는 그것'이 들어 있다. 이걸

원하는 사람은 대체 뭐에 굶주렸을까. 어떤 '맛'이 나기를 바랄까. 그 배를 채워 줘야 할까, 아니면 굶어 죽도록 놔둬야 할까.

모르겠고, 알 필요도 없다. 난 일개 '배달기사'일뿐이니까. 그렇게 스스로를 타이르며 넘실거리는 열기와 소용돌이치는 욕망과 일종의 무상관으로 범벅된 거리 한구석에서 오늘 밤도 페달을 밟는다. 고양감과 우월감, 그리고 예전보다 좀 더 늘어난 비도덕적인 스릴과 일말의 의심을 가슴에 품고 오로지 묵묵하게.

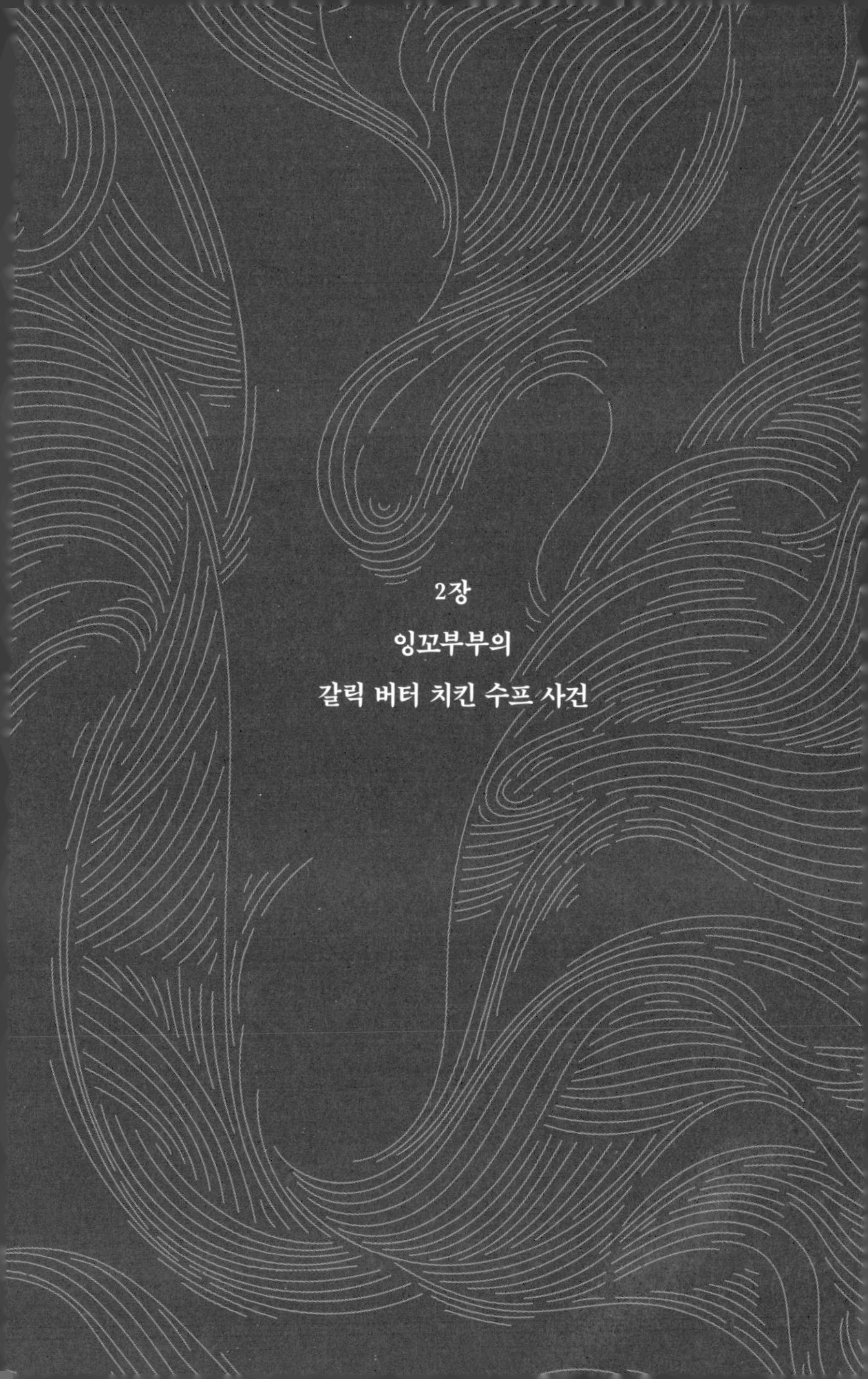

2장
잉꼬부부의
갈릭 버터 치킨 수프 사건

“위험해!”라는 절규가 들렸을 때는 이미 몸이 중력에서 해방된 뒤였다. 허공에 둥실 떠올라 위아래의 개념이 사라졌고, 조각구름이 떠가는 3월의 하늘이 정면에 보였다. 아프지는 않았다. 그렇다기보다 거의 아무 감각도 없었다. 그래도 무슨 상황인지는 순간적으로 이해했다. 차에 치인 것이다.

─죽는 걸까.

그런 예감이 고개를 쳐들었지만, 어쩐지 안도한 것도 사실이었다.

─뭐, 그것도 괜찮지 않나.

이걸로 전부 끝난다. 겨우 해방된다. 안도감과 함께 뇌리를 스친 것은 ‘그녀’였다. 웃으면 없어질 듯 작아지는 눈, 새침한 입술, 투명하리만큼 피부가 뽀얘서 더욱 돋보이는 눈물점 두 개.

할 수만 있다면 한 번만 더 목소리를 듣고 싶었다. 한 번만 더 만져 보고 싶었다. 그리고 무엇보다 사과하고 싶었다.

이것저것 잠자코 있어서 미안해. 어쩌면 그래서 상처 입었을지도 모른다. 하지만 진심으로 사랑했다는 마음만큼은 전하고 싶었다.

'그녀'의 잔상을 붙들어 놓고 싶어서 눈앞의 푸른 하늘로 손을 뻗었다. 정신없이 마지막 힘을 짜내서. 손가락이 세 개밖에 남지 않은 왼손을 필사적으로.

쿵, 하고 충격이 덮쳐 왔다. 동시에 세상이 깜깜해졌다.

I

"손가락 없는 시체입니다."

내가 그렇게 말한 순간, 싱크대에서 금붕어 어항을 씻고 있던 남자가 손을 멈췄다. 지금까지 무슨 소리를 해도 한 귀로 듣고 한 귀로 흘리는 것처럼 전혀 반응이 없었는데, 드디어 호기심의 그물에 걸린 듯했다.

"시체에 손가락이 없었어요."

"머리가 아니라?"

남자가 흉흉하기 짝이 없는 말을 던졌다. 마치 머리가 없으면 그나마 이해가 간다는 듯한 말투다. 하지만 표정을 보건대 농담이거나 재미있으라고 하는 말은 아니었다. 정말

70

이지 어처구니없는 대화다. 만약 내가 탐정 사무소 직원이고, 눈앞의 남자가 탐정 사무소장이라면……. 아니, 그래도 역시 이상한 건 변함없지만.

"손가락이요." 나는 거듭 강조하며 주변을 둘러보았다.

오른편에는 평소라면 금붕어 어항이 놓여 있을 선반, 왼편 안쪽 벽 앞에는 거대한 수직형 업소용 냉장·냉동고, 정면에는 4구 가스레인지, 거대한 철판, 더블 싱크대, 가로형 냉장고 등이 배치된 널찍한 조리 공간, 천장에는 음식점 주방 등에서 흔히 볼 수 있는 훌륭한 배연 및 배기 덕트.

그렇다, 여기는 배달 전문점이다. 그것도 조금……, 아니 꽤 특이하고 어쩐지 아주 수상쩍은. 그리고 나는 비버 이츠의 배달기사로 이 '가게'에 자주 드나드는 하잘것없는 중년 남자다.

이 '가게' 사장인 흰색 요리 모자에 흰색 요리복, 감색 치노팬츠 차림 남자가 싱크대 수도꼭지를 잠그고 수건으로 손을 닦으며 고개를 살짝 갸웃했다.

"그건 좀 묘하군." 사장은 듣기 좋은 맑은 목소리로 말하더니 이쪽으로 다가와서 내 맞은편에 앉았다.

"계속해 봐."

요점을 간결하게 설명하면 다음과 같다.

지금으로부터 일주일 전인 3월 어느 날, 오후 2시가 지난 시각. 사이타마현 가스카베시의 어느 곳에서 이부스키 다이시로라는 남자가 차에 치여 사망했다. 나이는 35세, 가족은 아내뿐. 주택 건설사 직원으로 3년 전부터 가스카베 지점에 근무했다. 그날도 리모델링을 원하는 고객의 집을 방문할 예정이었다고 한다. 근처 코인 주차장에 영업용 차량을 대고 건널목을 건너다가.

"신호를 무시하고 달려온 차에 치였죠."

참으로 가슴 아픈 사고이기는 하나 딱히 사고 자체에 이해가 안 가는 점은 없다. 가해자는 인근에 거주하는 80대 남성으로, 신호가 빨간불로 바뀐 줄 몰랐다고 진술했다고 한다. 다이시로와 그의 유족에게는 미안하나 이것만큼은 정말 불운했다고밖에 할 말이 없으리라. 문제는 그다음이었다.

"의뢰인은 이부스키 다이시로의 아내 요리코인데요."

경찰의 연락을 받고 시신을 확인하러 갔다가 알아차렸다고 한다. 남편의 왼손 새끼손가락과 약손가락이 밑동부터 사라졌다는 사실을. 사고 때문이냐고 경찰에게 물어보았지만 그렇지 않은 듯했다. 보아하니 치료한 지 반년쯤 지난 상태이므로 예전부터 이랬다고 판단할 수밖에 없다고 했다.

"잠깐." 사장이 끼어들었다.

"즉, 요리코는 그제야 남편에게 손가락이 없다는 사실을 알았다는 건가?"

"그런 것 같습니다."

"별거했던 것도 아닌데?"

역시 똑같은 부분에서 의아함을 느낀 듯했다.

요리코는 남편의 손가락이 없다는 걸 남편의 시신을 확인하고야 알아차렸다. 반대로 말하면 그때까지는 몰랐던 셈이다. 한 지붕 아래서 함께 살았는데 말이다. 처음 들었을 때는 '뭔 소리야' 하고 속으로 웃었다. 남편의 손가락이 두 개나 없어졌다는 사실을 아내가 반년 가까이 모르고 살았다니.

"그게 말이 될까요?"

의뢰인 본인은 여기 없으므로 거리낌 없이 코로 픽 웃었다. 애당초 어떤 상황에서 손가락을 잃은 걸까? 병원에서 연락은 없었을까? 없었다면 어째서?

내가 물음표의 바다에서 허우적거리는데도 아랑곳없이 사장은 "그런데" 하고 손바닥에 턱을 괴었다.

"결혼은?"

어떤 의도에서 던진 질문인지 긴가민가했다.

"그건, 제가 결혼했느냐는 뜻입니까?"

"응."

"뭐, 했는데요……."

"그쪽 부인은 반드시 알아차릴 거다?"

"제 손가락이 없어졌다고 치고요?"

"그리고 그 사실을 부인에게 알리지 않았다고 치고."

사람 무시하지 말라고 화내려다가 입을 꾹 다물었다. 갑자기 자신이 없어져서다. 사키에는 그런 상황에서 내 손가락이 없어졌다는 사실을 알아차릴까. 한집에 살고 있어도 얼굴을 마주하는 순간은 거의 없고, 밥도 같이 먹지 않는다. 방도 따로 쓰고, 몸을 섞기는커녕 손을 잡은 지도 몇 년은 됐다.

"아무래도 알아차리겠죠."

찜찜한 기분으로 과연 어떨까, 하고 새삼 자문하며 어이없다는 듯 어깨를 으쓱했다. 질문이 황당무계해서가 아니라 자신 있게 확답하지 못하는 내 처지가 어이없는 것이지만.

"그건 행복한 일이로군."

사장은 혼잣말하듯 중얼거리더니 요리 모자를 벗어서 테이블에 탁 내려놓았다. 윤기가 흘러서 빗질이 수월할 듯한 중간 길이 머리와, 차갑고 인공적인 느낌이 드는 곧은 눈썹, 총명함과 나른함이 동거하는 기름한 눈. 언제 봐도 한숨이 나올 만큼 완벽하게 생겼지만, 개중에서도 특히 두드러지는 부분은 눈동자였다. 무미건조하고 무감정. 모든 것을 꿰뚫어 볼 것 같지만 이쪽에서는 아무 감정도 읽어 낼 수 없다. 말하자면 타고난 매직미러다.

그 매직미러가 나를 붙잡고 놓아 주지 않는다. 자기 자신에게 거짓말하는 건 아니냐고 무언의 압력을 가하듯이.

"어쨌거나." 나는 시선을 피했다.

"딱히 사건성이 있는 것도 아니라서 경찰은 수사에 나서지 않았습니다."

"뭐, 그렇겠지."

"그렇지만 역시 알고 싶다는군요."

남편이 손가락 두 개를 잃은 진짜 이유를.

"그리고 이렇게도 말씀하셨습니다."

불법 사채를 썼는데 갚지 못하자 책임을 묻는 한편으로 협박하기 위해 손가락을 자르게 강요한 것 아니겠냐고.

—뭐, 그럴 리야 없겠지만요.

말을 마치자마자 요리코는 고개를 저으며 덧붙였다.

확실히 요즘 조폭이 그런 짓을, 같은 패거리도 아니라 일반인에게 강요할 것 같지는 않고 그럴 필요도 없으리라. 없어진 게 신장이라면 그나마 이해가 가지만 손가락은 그들에게도 쓸모없으니 얼른 돈이나 갚으라고 나올 것이다.

"다만 요리코 씨가 그런 생각을 떠올린 데는 일단 이유가 있습니다."

유품을 정리하다가 명함 등을 통해 다이시로가 호스티스 클럽에 자주 드나들었다는 사실을 알았다고 한다. 특정한 한 명에게 적지 않은 돈을 쏟아부은 듯하다는 사실도.

"이겁니다." 아까 받아 온 명함을 테이블에 내려놓았다.

명함을 집어 든 사장이 "오호" 하고 한쪽 눈썹을 치켜올렸다.

'Club LoveMaze.' 직역하면 '사랑의 미궁'쯤 될까. 아기자기한 필기체와 반짝거리는 홀로그램 가공이 인상적인 명함의 오른쪽 절반에는 약간 비스듬한 자세인 여자의 바스트 샷이 담겨 있었다. 밝은 금색 머리를 올려 묶었고 도발적인 미소를 띠었다. 업소에서 사용하는 이름은 '도도 리리카'인 듯했다. 생김새가 어쩐지 아내 요리코와 닮았다는 것이 재미있었다. 화려함과 세련됨은 비교할 수준이 아니지만, 뽀얀 피부와 강한 의지가 느껴지는 커다란 눈동자, 약간 도톰한 입술 등. 떼어 놓고 보면 비슷한 부분이 몇 군데 눈에 띈다. 분명 이런 여자가 다이시로의 취향이리라.

"꽤 가까운 곳이네." 사장이 얼굴 앞에 명함을 쳐든 채 중얼거렸다.

기재된 주소는 미나토구 롯폰기다.

"그나저나 이 사람에게 돈을 쏟아부은 것 같다고?"

네, 하고 고개를 끄덕이고 바로 보충 설명했다.

"요리코 씨 말로는 그건 그것대로 묘하다는군요."

남편에게 금전적으로 그런 유흥을 흥청망청 즐길 만한 여유는 없었을 테니까. 한 달 용돈은 3만 엔. 그걸 제하고 남은 월급은 전액 가족 계좌로 이체했다고 한다.

"급여와 상여금 명세서까지 확인했으니 비상금 모으기

는 불가능했을 거라고 했습니다."

그렇다면 제2금융권 등에 의존했을 가능성이 있으며, 그 한도액도 넘어 불법 사채에 손댔을 가능성도 절대로 없다고는 못 한다.

"음, 대강 그렇습니다."

"그렇군." 사장은 천장을 향해 고개를 들고 눈을 감았다.

10초, 20초 시간이 흘러갔다. 드디어 사장이 "그런데" 하고 입을 열었다.

"손가락이 사라진 건 왼손이 틀림없지?"

"네?"

"오른손이 아니라."

"네, 분명 왼손이에요."

"그렇군." 사장은 한 번 더 고개를 끄덕이며 자리에서 천천히 일어섰다.

"어, 벌써 알아내셨습니까?"

"아니, 아무리 그래도 아직은 무리지."

그러니까, 하고 사장은 요리 모자를 머리에 썼다.

"사흘 후에 한 번 더 와야겠어."

즉 '숙제'를 내겠다는 뜻이다. 뭐, 그건 그것대로 보수가 늘어나니까 나쁜 이야기는 아니지만.

"시간은 밤 9시."

“알겠습니다.”

그때 조리 공간에 놓아둔 태블릿PC에서 띠리링, 하고 소리가 났다. “앗.” 내가 눈을 돌렸을 때 사장은 이미 태블릿 PC 앞으로 향하고 있었다.

“주문입니까?”

“그런 것 같아.”

“메뉴는요?”

“종종 나가는 그것.”

사장은 조리 공간에 서서 싱크대에 놔뒀던 금붕어 어항 을 꺼내 들고 마른 수건으로 닦기 시작했다.

“자, 또 어딘가의 누군가가 곤란한 상황에 빠진 모양 이군.”

2

집에 도착해 현관문을 열자 실내는 이미 컴컴했다. 밤 12시 반. 당연하지만 아내 사키에는 벌써 잠들었을 시간이 다. 앞니가 몹시 커서 웃기게 생긴 비버 그림이 들어간 빈 배 달 가방을 옆에 내려놓은 후 조용히 신발을 벗고 안으로 들 어갔다.

오른쪽에 있는 거실로 가서 손으로 더듬더듬 조명 스위치를 눌렀다. 형광등이 잠들었다가 깬 것처럼 깜박거렸다. 곧 불빛이 익숙한 거실을 비췄다.

다섯 평쯤 되는 아담한 공간에 시선을 끌 만한 세련된 가구나 가전제품은 하나도 없다. 저가형 텔레비전과 흔해 빠진 철제 선반, 어디서나 볼 수 있는 식탁. 그 위에는 랩을 씌운 접시 몇 개. 당연하지만 '고생 많았어♡'라고 적힌 쪽지 같은 건 없다.

느릿느릿 접시들을 챙겨 전자레인지에 넣고 버튼을 누르자 "이렇게 늦게?" 하고 불평하듯 부웅, 하는 소리가 울려 퍼졌다. 그 소리를 빼면 집 안은 쥐 죽은 듯 조용했다.

이것이 내 일상이다. 아내는 낮에 파트타임으로 일하고, 나는 비버 이츠 배달기사로 밤늦게까지⋯⋯. 아니, 오늘은 꽤 일찍 들어온 편이다. 자칫하면 해가 떠오르는 이른 아침에야 들어온다. 아무튼 그렇게 일하고 돌아다니느라 집에서 아내와 얼굴을 마주할 기회는 거의 없다. 내가 자는 시간에 아내는 나가고, 아내가 자는 시간에 내가 돌아온다. 한집에 산다는 사실을 실감하는 건 아내가 차려 둔 저녁 식사를 데우는 시간뿐이다.

언제부터였을까, 하고 랩을 씌운 접시를 바라보며 생각했다. 왜 이렇게 된 걸까, 하고도. 하지만 옅은 오렌지색 불빛이 비치는 접시들은 "그걸 우리한테 물어본들 알겠어?" 하고 따지고 싶다는 듯 참으로 거북하고 불편해 보이는 상태로 묵묵히 빙글빙글 돌아갈 뿐이었다.

　우리는 약 20년 전, 내가 스물여덟 살이고 사키에가 스물여섯 살 때 결혼했다. 친구에게 소개받아 사귀었고, 어찌저찌하다 흐름상 함께 살기로 했다. 세상에서 흔히 말하는 불같은 연애는 아니었을지도 모르지만 그래도 당시 우리는 아마……, 아니 틀림없이 사랑했다. 서로 사랑하고 존중했다.

　사키에는 미인은 아니어도 첫인상이 좋았다. 이야기를 들을 때는 사람을 똑바로 바라보며 요란하지 않게, 그렇다고 쌀쌀맞지도 않도록 적절하게 맞장구친다. 언제나 등을 쭉 펴고 있어서 해바라기처럼 자세가 좋았다. 그런 사소한 태도와 몸동작 하나하나에 호감이 갔고, 단정한 젓가락질에서도 가정교육을 잘 받았다는 느낌이 전해졌다. 어느 대기업의 리셉션 데스크에서 일한다고 했는데, 일에 대해서는 한마디도 불평하지 않았고 같이 있을 때는 늘 환하게 웃는 모습이었다.

　그렇기에 결혼에 망설임은 없었다. 파란만장하고 모험이 넘치는 인생은 살 수 없을지도 모르지만, 사키에와 함께라면 현실적이고 분수에 맞는 행복을 맛볼 수 있을 듯했다.

　결혼한 후에도 한동안은 순풍에 돛 단 듯했다. 주말에는 함께 외출했고, 돌아오는 길에 근처 슈퍼에 들러 장을 봤다. 그러는 내내 팔짱을 끼거나 손을 잡고 있었다. 그야말로 그림으로 그린 듯한 잉꼬부부였다. 결혼을 계기로 사키에는 전업주부가 되었지만 주말에는 내가 요리를 하기도 했다. 메뉴는 나름대로 자신 있는 볶음밥. 먹을 때마다 "간이 좀 세" 하고 사키에는 이맛살을 찌푸려도 남긴 적은 한 번도 없었다. 미용실을 다녀왔는데도 내가 알아차리지 못해서 토라지거나 멋대로 리모컨 등등의 물건 위치를 바꿔서 화내는 등 작은 싸움은 많이 해도 한 이불에 들어가서 나란히 누우면 결국은 전부 우스갯소리로 마무리됐다.

변해 버린 건 언제부터였을까. 명확한 계기가 있었던 건 아니다. 알게 모르게 계절이 여름에서 가을로 바뀌듯이, 알게 모르게 두 사람 사이에 건널 수 없을 만큼 깊은 골이 생기고 말았다.

결혼이란 어떤 의미에서 두 '국가'가 통합되는 것과 비슷하다. 두 국가는 풍토며 관습이며 모든 것이 다르지만, 그래도 더 큰 번영과 행복을 추구하기 위해 하나가 된다. 그 과정에서 당연히 마찰도 생길 테고, 그렇기에 수없이 교섭 테이블에 앉아 서로 타협점을 찾아야 한다.

하지만 우리는 그 과정을 게을리했다. 겉으로는 하나의 국가가 성립됐지만 속을 보면 각지에서 분쟁이 발생했다. 어느덧 대화가 줄었고 지금까지는 우스갯소리로 넘겼던 작은 다툼으로 며칠씩 꽁해 있었다. 얼굴을 마주칠 때마다 무슨 불씨가 타오르므로 내가 집에 있는 시간이 점점 적어졌다. 밤늦게까지 일하고, 일을 마치면 한잔하고, 주말에는 골프를 치러 나갔다. 그리하여 골은 더더욱 깊어졌고, 이제는 끌 수 없을 만큼 불씨가 크게 타올랐다. 결국은 둘 다 어디부터 손 대야 할지 모르는 지경이 되고 말았다.

어쩌면 아이가 없는 것이 원인인지도 모른다. 아이가 있는 가정은 늘 창문이 열려 있는 집과 같다. 부부는 창문으로 끊임없이 들어오는 골칫거리에 대응하기 바쁘다. 비나 낙엽이 들이치고 벌레나 새가 날아드는 등 수많은 문제에 이러쿵 저러쿵 대처하다 보면 사소한 갈등이나 싸움은 뒷전이다. 숨 돌릴 틈은 없어도 대신에 탁한 공기가 고이지도 않는다.

우리는 그렇지 않았다. 창문이 없어 환기가 안 되는 집에 틀어박혀 탁한 공기 속에서 마치 상대의 숨결이 닿는 게 질색이라는 듯 서로 등을 돌리고 말았다.

그래도 내게는 한 가지 자부심이 있었다.

─이렇게 살 수 있는 건 내가 돈을 벌기 때문이잖아.

결혼하고 5년이 지났을 때 미타에 있는 아파트를 샀다. 언젠가 아이가 태어날 상황에 대비해 큰맘 먹고 2LDK로 정한 것도 이제는 그리운 추억이다. 35년간 갚아야 할 대출금을 생각하면 눈앞이 깜깜하고 현기증도 났지만, 동시에 그것이 자부심의 근거이기도 했다. 이 집을 지탱하는 건 나다. 내가 있으니까 지금 이렇게 살 수 있다. 그런 식으로 점점 교만해졌고, 가정을 돌아보지 않는 태도를 억지로 정당화했다.

다니던 회사가 문을 닫은 건 3년 전. 아닌 밤중에 홍두깨도 이만저만이 아니라서 웃음밖에 나지 않았다. 동시에 '기둥' 하나가 뽑힌 기분이었다. 이 집을 지탱하는 '뼈대'이자 나 자신의 '척추'가.

—아직 대출금도 남았는데 어떻게 할 거야?

사키에는 불을 끈 거실에서 그렇게 말하고 테이블에 팔꿈치를 짚은 채 머리를 끌어안았다. 사키에가 대놓고 우는소리를 한 건 그때가 처음이었다.

—어쩌긴 뭘 어째? 어떻게든 해야지.

나는 허세를 부린 후 구직 활동에 병행해 새 직장을 얻을 때까지 입에 풀칠하기 위해 아르바이트를 시작했다. 요즘 같은 시대에 40대 중반의 중년 남자를 고용해 주는 곳을 찾기가 쉽지 않았다. '불합격'을 알리는 메일만 늘어났다.

아르바이트하는 곳에서는 열 살, 스무 살이나 어린 선배에게 이것저것 배우며 거만한 지시에 따라야 했고, 가끔은 야단맞았다. 어느 곳에서도 오래 버티지 못했다. 어린놈의 자식이. 누구한테 이래라저래라야. 이미 먼지로 변했을 자존심이 그렇게 마지막 저항을 계속했다. 결과적으로 다다른 직업이 비버 이츠 배달기사였다. 계기는 텔레비전에서 긱 워커 특집을 시청한 것으로 기억한다. 정리해고를 당하고 배달기사 일로 생계를 꾸리는 농년배 남자의 인터뷰를 본 순간, "이거다!" 하고 무심코 무릎을 쳤다. 원하는 시간에 원하는 만큼 일하면 되고, 상사나 선배의 기분을 살피지 않아도 된다. 또 전략적으로 배달에 임하면 한 달에 두 자릿수 만 엔을 벌 수도 있다. 그야말로 내게 딱 맞는 직업이었다.

―부디 사고 안 나게 조심해.

배달기사로 일하겠다고 했을 때, 사키에는 그렇게만 말했다. 대놓고 찬성하지도 명확하게 반대하지도 않았다.

굳이 멀리까지 나갈 이유도 없으므로 필연적으로 미타와 롯폰기 일대를 업무 구역으로 삼았다. 비가 오나 바람이 부나 공유 자전거를 타고 다니며 일당을 벌었다. 술과 담배를 끊고, 번 돈은 전부 아내에게 맡기고, 한 달에 용돈 2만 엔으로 생활했다. 그런 생활에 아무 불만도 없었다면 거짓말이지만 대를 위해서는 소를 희생할 수밖에 없다. 지금 내가 할 수 있는 일이라고는 그것뿐이니까.

그건 그렇지만 이제 나이도 나이다. 역시 20, 30대 시절과는 확연히 다르다. 자전거를 오래 타면 무릎이 아프고, 조금만 바쁘게 걸어 다녀도 숨이 찬다. 이렇게 삐걱거리는 몸에 언제까지고 채찍질할 수는 없으리라. 하지만 재취업을 위해 분발해야겠다는 마음은 그다지 솟지 않았다. 이미 '척추'가 뽑힌 바람에 허리가 구부러지고 고개도 수그러져서, 어차피 안 될 거라고 자포자기하는 마음이 앞섰다.

그런 내가 그 '가게'를 만난 건 약 9개월 전. 마침 그 무렵에 비버 이츠가 24시간 운영으로 바뀌었고 심야 배달은 주간 배달보다 단가가 더 높았으므로 기대에 부푼 마음으로 밤의 롯폰기를 달리고 있는데 드디어 배달 요청이 들어왔다.

'만두의 차와 포'라는 가게 이름은 처음 들어 봤지만 들어 본 적 없는 가게라고 해서 배달 못 할 이유는 없다. 앱에서 지시한 곳까지 가자 기다리고 있던 것은 다른 건물과 별다를 바 없는 상가 빌딩과 기묘한 입간판이었다.

배달기사 여러분, 다음 가게는 빌딩 3층으로 가 주십시오

입간판에는 어마어마하게 많은 가게 이름이 적혀 있었다. '태국 요리 전문점 왓포', '원조 꼬치튀김 가쓰카와', '카레 전문점 코리앤더', '본격 중화요리 진만채가' 등등. 목적지인 '만두의 차와 포'도 눈에 띄었다. 그렇구나, 하고 바로 이해했다. 이건 소위 말하는 '고스트 레스토랑'이리라.

엘리베이터를 타고 3층으로 올라가 어두침침한 복도 끝에 있는 문을 통과하자 예상대로 조리 설비가 갖추어진 임대

스튜디오가 나타났다.

—잠깐만 기다려.

조리 공간에 서 있는 남자가 이쪽을 보지도 않고 말하더니, 냉동 만두를 프라이팬에 늘어놓고 가스레인지를 켰나. 설마 저걸 그대로 배달시키려는 걸까. 미심쩍어하고 있는데 남자가 고개를 휙 돌렸다.

—뉴 페이스로군.

한눈에 반할 만큼 미남이었다. 얼굴 생김새도, 목소리도, 몸동작 자체도 전부 완벽하고 서로 조화를 이루었다. 나보다 어린 건 분명하나 구체적인 숫자는 전혀 떠오르지 않았다. 10대 후반이나 30대 후반, 어느 쪽이라고 해도 고개가 끄덕여질 듯했다.

—이 '가게'에 다다른 것도 무슨 인연이겠지.

나이도 어리면서 반말이라니 괘씸하다는 생각은 들지 않았다. 오히려 시원시원하다고 느꼈을 정도다. 분명 '인간미'가 너무 없기 때문이리라. 지금 내가 상대하고 있는 건 정교하게 만든 밀랍 인형 또는 늙지 않고 100년 넘게 살아온 요괴, 그런 착각마저 들었다.

저기, 하고 나도 모르게 입을 열었다.

—설마 그걸 그대로 보내려고요?

배달기사가 참견할 일은 아니므로 자칫하면 말다툼으

로 발전할 수도 있는 질문이었는데 신기하게도 망설임 없이 말을 꺼냈다. 이 또한 '인간미가 결여'된 탓이다. 눈앞의 남자가 이맛살을 찌푸리거나 불쾌해하는 모습이 전혀 상상되지 않았다.

남자는 당연하다는 듯 고개를 끄덕이고 성큼성큼 다가왔다.

─슈퍼에서 파는 반찬 있잖아.

매끄러워서 아주 듣기 좋은 목소리였다.

─그걸 팩에 담긴 채로 식탁에 내놓으면 좀 실망스럽겠지만, 접시에 예쁘게 담아서 보기 좋게 차리면 나름대로 맛있어 보이지.

─그거랑 똑같아.

과연. 알 듯 말 듯 한 말로 얼렁뚱땅 넘어간 거겠지만, 어째선지 이 남자가 말하자 무조건 그 말이 '옳다'는 믿음이 생겼다. 그런 신비한 설득력이 느껴졌다.

─그나저나 부탁이 있는데.

눈앞까지 다가온 남자가 오른손을 천천히 내밀었다. 눈살을 모으며 받아 들자 평범한 USB 메모리였다.

─배달 가는 김에 이걸 내가 말하는 주소에 전달해 줘.

─보수는 현금으로 1만 엔.

믿기지 않는 제안이라 눈이 동그래졌다. 그것만으로

1만 엔이라고?

　　―물론 수령증을 받아서 여기로 돌아오는 게 조건이지만.

　　아무리 생각해도 수상쩍었다. 평범한 냉동 만두를 ‘만두의 차와 포’라는 이름으로 제공하는 가게다. 분명 뭔가 구린 점이 있다. 이성이 그렇게 속삭였지만 안타깝게도 눈앞에 드리워진 1만 엔은 너무나 매력적이었다. 이쪽은 하루하루 생활을 꾸리기 위해 죽어라 자전거를 타고 다니는 배달기사니까. 1만 엔을 벌려면 몇 번이나 배달해야 할까? 계산기를 두드려 보면 거절할 이유가 없었다.

　　―덧붙여 이 이야기는 절대로 남에게 발설하지 말도록.

　　―만약 발설하면…….

　　목숨은 없다고 생각해.

　　남자는 그렇게 경고했다. 두 눈동자가 너무나 차갑고 ‘공허’하게 느껴졌다. 등골이 오싹하니 오한이 퍼져 나갔다.

　　‘이 이야기’란 뻔뻔하게도 냉동 만두를 그대로 배달시키는 걸 가리킬까, 아니면 정체 모를 이 ‘임무’를 가리킬까. 분명 양쪽 다겠지. 그러나 제시한 보수만 정확히 지급해 준다면 불만은 없다. 이것은 잿빛으로 흐려진 나날에 색채를 더해 주는 예상외의 ‘이벤트’였다.

그 후로 나는 이 '가게'에 들락날락했다. 부여받은 '임무'를 수행하는 것만으로 몇만 엔의 보수를 지급하다니. 솔직히 파격적이다. 한번 빠지면 빠져나올 수 없는 늪에 가까운지도 모르겠다.

처음 한동안은 '뭔가 떳떳하지 못한 짓을 하는 것 아닐까' 하고 의심했지만, 영업 방식을 점점 파악하면서 제대로 된 장사라는 걸 이해했다. 물론 이걸 '제대로 된 장사'라고 불러야 할까는 논의의 여지가 있겠으나 적어도 범죄에 협력하는 건 아니니까 그러려니 하자.

이러저러하여 이제는 매달 나름대로 짭짤하게 보수를 받는다. 그래도 회사원 시절과는 비교가 안 되지만 아내의 수입도 합치면 그렇게 나쁘지 않은 액수다. 반대로 말하면 그 때문에 결국 늪에 푹 빠져 지내는 거지만.

땡, 하는 경쾌한 소리와 함께 전자레인지가 작동을 멈췄다. 하지만 내 의식은 여전히 허공에 둥실 떠 있는 상태였다.

─요즘 왜 이렇게 수입이 늘었어?

─밤새 들어오지도 않고 말이야.

언젠가 아내가 물었을 때 뭐라고 답해야 할지 난감했다.

─덧붙여 이 이야기는 절대로 남에게 발설하지 말도록.

─만약 발설하면…….

어처구니가 없어서 씨알도 안 먹히는 협박이다. 머리로는 그렇게 생각했지만, 그날 보았던 '텅 빈 구멍 같은 눈'을 떠올릴 때마다 어째선지 몹시 섬뜩했다.

―파친코에서 땄어.

얼른 입을 열어 그렇게 답했다. 왜 그런 설명이 통할 것이라고 여겼는지 지금도 잘 모르겠다.

―순 거짓말. 파친코는 가 본 적도 없으면서.

―돈 벌어다 주는데 무슨 불만이 그렇게 많아?

퉁명스럽게 쏘아붙이자 사키에는 더는 말을 꺼내지 않고 어쩐지 서글픈 눈으로 바라보았다. 설마 위험한 짓에 손 댄 건 아니겠지, 하고 캐묻고 싶었을지도 모른다. 그래도 나를 믿고 입을 다문 걸까, 아니면 더는 말을 꺼내기도 싫을 만큼 정이 떨어진 걸까. 모르겠다. 어느 쪽이든 상관없다.

전자레인지 문을 열고 접시에 손을 뻗었다. 예상했던 것만큼 뜨겁지 않았다. 맨손으로도 꺼낼 수 있을 정도였다. 우리 부부 같다고 남의 일처럼 생각했다.

3

"일단은 전제 조건부터 복습할까."

90

사장은 지난번과 똑같이 내 맞은편에 앉아서 말했다.

사흘 후 밤 9시가 지난 시각. 지시받은 대로 다시 '가게'를 방문했다.

영업 시작 전으로 시간을 지정한 건 다른 배달기사에게 방해받기 싫어서이리라. 뜻밖에도, 라고 하면 실례겠지만 이 '가게'는 일반적인 배달 전문점으로서도 장사가 잘된다. 당연한 일일지도 모른다. 애당초 심야 시간에 영업하는 음식점이 그리 많지 않은 데다, 그중 약 서른 곳의 주문이 이 '가게'에 모여드니까. 물론 고객들은 냉동 만두를 그대로 보낸다는 걸 꿈에도 모르겠지만.

딴생각하느라 내가 대답하지 않았는데도 아랑곳없이 사장은 평소처럼 담담히 말을 이었다.

"사고로 사망한 이부스키 다이시로는 35세, 대형 주택 건설사에 근무하는 아주 일반적인 회사원이고."

사고 자체에는 수상한 점이 없으며, 유일하게 의아한 점은 피해자의 왼손 손가락이 두 개 없다는 것이다.

"사고가 나기 반년쯤 전에 손가락을 잃은 것으로 추정되는데, 어째선지 아내 요리코는 그 사실을 몰랐어."

그 점도 약간 믿기 어려우나 한 가지 더 부자연스러운 점은 다이시로가 그 사실을 아내에게 알리지 않았다는 것이리라. 설마 평생 숨길 작정은 아니었을 텐데. 말을 꺼낼 기회가 없었던 걸까, 아니면 말하기 힘든 사정이 있었던 걸까.

"요리코는 남편보다 한 살 어린 서른네 살. 8년 전에 결혼했고 현재는 전업주부. 이부스키 다이시로와 만난 계기는."

―친구 소개로 만났어요.

고개를 숙인 요리코의 모습이 떠올랐다.

사흘 전 '종종 나가는 그것'을 배달하러 갔을 때였다. 이부스키 요리코는 얼핏 보기에도 초췌했다. 보브컷 머리는 윤기를 잃었고, 안색도 안 좋았다. 쑥 들어간 눈 주변은 거뭇거뭇했고 뺨도 수척했다. 그럴 만도 하다. 불의의 사고로 남편을 잃은 데다 기묘한 '수수께끼'만 남았으니까.

―그대로 흐름을 타듯 사귀다가 결혼한 느낌이죠.

―결혼을 계기로 저는 일을 그만뒀고요.

요리코가 띄엄띄엄 꺼내 놓는 이야기를 듣고 우리 부부와 닮았다 싶어 쓴웃음이 나왔다. 친구 소개로 만난 것도, 결혼을 계기로 아내가 일을 그만둔 것도, 남편이 용돈을 받아 생활하는 것도.

그들은 결혼한 지 8년이 지났다. 그 무렵에 우리는 어떤 관계였을까. 겉으로 보기에는 아직 잉꼬부부라고 해도 통했을까, 아니면 차마 못 볼 만큼 냉각된 관계였을까.

그만하자, 다 지난 일이다. 감상을 떨쳐 내고 사장의 설명에 집중했다.

“이부스키 부부가 사는 곳은 시부야구 히로오.”

한적한 주택가에 자리한 5층짜리 아파트다. 그들의 집은 402호. 2LDK로 현관에 들어서자마자 거실이 나오고, 안쪽에 베란다로 통하는 유리문, 왼쪽에 방이 두 개 있다. 방 두 개 중 앞쪽은 다이시로의 서재, 안쪽은 부부 침실이다. 인테리어는 상당히 멋졌지만 건축 연수가 올해로 25년 차다.

―히로오에 사는 게 제 꿈이었어요.

이곳에 집을 구한 경위를 요리코는 그렇게 설명했다.

―제 욕심이죠.

―회사에서 집세를 보조해 주지만 남편의 월급으로는 생활이 꽤 빠듯했어요.

그런 까닭에 다이시로의 용돈은 한 달에 3만 엔으로 엄격하게 관리했다고 한다.

그 이야기를 들었을 때 내 가슴속에는 일종의 동정심이 퍼져 나갔다. 히로오에서 가스카베까지 전철로 약 80분. 지점을 이동하고 지난 3년간 매일 통근에만 그만한 시간을 들이면서도 월급 중 본인이 자유롭게 쓸 수 있는 돈은 한 달에 3만 엔뿐. 땅값이 더 싼 동네에 살면 좀 더 여유가 있을 텐데, 하고 다이시로가 답답해했을 가능성은 있다.

“여기까지가 요전에 당신이 듣고 왔던 내용의 복습. 이제부터는 지난 사흘간 어떤 소식통에게서 얻은 정보야.”

나는 등을 쭉 펴고 침을 꿀꺽 삼켰다.

"이부스키 다이시로의 손가락이 절단된 시기는 경찰의 소견대로 약 반년 전."

정확하게는 9월 16일 금요일이 거의 틀림없다고 한다.

"응급처치를 한 곳은 히로오에 있는 미야사카 병원이고, 시각은 밤 10시경. 즉, 응급실에 갔었던 거야."

분명 가장 가까운 병원으로 간 것이리라. 여기까지 특별하게 부자연스러운 점은 없다. 하나만 들자면 '어떤 소식통'이 누구인지 의문스럽기는 했지만 굳이 묻지는 않았다. 괜히 파고들었다간 '목숨이 없어질'지도 모르고, 으레 있는 일이므로 제쳐 놓았다.

"본인은 '베란다 유리문에 낀 탓'이라고 손가락이 절단된 이유를 설명했다는군."

"유리문에 끼었다고요?"

뭐, 말도 안 되는 이야기는 아니다……, 그렇게 봐야 할까. 손가락이 밑동부터 두 개나 날아갈 만큼 유리문을 세게 닫는 모습은 상상이 되지 않지만, 거짓말해야 할 이유도 떠오르지 않았다. 조폭에게 강요당해 자른 것이 아닌 한.

"그리고 아내에게 연락이 가지 않은 건 이부스키 다이시로 본인이 부탁했기 때문이래."

—대학 시절 친구들과 오키나와에 여행 갔어요.

─모처럼 즐겁게 여행을 떠났는데 이런 소식을 전하면 다 엉망이 되잖아요.

그렇게 애원했다고 한다. 얼핏 아내를 아끼는 좋은 남편처럼 보인다. 문제는 그 후 아내에게 손가락이 절단됐다는 사실을 알리지 않았고, 아내도 그 사실을 몰랐다는 점이다. 이 부분에서 묘한 뒤틀림이랄까, 찜찜한 뭔가가 느껴졌다.

"덧붙여 회사 동료들은 그에 대해 이렇게 말했어."

성실한 태도로 근무했고 업무 실적도 우수했다. 밀어붙이는 뚝심이 조금 약하기는 해도 동료와 고객의 신뢰도 두터웠다. 다만 가끔 놀랄 만큼 수척한 얼굴로 출근했고, 특히 손가락이 절단된 직후에는 한층 침울해 보였다.

"그래서 부고를 들었을 때는 자살했을 가능성도 한순간 머리를 스쳤다는군."

결과적으로 단순한 사고였으나 동료들이 그렇게 지레짐작할 만큼 다이시로가 궁지에 몰렸던 건 사실이리라.

자, 하고 사장이 의미심장한 눈빛으로 말했다.

"여기서 중요한 점은 다음 두 가지."

왔구나 싶어 나는 몸을 조금 앞으로 내밀었다.

"하나는 이부스키 다이시로가 지갑과 핸드폰만 가지고 병원에 갔다는 것."

기대했던 만큼 김이 샜다. 흠……, 그래서? 그게 솔직한 감상이었다. 오히려 보통은 그러지 않을까 싶은데.

"다른 하나는 그가 병원까지 택시를 타고 갔다는 듯하다는 것."

"어? 택시요?"

"적어도 구급차를 부르지는 않았어."

"설마." 무심코 그런 말을 내뱉은 건, 여기서는 명백히 의아함을 느꼈기 때문이다. 나였다면 틀림없이 구급차를 불렀을 텐데. 아니, 하지만. 그들이 사는 아파트는 큰길에 접해 있는 만큼 밤이라도 지나다니는 차가 많은 편이리라. 택시 정도는 금방 잡힐 것이다. 그렇다면 구급차를 불러서 도착하기를 기다리느니, 얼른 뛰쳐나가서 택시를 잡는 편이 결과적으로는 빨리 응급처치할 수 있지 않겠느냐고 생각했을 가능성은 있다. 하물며 아주 급한 상황이다. 냉정한 판단을 내리지 못했더라도 그렇게까지 부자연스럽지는 않은 듯한데.

하지만 이어진 사장의 말은 예상을 한참 뛰어넘었다.

"뭐, 이 시점에서 전모가 대강 보이기는 했지만."

귀를 의심했다. 이 시점에서 전모를 알아차렸다고? 고작 손가락이 절단된 날짜와 상황을 알았을 뿐인데?

"그래서 가설의 토대를 다지기 위해 몇 가지 확인해 줬으면 하는데."

일단 9월 16일의 동향에 대해서.

“이건 이부스키 요리코와 도도 리리카에게 각자 이야기를 들어 봐.”

“아, 네.”

“이부스키 요리코는 여행 중이었다고 추정되는데, 언제부터 언제까지였는지.”

그걸 확인해서 어쩌자는 건가 싶었지만 “네” 하고 고개를 끄덕였다. 그리고, 하며 사장은 천장을 올려다보았다.

“도도 리리카에게는 두 사람이 언제부터 어떤 관계였는지를.”

“그 말은 즉.”

“얼마나 깊은 관계였는가.”

단순히 돈을 잘 쓰는 손님에 불과했는지, 아니면 좀 더 진전된 관계였는지.

“그리고 이부스키 요리코에게는 남편의 급여 명세서를 보여 달라고 해.”

“급여 명세서?”

“거기에 힌트가 있을 테니까.”

“힌트라니요?”

“두 사람이 실제로 어떤 부부였는지에 관한.”

역시 사장은 거기에 문제가 있다고 보는 것이다. 여기에 관해서는 나도 지난번 ‘사정 청취’ 단계에서 느꼈던 바가 없었던 건 아니다. 다이시로의 방에 들어갔을 때 마주했던 한 장면이 무엇보다 강렬하게 기억난다.

의뢰 내용을 듣고 떠나기 전에 다이시로의 방을 보고 싶다고 요청해 그의 서재로 안내받았다. 그리고 그때 한 가지가 묘하게 마음에 걸렸다.

—아아, 저거요?

방구석에 놓인 유리 선반장, 수집품 케이스라고 해야 할까. 아무튼 얼핏 봐도 그것이 '본모습'이 아니라는 건 알았다.

왜냐고? 텅 비어 있었으니까. 참지 못하고 물어보자 요리코는 눈물을 글썽이며 설명해 주었다.

—전에 열이 받아서 몽땅 버렸어요.

예전에는 프라모델이 가득 있었다고 한다. 스포츠카에 전투기, 군함, 그리고 요리코 말로는 '건담 같은 로봇' 등이.

—그 사람 취미였어요.

—그런데 생활비 문제로 말다툼하다가 화가 치밀어서.

이런 데 돈 쓸 거면 용돈을 좀 더 줄여도 되겠네. 아니, 용돈을 어디 쓰든 내 마음이지. 그런 식이었을까. 실제로 본 건 아니지만 상상하기는 어렵지 않았다.

그리고 그다음 날, 요리코는 다이시로가 출근한 후 프라모델을 모조리 쓰레기로 내놓았다고 한다.

—지금은 후회되네요.

아무것도 모르고 퇴근한 다이시로는 화낼 기력조차 상실했는지 넋이 나간 것처럼 멍하니 서 있었다고 한다. 그런 남편에게 요리코는 결정타를 먹었다. 어때, 이제 알았지? 내 말을 거스르면 어떻게 되는지.

만약 같은 상황이 벌어졌다면 나는 어떻게 했을까. 욕을 하면서 때릴 듯한 기세로 몰아세웠을까. 아니면 다이시로처럼 멍하니 서 있는 게 고작이었을까. 모르겠다. 모르겠지만.

—그러지 말걸 그랬어.

그때 유리 선반장 앞에서 코를 훌쩍이는 요리코를 바라보며 나는 이렇게 생각했다. 우리 부부는 그나마 나은 편인지도 모르겠다고.

물론 부부 사이가 냉각돼서 거의 국교 단절 상태다. 북반구와 남반구만큼 생활 리듬이 다르고, 유일한 교역품은 랩을 씌운 접시. 하지만 적어도 사키에는 침략행위는 하지 않는다.

—부디 사고 안 나게 조심해.

배달기사 일을 시작하겠다고 알렸을 때 건넨 한마디.

—요즘 왜 이렇게 수입이 늘었어?

—밤새 들어오지도 않고 말이야.

언젠가 제시했던 의혹. 그렇지만 그뿐이었다. 남편을 믿는 건지, 아니면 더는 할 말이 없는 건지는 확실치 않지만 적어도 그 이상은 간섭하지 않았다.

이부스키 부부는 어떨까. 급여와 상여금 명세서를 확인하고, 용돈을 엄격하게 관리하고, 홧김에 취미인 프라모델을 버리고, 남편이 땀 흘려 일하는 동안 친구와 오키나와에 여행을 간다. 불평등 조약을 맺은 것 같다. 다이시로라는 국가에 주권은 존재하지 않고, 반쯤 식민지화된 것 아닐까.

그럼 이혼하면 되지 않느냐고 제삼자가 말하기는 간단하다. 아내에게 어떻게 말을 꺼내야 할까, 말을 꺼낸들 냉정하게 대화할 수 있을까, 양가에 설명은, 결혼식 때 주례를 선 상사에게 보고는, 재산 분할은……. 고민할 일 천지라 기력과 체력이 남아나지 않으리라는 건 상상하기 어렵지 않다. 그 결과, 현실 직시를 포기하고 울며 겨자 먹기로 현재 상태에 안주하는 길을 선택하는 것도 충분히 이해가 가는 바다.

"그리고 자잘하게 확인해야 할 사항이 몇 가지 더 있어."

어쩐지 사장의 목소리가 멀게 느껴졌다. 지금 내 의식은 허공에 둥실 떠 있는 상태였다.

이부스키 가족. 우리 가족. 각자의 집에 각각의 형태로 성립하는 부부 관계. 우리는 이제 옛날처럼 지낼 수는 없는 걸까. 우리가 특별히 이상한 부부인 걸까.

"이봐, 듣고 있나?"

정신을 차리니 사장이 검은자위가 커다란 눈으로 내 얼굴을 들여다보고 있었다. 변함없이 그 눈동자에서는 아무 감정도 느껴지지 않았다.

"네, 듣고 있습니다."

"그럼 그렇게 알고, 잘 부탁해."

앞으로 할 일이 재깍 정해졌다. 일단은 내일, 의뢰인인 이부스키 요리코를 찾아가야 한다.

4

"9월 16일요? 잠깐만요……."

요리코는 식탁 위의 수첩을 집어서 페이지를 넘겼다.

다음 날 오후, 1시가 지난 시각. 초인종을 누르고 물어보고 싶은 게 몇 가지 더 있다고 말하자 요리코는 흔쾌히 집에 들여보내 주었다. 그리고 지난번과 마찬가지로 식탁에 마주 앉았다.

"네, 확실히 오키나와를 여행 중이었네요."

"여행 기간은 언제부터 언제까지였습니까?"

"13일부터 17일까지 4박 5일이요."

"그렇군요." 즉, 다이시로의 손가락이 절단된 건 여행의 마지막 밤이었던 셈이다. 그래서 뭐가 어쨌다는 거냐고 물어본다면 난감할 따름이지만.

“남편분은 16일 밤에 손가락이 절단된 듯한데요.”

이야기의 흐름상 ‘여행 중이니까 아내에게는 알리지 말라’라고 애원했다는 사실도 전하자, 요리코는 오른손으로 왼손 약손가락을 꽉 움켜쥐며 고개 숙였다.

“그랬군요…….”

그 모습을 보자 가슴이 아팠지만 덧붙여, 하고 나는 무거운 입을 열었다. 요리코를 약간 나무라는 것처럼 들릴지도 모르나 정확히 확인해야 한다.

“남편분에게 손가락이 없다는 사실을 왜 알아차리지 못하셨을까요?”

요리코는 눈을 감고 입을 한일자로 꾹 다물었다.

“여행에서 돌아오셨을 때, 남편분에게 뭔가 이상한 점은 없었습니까?”

거실에 침묵이 내려앉았다. 5초, 10초 시간이 흘러갔다. 마침내 결심했다는 듯 요리코는 심호흡하고 대답했다.

“이상한 점은…… 있었을지도 몰라요.”

하지만 저는 알아차리지 못했습니다. 목소리를 짜낸 후 요리코는 고개를 설레설레 내저었다.

“손가락이 없다는 사실을 알아차리지 못한 건 한집에 살면서도 얼굴을 마주칠 기회가 거의 없었으니까…….”

남편이 출근하는 시간에는 아직 자는 중이고, 퇴근하고

나서도 같이 밥을 먹지 않는다. 요리코는 기본적으로 텔레비전을 보거나 잘 준비를 한다.

"그 무렵에 마침 온라인 요가에 푹 빠졌었거든요. 요가 생각으로 머리가 가득해서……. 이건 변명이겠죠."

"저희 집도 비슷합니다."

엇, 하고 요리코는 고개를 들더니 힘없이 웃었다.

"그렇더라도 너무 심했죠. 그 정도까지 남편을 안중에도 두지 않았다니……."

"제 아내도 분명 그럴 거예요."

그렇지 않으면 좋겠다고 바라면서 일단은 이야기를 맞춰 주었다. 요리코는 다시 살짝 미소 짓더니 창밖으로 고개를 돌리고 먼 곳을 바라보듯 눈을 가늘게 떴다.

"저는 남편을 속박하기만 했어요. 용돈은 얼마까지라느니, 프라모델에 돈을 너무 쓰는 것 아니냐느니, 그렇게 돈 문제에만 눈을 시퍼렇게 뜨고서 가끔은 고함을 지르거나 폭언을 퍼붓기도 했죠. 아니, 꼭 돈 문제로만 그런 건 아니에요. 회사에서 회식한다고 하면 몇 명이 어디로 가느냐고 끈덕지게 캐묻고, 고등학교 동창회 날도 2차까지만 참석하고 집에 들어오라고 단단히 못을 박고……, 자기는 남편이 번 돈으로 여행을 가는 주제에 그렇게 모든 걸 관리하지 않으면 직성이 풀리지 않았어요. 최악이죠."

호랑이 같은 아내 또는 '악처'라는 말이 머리를 스쳤다.

"어째서일까요. 신혼 때는 그렇지 않았는데."

이해합니다, 하고 속으로 고개를 끄덕였다. 명확한 계기는 없나. 없지만 알아차렸을 때는 이미 손쓸 수 없는 지경까지 와 버린 뒤다. 부부란 대체로 그런 것인지도 모르겠다.

요리코의 시선을 좇듯 나도 창문으로 고개를 돌렸다. 그때 사장의 지시 중 하나가 떠올랐다.

—이부스키 부부의 집에 가면 일단 베란다를 살펴봐.

—구체적으로는 난간 모양과 배수구 위치를.

죄송합니다만, 하고 입을 열었다.

"베란다를 좀 봐도 될까요?"

요리코는 한순간 미간을 찌푸렸지만 바로 "그러세요" 하고 고개를 끄덕였다. 자리에서 일어나 베란다로 통하는 유리문으로 걸어갔다. 당연하지만 눈에 확 띄는 핏자국 같은 건 없었다.

문제의 베란다도 아담하니 평범한 구조로, 실외기 외에는 딱히 시선을 끌 만한 물건이 없었다. 지시대로 난간도 살펴보았지만 역시나 이렇다 할 특징은 없었다. 외벽 위에 바가 달린 형태인데, 우리 집도 이것과 똑같다. 배수구는 금방 눈에 띄지 않았는데 자세히 살펴보니 왼편 안쪽, 옆집 베란다와 이쪽 베란다를 구분하는 칸막이 부근에 하나 있었다.

"감사합니다."

고개 숙여 인사하고 식탁으로 돌아왔다. 베란다가 대체 어쨌다는 거냐는 듯 요리코는 미간을 찌푸린 채 나를 바라보았다. 나도 이유는 모른다. 그래서 얼른 다음 임무를 마치기로 했다.

"남편분의 급여 명세서를 볼 수 있을까요?"

그러자 미간에 주름이 깊이 잡힐 정도로 인상을 썼다.

"보여드릴 수는 있는데……, 왜요?"

"좀 확인할 게 있어서요."

물론 다이시로의 주머니 사정에 관해서다.

—급여 명세서를 보여 주면 이것과 비교해 봐.

어젯밤 사장은 그렇게 말하며 다이시로가 다니는 회사의 급여 명세서를 눈앞에 쳐들었다. 전에 말했던 '소식통'을 통해 입수했다고 한다. 이름 부분은 검게 칠했지만. 그나저나 기동력이 어마어마하다.

"이거예요." 다이시로의 서재를 뒤진 끝에 요리코가 명세서를 내밀었다. 명세서를 받자마자 확신했다.

"역시 가짜로군요."

엑셀 같은 문서 프로그램으로 직접 만든 것이리라. 형식은 흡사하지만 요리코가 보여 준 명세서는 복사 용지에 인쇄한 것이다. 반면 '실물'에는 엽서처럼 두꺼운 종이가 사용됐다.

“가짜라니요?”

“급여와 상여금을 줄여서 알려 준 거겠죠.”

깜짝 놀랐는지 요리코의 눈이 동그래졌다.

월급에서 용돈을 뺀 나머지 금액을 가족 계좌에 입금하는 것이 부부의 규칙이었다. 즉, 실제 월급보다 낮은 액수를 알려 주면 다이시로에게는 3만 엔보다 많은 돈이 남는다.

“그랬던 거였군요.”

요리코는 힘이 쭉 빠진 것처럼 고개를 푹 숙였다.

이것이 이부스키 부부의 ‘실제 부부 사이’였다. 남편은 폭정을 펼치는 아내의 눈을 피해 작게나마 계속 저항했다. 몇 달, 아니, 몇 년이나. 가령 매달 5만 엔씩 줄여서 알려 줬다면 1년에 60만 엔. 상여금을 합치면 액수가 더 늘어난다. 호스티스 클럽에 드나들 여유는 있었다고 봐야 하리라. 어쨌거나 이것으로 ‘그 가설’은 완전히 부정됐다.

“불법 사채를 끌어다 쓴 것도, 그 때문에 손가락을 자른 것도 아니네요.”

그렇게 말하자 요리코는 갑자기 진지한 표정으로 벽의 한 곳을 뚫어지게 바라보았다. 왜 그러나 싶어 고개를 갸우뚱하는데, 요리코가 천천히 내 맞은편에 앉아 입을 열었다.

“말씀을 들으니 다른 가능성이 하나 떠올랐어요.”

그 엄숙하고 싸늘한 말투에 나는 무심코 허리를 쭉 폈다.

"실은 내내 마음에 걸렸어요."

요리코는 약손가락의 반지를 빼서 식탁에 내려놓았다.

"결혼반지는 어디 간 걸까 싶어서."

역시 그랬구나, 하는 마음으로 턱을 당겼다. 지난번 '사정 청취' 단계에서 찜찜함을 느꼈고, 분명 사장도 알아차렸으리라.

―손가락이 사라진 건 왼손이 틀림없지?

그렇기에 단단히 확인한 것이다.

"유품을 정리하면서 찾아봤는데 끝까지 나오지 않았어요."

없어진 건 왼손 약손가락과 새끼손가락. 즉, 손가락과 함께 잃어버렸을 가능성이 있지 않을까.

"결혼하고 얼마 지나지 않았을 무렵, 남편이 결혼반지를 끼지 않고 회사에 간 적이 있었어요."

집에 두고 간 반지를 보고 남편이 퇴근하자마자 매섭게 쏘아붙였다. 왜 반지를 안 끼느냐, 바람이라도 피우려는 거냐고.

"그 후로 남편은 절대로 반지를 빼지 않았죠."

―이제 됐지?

그렇게 힘없이 웃었다고 한다.

그렇게 몰아세울 건 없잖아, 딱 한 번 깜박했을 뿐인데.

속으로는 그렇게 반론하고 싶었는지도 모른다. 그러나 다이시로는 불평을 꿀꺽 삼켰다. 삼키지 않을 수 없었다. 아내가 무서운 나머지. 불티가 더는 세차게 날아들지 않도록.

"그 여자가 자른 것 아닐까요?"

"설마!" 참지 못해 언성을 높였다. 하지만 적어도 조폭의 강요에 못 이겨 손가락을 잘랐다는 가설보다는 그럴싸했다.

―도도 리리카에게는 두 사람이 언제부터 어떤 관계였는지를.

―얼마나 깊은 관계였는가.

만약 두 사람이 손님과 호스티스 이상의 관계였다면. 그리고 만약 다이시로가 "곧 이혼할 테니 같이 살자"라는 식으로 말했다면. 하지만 아무리 기다려도 그날이 찾아오지 않아 도도 리리카가 애를 태웠다면.

―말만 번지르르하네.

―이게 그렇게 소중해?

잠든 틈이었는지 아니면 묶어 놓고 그랬는지는 모른다. 아무튼 질투와 집착 또는 본처에게 대항하려는 마음에서 부부간 사랑의 상징이라고도 할 수 있는 약손가락을 결혼반지와 함께 잘랐을 가능성이 아예 없다고 단정할 수 있을까. 믿기 힘들지만 그렇듯 비뚤어진 소유욕이 세상에 존재한다는 건 안다. 무엇보다 그런 사정이라면 아내에게 알릴 수 없었던 것도……, 알리기 힘들었으리라는 것도 이해가 간다.

"돌려받아야겠어요."

날붙이처럼 날카로운 요리코의 목소리에 나는 퍼뜩 정신이 들었다.

"그 여자가 결혼반지와 손가락을 가지고 있다면 용서할 수 없어요."

보세요, 하고 요리코가 결혼반지를 내밀었다.

"저와 남편의 이름을 새겨 났어요."

결혼반지를 받아 살펴보자 'Taishiro&Yoriko'라고 링 안쪽에 두 사람의 이름이 새겨져 있었다.

"이걸 그 여자가 가지고 있다면 절대로 못 참아요. 반드시 돌려받아야 해요."

완강히 거부하는 듯한 결의가 담긴 목소리였다.

"남편의 손가락이 없어진 것도 몰랐던 주제에 이제 와 무슨 소리냐 싶으시겠지만 저도 여자로서 자존심이 있어요."

그 심정은 물론 이해한다. 그런데 과연 그럴까? 정말로 도도 리리카가 손가락을 절단해서 가져갔을까? 요리코에게 반지를 돌려주며 명함에 박힌 도도 리리카의 웃는 얼굴을 떠올렸다. 이쪽을 도발하는 듯한 그 고혹적인 미소의 이면에 그렇듯 광기 어린 민낯이 숨어 있는 걸까.

5

"이부스키 다이시로 씨 일로 왔는데요."

내가 그렇게 말하자 눈앞의 여자, 도도 리리카는 미심쩍다는 듯 고개를 갸우뚱했다.

하룻밤이 더 지난 다음 날, 밤 9시가 지난 시각. 나는 Club LoveMaze의 호스티스 대기실로 안내받았다. 벽에 죽 달린 거울이며, 그 주변에 넘쳐 나는 화장품이며, 사방에서 풍기는 달콤한 향수 냄새며, 담배 연기 때문에 마음이 어수선했다. 애초에 나같이 시원찮은 중년 남자가 발들일 수 있는 곳이 아니겠지만.

─이야기해 뒀어.

─호스티스 클럽에 가서 '도도 리리카 씨 일'로 왔다고 하면 안내해 줄 거야.

그저께 사장이 무덤덤하게 말했다.

정말일까 싶어 주눅이 들었지만 지시받은 대로 말하자 검은색 정장을 입은 매니저는 정중하게 허리 숙여 인사한 후 선선히 대기실로 안내해 주었다. 발이 넓다고 할까, 준비성이 좋다고 할까. 역시 정체를 알 수 없는 남자다.

"죄송하지만 가게 사정상 15분 안에 끝내기 바랍니다."

도도 리리카는 여기서 제일 잘나가는 호스티스인 듯했

다. 매상을 고려하면 시간을 오래 빼앗을 수 없으리라. 대신에 그동안은 다른 호스티스가 대기실에 들어오지 않도록 조치하겠다고 했다. 대우가 좋은 것도 사장의 입김 덕분일까.

"이부스키 다이시로 씨?"

"모르십니까?"

"혹시 다이 짱 말이에요?"

도도 리리카가 치뜬 눈으로 탐색하듯 쳐다보았다. 어깨까지 훤히 드러나는 진홍색 드레스에 어깨 길이의 금색 반묶음 머리. 커다란 눈에 새침한 인상의 오리 입술. 그리고 투명하고 뽀얀 피부. 나이는 20대 중후반. 이부스키 요리코가 결혼하기 전에 호스티스가 됐다면 분명 이런 느낌 아닐까 싶을 만큼 닮았다.

그건 그렇고 다이시로는 본명을 알려 주지 않은 듯했다. 내가 나이와 생김새, 직업 등을 설명하자 드디어 감이 온 것 같았다.

"아아, 틀림없이 다이 짱이네요."

"실은 교통사고로 돌아가셨습니다."

얼른 말하자 도도 리리카는 "엇!" 하고 눈을 동그랗게 뜨며 양손으로 입을 막았다.

"다만 좀 수상한 점이 있어서요."

나는 최소한으로 필요한 정보를 전달했다. 사고 자체에

는 부자연스러운 점이 없다는 것, 하지만 시신의 왼손에 손가락이 두 개 없었다는 것, 아마도 반년 전에 절단된 것으로 추정된다는 것, 그리고 나는 그 수수께끼를 해명하기 위해 조사를 돕고 있다는 것.

잠자코 듣고 있던 도도 리리카가 질문했다.

"그런데 누구 의뢰로 조사하시는 거죠?"

그 순간 팽팽하게 긴장된 분위기가 방에 퍼졌다. 어떻게 대답해야 할까, 질문의 의도는 뭘까.

"부인이요."

"혹시 요리코 씨?"

"어, 아십니까?"

그렇게 되묻자 아니요, 하고 도도 리리카는 당황한 듯 고개를 저었다.

"예전에 그런 이름을 꺼낸 적이 있는 것 같아서요."

그나저나, 하고 도도 리리카는 이해했다는 듯 쓸쓸한 웃음을 지었다.

"역시 결혼했군요."

의미심장한 말투였다. 그냥 넘어갈 수는 없다.

"모르셨습니까?"

"그럴 거라고 생각은 했어요. 여자의 감이지만요."

가령 이 말이 '진짜'라면 도도 리리카는 이부스키 다이시로가 기혼자였음을 명확하게는 몰랐던 셈이다.

"덧붙여 다이시로 씨와는 어떤 관계였나요?"

아무 대답도 없었다.

"물론 여기서만 하는 이야기입니다. 부인께는 전달하지 않겠습니다."

나는 도도 리리카를 안심시켰다. 그래도 입을 열지는 미지수나 이쪽은 험상궂은 매니저가 VIP를 대하듯 깍듯이 맞이한 사람이다. 뭔가 '뒷배'가 있다는 걸 알아차리고 말해 줄 가능성도 높을 듯했다.

침묵을 지키던 도도 리리카는 마침내 어깨에서 힘을 빼고 띄엄띄엄 말을 꺼냈다.

"제가 아직 가스카베에서 호스티스로 일하던 시절에 처음 만났어요."

회사 동료를 따라온 다이시로를 담당했다고 한다.

"다이 짱은 제가 마음에 쏙 든 눈치였고, 제가 이쪽으로 옮긴 뒤에도 자주 찾아왔죠."

다이시로는 검소하고 소박하게 놀았다. 신나게 샴페인을 들이키거나 하지 않고, 기본적으로는 물에 희석한 위스키를 몇 잔 마시는 게 전부였다. 그런 의미에서는 꼭 매상에 공헌한 건 아니다.

"하지만 뭐랄까, 다이 짱은 저를 필요로 해 주었어요."

"필요로 해 주었다니요?"

"수많은 손님이 저를 소유하거나 독점하려는 와중에 다이 짱만은 제가 필요해서 찾아왔다는 뜻이에요. 비슷한 것 같지만 큰 차이죠."

과연, 대강은 이해가 갔다. 그리고, 하고 도도 리리카는 먼 곳을 바라보듯 눈을 가늘게 떴다.

"가끔 아주 서글프게 웃었어요. 제가 왜 그러냐고 물어봐도 이런저런 일이 있어서, 하고 어깨를 움츠릴 뿐이었죠."

말수가 적어서 자신에 대해 시시콜콜 이야기를 늘어놓지는 않았지만 뭔가 끌어안고 있는 건 분명했다고 한다. 불합리한 일이 버젓이 통하는 세상이야, 더는 못 해 먹겠어, 내가 그렇게 잘못했나, 하고 이따금 봇물이 터진 것처럼 불만을 말하기도 했다. 일에 관련된 불만처럼 들리기도 했고, 아니면.

"그렇게 불만을 터뜨려도 희한하게 싫지 않더라고요."

분명 불만 구석구석에 비애와 체념이 깃들어 있었기 때문일 거라고 도도 리리카는 말했다. 다이시로는 욕설을 퍼부으며 스트레스를 발산하고 싶어 했던 것도, 비극의 주인공 행세를 하고 싶어 했던 것도 아니었다. 테두리까지 차오른 컵의 물이 잠깐 방심한 찰나 흘러넘친 듯한 금욕적인 분위기로 불만을 터뜨리다가도 문득 제정신을 차린 것처럼 입을 다물고 미안한 표정으로 "안 되지, 안 돼", "시시한 이야기를 꺼내서 미안해" 하고 어깨를 움츠렸다고 한다.

"그 모습이 사랑스럽고 안쓰럽더라고요. 그래서."

어느덧 사적으로도 만나게 됐다. 일하는 날은 시간이 여의치 않으니까 도도 리리카가 가게를 쉬는 날 밤에 만났다. 퇴근한 다이스케와 롯폰기에서 만나 한두 시간쯤 마시고, 이야기하고, 웃는다. 도도 리리카는 롯폰기에 사니까 전철 시간을 크게 걱정할 필요는 없었다. 그래도 항상 막차 시간보다 여유 있게 헤어졌다. 그 또한 좋은 인상을 주었다고 한다.

"정말로 많은 이야기를 했어요. 아니, 이야기했다기보다 제 이야기를 들어줬을 뿐이지만."

슬슬 호스티스를 그만두려 한다는 것. 자격증을 따기 위해 1년 전부터 화, 목, 토는 가게를 쉬고 전문학교에 다니고 있다는 것. 그런 사적인 이야기를 하면 다이시로는 귀 기울여 듣다가 "아아, 그렇구나", "힘내", "응원할게" 하며 기쁜 듯이 웃었다고 한다.

"육체적인 관계는 없었어요. 그냥 그렇게 같이 시간을 보냈을 뿐이죠."

하지만, 하고 도도 리리카가 잠깐 뜸을 들였다.

"좋아했어요. 인간으로서, 남자로서 그에게 끌렸죠."

나와 눈을 마주치지 않고 말했지만 거짓말 같지는 않았

다. 나한테 사람 보는 눈이 얼마나 있는지는 의심스럽지만.

"9월 16일은 어땠나요?"

"네?"

"그날 안 만나셨습니까?"

도도 리리카는 기억을 더듬듯 눈으로 허공을 더듬었다.

"그날 다이시로 씨는 손가락이 절단되어 병원으로 달려 갔습니다."

너랑 상관있잖아, 하고 찔러본 것이나 마찬가지였지만 시간이 15분뿐이라 빙 둘러서 접근할 여유가 없었다.

도도 리리카는 눈을 부릅떴지만 의연한 목소리로 답했다.

"너무 오래전이라 기억이 안 나는데요."

"음, 예를 들어 메신저로 나눈 대화를 보면."

"지워서 몰라요."

"지웠다고요?"

어떻게 된 걸까. 호스티스의 생태에 밝지 않지만 손님의 연락처 같은 건 보통 지우지 않고 남겨 두지 않을까.

"왜요?"

"그냥 어쩌다가요."

그럴 리가 있느냐고 속으로 반론했지만, 도도 리리카의 말투에서 더는 파고들지 말라는 심상치 않은 결의가 철철 넘치는 것처럼 느껴졌다.

"시간이 다 됐습니다."

문을 두드리는 소리와 함께 매니저가 들어왔다.

감사합니다, 하고 고개를 숙였지만 도도 리리카는 인사를 받아 주지 않고 뻣뻣하게 굳은 몸으로 어딘가 한 곳만 노려보았다. 무슨 생각을 한다기보다 명확하게 '어떤 광경'을 보는 듯한 눈이었다. 결국 더는 캐묻지 못하고 가게를 나섰다.

결론부터 말하자면 두 사람이 어떤 관계였는지에 관해서만 충분히 확인했다. 물론 곧이들을 수는 없어도 대체로 사실로 받아들여도 되리라. 한편 제일 중요한 '9월 16일'의 동향은 전혀 파악하지 못했다. 분위기로 보건대 도도 리리카가 '뭔가'를 숨기고 있는 건 거의 확실한 듯하지만.

"수고했어. 이걸로 전부 갖추어졌군."

그길로 '가게'에 가서 보고하자 사장은 표정 변화 하나 없이 말했다.

"네? 전부 갖추어졌다고요?"

너무 놀라서 눈만 끔뻑끔뻑했다. 왜? 어떻게? 그렇게 중요한 이야기가 있었나?

"그러니까 상품 라인업에도 추가해야겠어."

드디어 '마지막 단계'에 접어들어 의뢰인에게 보고할 일만 남았다. 실은 이 단계를 위해 의뢰인을 처음 만나러 갔을 때 ‘암호’를 정한다. 무슨 말이건 상관없지만 이부스키 요리 코가 “암호요……” 하고 고심하길래 내가 “예를 들어 남편분 과 관련된 말 중에 뭔가 없을까요?” 하고 재촉했더니 말했다.

—‘잉꼬부부’는 어떨까요?

—아이러니하지만 스스로 반성하는 의미도 담아서.

그리하여 지금 수많은 업소명 중 하나인 ‘국물 요리 마 코토’라는 가게의 메뉴에 그 ‘암호’를 덧붙인 요리를 추가하 려 한다. ‘잉꼬부부의 콘포타주’라거나 ‘잉꼬부부의 미네스 트로네’라거나. 그리고 그 요리의 가격이 이번 안건의 ‘성공 보수’인 셈이다. 해답을 알고 싶다면 그 요리를 주문해야 한 다. 아무리 가격이 터무니없을지라도.

국물 요리 마코토, 즉 진상을 아는 자다.

“반지를 되찾는 수고비도 포함해서 30만 엔으로 할까.”

잘못 들었나 싶어 눈을 크게 떴다. 가격도 가격이지만 방금 사장은 이렇게 말했다. 반지를 되찾겠다고.

“무슨 뜻이죠?”

잠시 침묵이 흘렀다. 들리는 것이라고는 윙윙 돌아가는 환풍기 소리뿐.

사장이 요리 모자를 다시 쓰고 무덤덤하게 말했다.

“그럼 시식회를 시작할까.”

6

땅, 하는 경쾌한 소리와 함께 전자레인지가 작동을 멈췄다. 문을 열고 별생각 없이 손을 뻗었다. "앗, 뜨거워." 나는 얼른 손을 거두었다. 요전에 맨손으로 접시를 꺼낼 수 있었던 건 전자레인지의 변덕이었던 모양이다.

접시를 행주로 감싸듯이 들고 거실로 돌아갔다. 식탁에는 볶음밥이 담긴 큰 접시와 보리차를 따른 유리잔, 숟가락, 젓가락이 마주 보듯 놓여 있었다. 거기에 방금 데운 반찬 접시를 추가했다.

오후 5시 반이 지났다. 이 시간에 집에 있는 건 오랜만이었다. 달리 할 일이 없었으므로 일단 식탁에 앉아 아내가 돌아오기를 기다렸다.

그날 '잉꼬부부의 갈릭 버터 치킨 수프'를 메뉴에 추가하자 곧 주문이 들어왔고, 그 요리는 그대로 메뉴에서 조용히 자취를 감추었다. 그런 웃기지도 않는 요리가 한순간이나마 메뉴에 추가됐다는 사실을 아는 사람은 거의 없으리라.

하지만 나 말고 다른 배달기사가 그걸 이부스키 요리코에게 배달했다. 가능하면 내가 직접 달려가고 싶었지만, 누구에게 배달 요청이 들어갈지는 앱의 알고리즘에 달렸으니 이것만큼은 어쩔 도리가 없다. 이부스키 요리코는 보고 자료를 읽고 무슨 생각을 했을까. 그 후 그녀들에는 무슨 일이 일어났을까. 나는 손바닥에 턱을 괸 채 그날 들었던 이야기를 다시 떠올렸다.

"그럼 시식회를 시작할까."

맞은편에 앉은 사장은 이어서 이렇게 단언했다.

"결론부터 말하자면 손가락을 절단한 건 이부스키 다이시로 본인이야."

"뭐라고요?"

직접 잘랐다고? 그가 병원에서 말한 대로 '유리문에 끼었다'는 뜻일까? 궁금증을 참지 못하고 끼어들었다.

"아니, 그런 게 아니야. 불의의 사고가 아니라 본인 의지로 절단한 거지."

그게 무슨. 말도 안 된다. 얼떨떨해하는 나를 본체만체, 사장은 아무렇지도 않게 추리를 펼쳤다.

"이부스키 다이시로는 반지를 잃어버렸어. 즉, 어디선가 뺐다는 뜻이지."

순간 요리코의 일그러진 얼굴이 뇌리를 스쳤다.

—결혼하고 얼마 지나지 않았을 무렵, 남편이 결혼반지를 끼지 않고 회사에 간 적이 있었어요.

요리코는 집에 있던 반지를 보고 남편이 퇴근하자마자

매섭게 쏘아붙였다. 왜 반지를 안 끼느냐, 바람이라도 피우려는 거냐고.

─그 후로 남편은 절대로 반지를 빼지 않았죠.

그리하여 간신히 별 탈 없이 넘어갔는데.

"그런 아내에게 결혼반지를 잃어버렸다고 말하면 어떻게 될까?"

어떻게 손을 쓸 방도도 없이 피로 피를 씻는 듯한 아수라장이 벌어져 차라리 죽는 게 낫겠다 싶지 않았을까. 남편이 없는 틈에 취미인 프라모델을 모조리 쓰레기로 내놓는 독한 아내다. 생지옥이 따로 없을 만큼 욕을 퍼붓고, 자칫하면 쿠션이나 컵, 접시가 날아올지도 모른다. 왜 뺐는데? 역시 바람피우는 거구나. 오늘은 절대로 그냥 넘어가지 않겠어.

"궁지에 몰려 안절부절못하던 다이시로는 그러한 상황을 회피하려고 막판에 정신 나간 시나리오를 쓰고 말았어."

손가락이 절단되는 바람에 반지도 같이 잃어버렸다. 나무를 감추려면 숲속에 둔다는 말의 반대로, 나무 한 그루가 잘렸다는 사실을 감추기 위해 숲을 통째로 벌목했다는 건가.

"차례대로 검증할게."

할 말을 잃어버린 나는 아랑곳없이 사장은 어디까지나 담담하게 말을 이었다.

"일단 다이시로가 말했던 '유리문에 끼어서 손가락이

절단됐을 가능성'에 대해. 여기에는 명확하게 이상한 점이 있어."

"이상한 점이요?"

사장은 응, 하고 고개를 끄덕인 후 말했다.

"만약 그랬다면 왜 절단된 손가락을 병원에 가져가지 않았지?"

앗, 하고 머릿속에 램프가 켜졌다.

―여기서 중요한 점은 다음 두 가지.

―하나는 이부스키 다이시로가 지갑과 핸드폰만 가지고 병원에 갔다는 것.

그 말이 맞다. 왜 진작 알아차리지 못했을까.

"원래대로 돌아올지는 모르지만, 불의의 사고였다면 보통은 봉합하기 위해 손가락을 가져가겠지?"

하지만 그는 손가락이 밑동부터 잘려 나간 상태로 응급 처치를 받았다.

"자, 이때 꺼낼 수 있는 변명은 절단된 손가락을 잃어버렸다는 거야."

하지만, 하고 사장은 팔짱을 꼈다.

"베란다 유리문에 끼었다면 손가락은 실내나 베란다에 떨어지겠지."

실내에 떨어졌다면 잃어버릴 리 없으리라. 문제는 베란

다 쪽으로 떨어졌을 때인데.

"아무리 세게 끼었어도 몇 미터나 날아가지는 않을 거야."

따라서 바깥에 떨어졌다고 보기는 힘들다. 난간은 외벽 위에 바가 달린 형태라 틈새를 빠져나갈 수 있는 구조가 아니니까. 또 유리문에서 배수구까지도 거리가 있으므로 거기까지 굴러가서 잃어버렸을 가능성도 적다.

"즉, 절단된 손가락을 바로 회수할 수 있었겠지."

과연. 희한한 지시를 한다 했는데 그걸 확인하기 위해서였나. 순순히 감탄하는 내게 사장이 몸을 약간 내밀었다.

"덧붙여 그래서 구급차를 부르지 않은 거야."

"아아……." 여기까지 들었으니 아무리 둔해도 이해가 간다. 구급차를 불렀다면 구급대원이 이렇게 말했으리라.

—절단된 손가락은 어디 있나요?

—봉합에 성공할 가능성이 있으니 가져가는 편이 좋겠습니다.

이렇게 되면 서두르다 손가락을 가져오지 않았다는 시나리오는 통하지 않는다.

"그러한 상황을 회피하기 위해 구급차를 부르지 않았다고 보면 앞뒤가 맞아."

탄성밖에 나오지 않았다. 그래서 요전에 사장이 담담히

말한 것이다.

—뭐, 이 시점에서 전모가 대강 보이기는 했지만.

불의의 사고를 당했는데도 손가락을 가져가지 않았다는 것, 그리고 구급차를 부르는 대신 택시를 타고 병원으로 향했다는 것. 이 두 가지 사실만으로 다이시로의 의도를 꿰뚫어 본 셈이다. 대단한 판단력에 혀를 내두를 수밖에 없다.

"그럼 왜 반지를 잃어버렸을까."

사장의 눈동자에 예리한 빛이 깃들었다.

"도도 리리카가 훔친 거야."

"네?"

"둘이 만났을 때. 예를 들면 다이시로가 화장실에 가느라 자리를 비운 사이라든가."

도도 리리카는 다이시로가 기혼자 아닐까, 하는 낌새를 맡았다. 그래서 다이시로가 자리를 비운 틈에 테이블이나 카운터에 둔 지갑을 뒤져 보기로 했다. 그러자 반지가 들어 있는 것 아닌가. 반지를 보고 리리카는 자조적으로 생각했다. 아아, 역시 유부남이었네. 그걸 감추고 날 만난 거야.

—좋아했어요.

—인간으로서, 남자로서 그에게 끌렸죠.

"그래서 순간적으로 울컥한 나머지 반지를 훔쳤어."

좀 골려 주려고 했을 뿐인지도 모르고, 어쩌면 명확한

악의가 있었을지도 모른다. 속마음을 정확하게 알 수는 없으나 어쨌거나 리리카는 반지를 훔치기로 했다.

"도도 리리카의 반응을 믿는다면, 이부스키 다이시로가 기혼자일 거라는 확신은 없었을 것 같군."

—역시 결혼했군요.

—그럴 거라고 생각은 했어요. 여자의 감이지만요.

만날 때도 결혼반지를 꼈다면 몰랐을 리 없다. 뒤집어 생각하면 역시 다이시로는 리리카와 밀회할 때 반지를 뺐던 것이리라. 당연히 반지를 어딘가에 숨겼던 셈이다. 호주머니나 사장 말대로 지갑 속에. 설마 뒤질 줄은 꿈에도 몰랐을 테니, 딱히 억지스러운 추리는 아니다. 실제로 예전 동료 중에 그런 녀석이 몇 있었다. 아무리 그래도 리리카가 훔쳤다는 추리는 비약이 심한 것 같기도 하지만.

"틀림없어."

"어째서요?"

"초반에 이런 대화를 나눴잖아?"

—그런데 누구 의뢰로 조사하시는 거죠?

—부인이요.

—혹시 요리코 씨?

—어, 아십니까?

—예전에 그런 이름을 꺼낸 적이 있는 것 같아서요.

"밀회할 때 반지를 빼는 남자가 섣불리 아내 이름을 꺼 낼까?"

"그건 그러네요……."

"하물며 자기 성씨며 이름조차 제대로 알려 주지 않았 어. 가정을 지키기 위해 나름대로 위기관리를 한 셈일 테니, 그렇다면 더더욱 아내 이름을 꺼내지 않겠지."

이 또한 옳은 말이다.

"그렇다면 도도 리리카는 어디서 요리코라는 이름을 알 았을까?"

"앗."

그 순간 이부스키 요리코의 심각한 표정이 떠올랐다.

—실은 내내 마음에 걸렸어요.

—결혼반지는 어디 간 걸까 싶어서.

그 후에 보여 준 반지 안쪽에 새겨져 있지 않았던가. 'Taishiro&Yoriko'라는 이름이.

"분명 그걸 본 거겠지."

물론 엄밀하게 말하면 그게 결혼반지라는 보증은 없다. 커플링일 수도 있으니까. 다만 그렇기에 도도 리리카의 반응 도 말이 된다. 십중팔구 유부남일 것이라 여기면서도 끝까지 확실한 증거는 없었다. 그렇기에 "부인입니다"라는 내 대답 에 "요리코 씨?" 하고 확인해서 확신을 얻은 것이다.

더는 찍소리도 나오지 않을 정도였다. 두 손 두 발 다 든 건 사실이지만, 아직 이 추리가 진실로 확정된 건 아니다. 이부스키 요리코의 지적대로 도도 리리카가 무슨 방법으로 다이시로의 손가락을 절단했을 가능성이 있기 때문이다. 궁여지책으로 반론해 보았지만, 사장은 대번에 고개를 저었다.

"아니, 그럴 가능성은 거의 없어."

"왜요?"

"그렇다면 새끼손가락까지 절단하는 건 너무 과하니까."

"아아." 이번에도 수긍하는 수밖에 없었다. 사라진 건 새끼손가락과 약손가락. 도도 리리카 짓이라면 약손가락만 절단하면 된다.

"그런데도 실제로는 바깥쪽 두 개가 사라졌지."

일상생활에서 약손가락만 절단될 상황이 있을까? 그렇기에 최대한 자연스러워 보이려면 새끼손가락까지 절단해야……. 그런 발상에 다다른 건 스스로 절단했기 때문이리라.

"결정적인 건 이부스키 다이시로가 병원에 날짜야."

사장을 도와주는 소식통에 따르면 9월 16일 금요일이었다.

"도도 리리카 말에 따르면 두 사람이 밀회한 건 '자기가 가게를 쉬는 날'이었어."

"즉?"

"손가락이 절단된 건 반년 전. 한편 도도 리리카는 1년 전부터 전문학교에 다니고 있지. 따라서 도도 리리카가 손가락을 잘랐다면 화, 목, 토 중 하나일 수밖에 없어."

"앗."

분명 리리카가 그랬다. 어느덧 사적으로도 만나게 됐지만 일하는 날은 아무래도 시간이 여의치 않으니까 가게를 쉬는 날 밤에 만났다고. 리리카가 가게를 쉬는 날은 화, 목, 토. 자격증을 따기 위해 다녔던 전문학교에 가는 날이다.

"가령 밀회한 날 호텔이나 도도 리리카의 집에서 손가락을 절단당했다면 이부스키 다이시로는 적어도 하루 이상 병원에 가지 않고 버틴 셈이야."

하지만 아무래도 그런 짓을 할 이유가 없다. 하물며 그런 상태로 어떻게 금요일에 출근하겠는가.

"다시 말해 금요일에 퇴근하고 나서 손가락을 절단한 게 틀림없어."

그리고, 하며 사장은 천장을 올려다보았다.

"분명 그때까지가 반지를 찾아내기 위해 주어진 시간이었겠지."

오키나와로 여행을 떠난 아내가 내일 돌아오니까.

"물론 도도 리리카도 떠봤을 거야."

만나기 직전에 반지를 뺀 건 기억한다. 그런데 어디를 찾아도 반지가 눈에 띄지 않는다. 다른 곳에서 잃어버렸을 가능성도 있겠지만 그려지는 시나리오가 하나 더 있다.

"혹시 힐링과 안식의 땅이었을 도도 리리카가 갑자기 엄니를 드러낸 건 아닐까."

그렇게 생각한 다이시로는 혹시나 하는 마음으로 리리카에게 연락했으리라. 반지를 훔쳤느냐고 직설적으로 물어봤는지 어쨌는지는 알 방도가 없으나 적어도 그런 의혹을 가슴에 숨기고서.

—지워서 몰라요.

—왜요?

—그냥 어쩌다가요.

자세한 대화 내용은 이미 사라졌지만 이야기를 나누는 과정에서 일이 꼬였을 가능성은 있다. 그 결과 리리카는 다이시로의 연락처를 지운 것 아닐까. 배신당했다는 아픔과 그 이상으로 큰 자책감에 시달렸다. 그래도 이제 와서 돌이킬 수는 없다며 반쯤 자포자기한 심정으로.

"그리하여 궁지에 몰린 이부스키 다이시로는 거의 착란 상태에 빠진 가운데, 스스로 손가락을 절단한다는 미친 짓에 나섰어."

다이시로의 실행 장소가 집이었는지는 불확실하다. 병원 근처 공원 같은 곳이었을지도 모른다. 아무튼 아내가 두려운 나머지 자기 몸에 손상을 준다는 해괴한 결단을 내렸다.

"그렇게까지 했건만 여행에서 돌아온 아내는 남편의 손가락이 없어졌다는 사실을 눈치채지 못했어."

그때 다이시로가 얼마나 상심했을지는 상상도 되지 않는다. 나였으면 분명 정신이 나갔으리라. 그렇게 말할 기회를 잃고 반년이라는 세월이 흐른 것이다.

그렇지만, 하고 사장은 요리 모자를 벗었다.

"물론 도도 리리카가 절단했을 가능성도 부정된 건 아니야. 어쩌면 역시 본인 말대로 베란다 유리문에 끼었을 뿐인지도 모르고."

그러나, 하고 사장은 머리카락을 쓸어올렸다.

"지금까지 입수한 정보를 토대로 따져 보면 이부스키 다이시로 본인이 직접 손가락을 절단했다는 시나리오가 제일 그럴듯해."

그럴 것이다. 100퍼센트 확정된 건 아니어도 이 시나리오가 모든 상황에 가장 딱 들어맞는다.

나는 한숨을 푹 쉬고 의자 등받이에 몸을 맡겼다. 그와 동시에 어쩐지 먹먹한 기분이 솟아올랐다. 기이한 자해를 저지른 다이시로, 그런 지경까지 남편을 몰아붙인 요리코, 비극의 방아쇠를 당겼을지도 모르는 리리카. 이 사실을 보고받았을 때 요리코는 무슨 생각을 할까.

—지금은 후회되네요.

—그러지 말걸 그랬어.

남편을 대하는 요리코의 태도와 행동에서는 분명 광기 같은 것이 느껴진다. 하지만 어째서일까, 더 이상 매질을 가하는 건 잔혹한 처사 같기도 했다. 그렇게 생각한 순간이었다.

"다만 요리코에게는 도도 리리카가 손가락을 절단했다는 스토리를 전달할 거야."

너무 놀라서 보기 싫게 입을 떡 벌리는 것이 고작이었다. 대체 왜? 내 반응을 예상했는지 사장은 당연하다는 듯한 표정으로 말했다.

"그야 이부스키 요리코는 그럴 거라고 믿잖아?"

아니, 오히려 그러기를 바랄지도 모른다고도.

"어쨌거나 아내를 무서워한 나머지 남편이 스스로 손가락을 절단했다는 스토리를 듣고 싶지는 않겠지. 이부스키 요리코가 제시한 '암호'는 '잉꼬부부'. 그런 말이 어울리는 관계였는지는 제쳐 놓고, 실제로 다이시로도 아내가 상처 입거나 화내는 게 싫다는 마음에서 손가락을 절단한 것으로 추정돼. 제삼자가 보기에는 아무리 멍청한 짓이었을지언정, 그 각오에 보답한다는 의미에서도 우리가 해야 할 일은 단 하나."

도도 리리카를 악인으로 만들고 천연덕스러운 얼굴로 반지를 되찾는 것뿐.

"도도 리리카가 일하는 Club LoveMaze에 손쓰면 반지를 회수하는 건 일도 아니야. 도도 리리카도 절도죄로 체포당하고 싶지는 않을 테니까."

"그 말은 즉."

도도 리리카와 거래한다. 더 노골적으로 말하자면 도도 리리카를 협박하겠다는 건가. 네가 반지를 훔친 것 다 안다. 사적인 자리였다고는 해도 손님의 물건을 훔치는 호스티스를 가게에서 그냥 놔둘까? 그렇지 않더라도 당연히 절도죄다. 일을 키우고 싶지 않으면…….

"뭐, 뒷일은 이쪽에 맡겨 둬. 의뢰인에게는 *전부* 돌려줄 테니까."

그 후 실제로 일을 어떻게 처리했는지는 못 들었다. 굳이 확인할 생각도 없었다. 하지만 역시 '전부'라는 표현이 묘하게 찜찜했다. 액면 그대로 받아들인다면 반지뿐 아니라 손가락도 돌려줄 것처럼 들리는데.

"아무래도 그건 안 되겠지."

코웃음을 친 순간 현관문이 철컥 열렸다. 사키에가 돌아왔다. 퍼뜩 정신을 다잡자 심장이 쿵쿵 뛰기 시작했다. 이마,

겨드랑이, 손바닥에 식은땀이 천천히 배어났다. 아내를 맞이할 뿐인데 이렇게 긴장하다니 한심하기 짝이 없다.

"어? 이게 다 뭐야?"

거실에 들어오자마자 식탁에 차려 놓은 접시들을 보고 사키에는 의아해하는 표정으로 발을 멈췄다.

"가끔은 내가 차려서 같이 먹는 것도 좋잖아."

바싹 마른 목구멍에서 갈라진 목소리를 짜냈다. 그러나 직접 만든 건 특기인 볶음밥뿐이다. 그 외의 반찬은 아까 슈퍼에서 사 왔다.

그렇지만.

―슈퍼에서 파는 반찬 있잖아.

―그걸 팩에 담긴 채로 식탁에 내놓으면 좀 실망스럽겠지만, 접시에 예쁘게 담아서 보기 좋게 차리면 나름대로 맛있어 보이지.

―그거랑 똑같아.

그렇다, 그 작은 노력이 중요하다.

"뭐야, 갑자기."

"아니, 그냥. 이럴 때도 있지 뭐."

아내가 무서운 나머지 남편이 스스로 손가락을 절단한 사건을 조사했기 때문이라고는 물론 말하지 않는다. 언젠가 보았던 사장의 '텅 빈 구멍 같은 눈'이 두려웠기 때문도 아니다. 설마 위험한 일에 관여한 건 아니겠지, 하고 아내가 걱정하는 게 싫어서다.

하지만 그 일이 계기인 건 사실이었다. 원래 다른 집과 비교해서는 안 될지도 모른다. 각각의 집에 긱긱의 형대로 성립된 부부의 형태. 거기에 우열 따위는 없으리라. 그래도 이번에 새삼 실감했다.

아마도, 아니 틀림없이 아직 늦지 않았다는 걸. 오히려 지금부터라도 다시 시작해야 한다는 걸. 이부스키 부부의 '참상'에 비교하면 우리 부부는 아직 괜찮다는 걸. 순 자기 멋대로라고 생각할지도 모른다. 이런다고 원래대로 돌아갈 수 있을 것 같으냐고 어이없어할지도 모른다. 그렇다면 그걸로 됐다. 그렇더라도 지금의 내가 할 수 있는 단 한 가지 일을 하자.

식탁에 마주 앉았다. 사키에는 식탁에 차려진 접시들을 물끄러미 바라보다가 "잘 먹겠습니다" 하고 볶음밥을 떠서 입에 넣었다. "어때?" 하고 조심스레 물어보자 나를 보더니 "엇!" 하고 눈살을 찌푸렸다.

"거기, 왜 그래?"

"뭐가?"

"손가락."

아아, 이거.

“아까 채소 썰다가 베였어.”

반창고를 감은 왼손 약손가락 끄트머리를 쑥스럽게 쳐 들었다.

“평소 안 하던 짓을 하니까 그러지.”

“그러게.”

“조심해.”

그때였다. 가슴속에 희미한 열기가 감돌았다. 뱃속에서 안도감과도 비슷한 ‘뭔가’가 솟아올랐다. 왜냐고? 당연하지 않은가.

─그쪽 부인은 반드시 알아차릴 거다?

─제 손가락이 없어졌다고 치고요?

─그리고 그 사실을 부인에게 알리지 않았다고 치고.

그날 나는 모호하게 고개를 끄덕이는 것이 고작이었다. 분개하면서도 자신 있게 대답하지 못하는 스스로에게 환멸감을 느꼈다.

이제는 가슴을 펴고 대답할 수 있다. 사키에는 반드시 알아차릴 거라고.

─그건 행복한 일이로군.

“그리고.” 사키에가 다시 눈살을 찌푸렸다.

“그리고?”

“역시 간이 좀 세.”

아아. 맥이 탁 풀리면서 뺨이 누그러졌다.

“다음부터 조심할게.”

그렇게 말하면서도 사키에는 남기지 않고 다 먹어 주리라. 순간 확실히 우리 집의 ‘창문’이 열린 것 같았다. 아주 살짝이지만 틀림없이.

“그래도 맛있네.”

“그럼 다행이고.”

사키에가 밖에서 흘러든 산들바람에 살랑살랑 흔들리는 한 송이 꽃 같은 미소를 지었으니까.

3장
뜻대로 안 되는 세상의
양파 토마토 수프 사건

별것 아닌 안건이라고 생각했다. 지은 지 40년이 된 목조 건물이고, 현관 자물쇠는 구식 디스크 실린더형이다. 총 여덟 세대는 대부분 공실이다. 벽돌담 때문에 큰길에서는 잘 보이지 않고, 애당초 지나다니는 사람도 찾아보기 힘들다. 물론 방범 카메라도 없다. 부동산 정보에 '빈집털이 대환영'이라고 적혀 있어도 이상하지 않을 만큼 방범이 취약하다. 그렇지만 만에 하나의 실수도 없도록 철저하게 준비했다. 그렇게 생각했는데.

먼지 낀 실내에 한 발짝 들어선 순간부터 본능이 위화감을 감지했다. 어지러이 벗어 놓은 옷가지, 구석에 아무렇게나 쌓아 올린 게임 잡지 더미, 나지막한 테이블에 널브러진 빈 캔과 플라스틱 용기들.

"설마."

심장이 두방망이질하는 걸 느끼며 스마트폰을 꺼냈다. 얼른 X에 들어가서 목표물의 계정을 찾았다.

“역시 그런가.”

이윽고 나타난 사진 한 장. 피트니스복 차림에 책상다리 자세인 ‘그녀’와 ‘지금 홈트 중♪’이라는 여섯 글자.

생각했던 대로다. 나중에 다시 오자. 그렇게 결론 내린 순간이었다.

현관에서 “누구냐!” 하고 성난 목소리가 들렸다. 동시에 머리가 세차게 흔들리고 손에서 스마트폰이 빠져나갔다. 새우처럼 구부러진 몸에서 “헉” 하고 공기가 새어 나왔다. 몸을 날려 들이받은 것이리라. 누가? 모른다. 알 리가 없잖은가. 허무하게 짓눌린 채 바닥에 떨어진 스마트폰 화면을 원망스럽게 노려보았다.

“함정에 빠졌어…….”

거기에는 여전히 대담하게 웃는 ‘그녀’의 모습이 떠 있을 터였다.

I

“빈집털이 미수 사건이에요.”

내가 그렇게 말한 순간 경쾌한 리듬으로 채소를 채 썰던 남자가 손을 멈췄다. 지금까지는 무슨 소리를 해도 혼잣말처럼 천장으로 사라질 뿐이라 팔로워가 0명인 계정으로 글을 올리는 것처럼 아무 보람도 없었지만, 드디어 처음으로 '마음에 들어요'가 눌린 것 같았다.

"방에 침입한 남자를 입주자의 오빠가 제압했죠."

"잘 해결돼서 다행이로군."

남자는 무뚝뚝하게 말한 후, 다시 손 언저리에 시선을 떨어뜨리고 채소를 채 썰기 시작했다.

확실히 이 이야기를 들었을 때는 나도 그렇게 생각했다. 빈집털이 사건이 아니라 빈집털이 미수 사건. 범행을 저지르기 전에, 아니 방에 침입한 시점에 이미 범행을 저지른 셈이지만 결과적으로 아무것도 도둑맞지 않고 범인을 붙잡았다. 원래라면 박수갈채를 받고 만세 삼창할 이야기다.

"문제는 여기부터예요."

나는 감질나게 말을 이었다.

"현장에서 범인이 수상한 행동을 했다는군요."

자조와도 흡사한 웃음이 샘솟았다. 대체 난 뭘 하는 걸까. 초등학교 3학년인 아들을 집에 혼자 둔 채 왜 이런 사건에 목을 매는 걸까. 만약 내가 탐정 사무소 직원이고, 눈앞의 남자가 탐정 사무소장이라면, 아니 그렇더라도 기묘한 상황인 건 변함없지만.

쓴웃음을 꾹 참으며 주변을 둘러보았다.

　오른편에는 금붕어 어항이 놓인 선반, 왼편 안쪽 벽 앞에는 거대한 수직형 업소용 냉장·냉동고, 정면에는 4구 가스 레인지, 거대한 철판, 더블 싱크대, 가로형 냉장고 등이 배치된 널찍한 조리 공간, 천장에는 음식점 주방 등에서 흔히 볼 수 있는 훌륭한 배연 및 배기 덕트.

　그렇다, 여기는 배달 전문점이다. 그것도 조금……, 아니 꽤 특이하고 어쩐지 아주 수상쩍은. 그리고 나는 비버 이츠의 배달기사로 이 '가게'에 자주 드나드는 하잘것없는 싱글맘이다.

　이 '가게' 사장인 흰색 요리 모자에 흰색 요리복, 감색 치노팬츠 차림 남자가 드디어 식칼을 내려놓고 몹시 귀찮다는 듯 수건으로 양손을 닦으며 고개를 살짝 갸웃했다.

　"수상한 행동?"

　"스마트폰 화면을 보면서 '설마'라느니 '역시 그런가'라느니 그런 말을 했대요."

　"흐음."

　"게다가 '마루노후치 직장인 마루미 짱'의 계정을 들여다보고 있었던 모양이에요."

　"흐음?"

　당연한 반응이다. 나도 진지한 표정으로 이야기하는 게 바보처럼 느껴졌다. 하지만 내 마음대로 판단을 내려서 청취한 내용을 생략할 수는 없다.

"그리고 제압당한 직후에 이렇게 중얼거렸다는군요."

함정에 빠졌어, 라고.

순간 사장을 둘러싼 분위기가 달라졌다. 출렁거리듯 느
슨하게 흘러가던 실내 공기가 팽팽하게 압축됐고, 긴장의 끈
이 방 구석구석까지 쳐진 듯했다. 드디어 전투 모드에 들어
간 모양이었다.

"그건 좀 묘하군." 사장은 듣기 좋은 맑은 목소리로 말하
더니 이쪽으로 다가와서 내 맞은편에 앉았다.

"계속해 봐."

간결하게 설명하면 이렇다.

지금으로부터 2주 전인 3월 어느 날. 토요일 오후 3시
반이 지난 시각. 어떤 남자가 도둑질할 목적으로 고토구 미
나미스나마치의 '코포 나루사와'라는 다세대주택 1층의 한
집에 침입했다. 벌건 대낮에 당당히, 그것도 자잘한 술수를
부리는 대신 현관문 자물쇠를 망가뜨리고 정면 돌파하는 방
법으로. 다행히도 입주자인 모리야 고토미는 집에 없었고,
마침 같은 시각에 현장을 방문한 고토미의 오빠가 실내에서
범인과 마주쳤다. 그는 학창 시절에 럭비부에서 열심히 연습
한 태클 기술을 활용해 범인을 쉽사리 제압했고 경찰에 신병
을 넘겼다.

"이번 의뢰인은 모리야 고토미의 오빠 슌페이 씨예요."

그날 그는 동생에게 잔소리하러 갔다고 한다.

―이제 일 좀 해라, 부모님도 걱정하신다, 그런 식으로요.

오빠 슌페이는 머쓱한 듯 어깨를 움츠린 채 말했다.

31세, 독신. 외국계 투자 은행에 근무하는 엘리트고, 미나토구 시바코엔의 아파트에 거주한다. 근육질 체구에 늠름해 보이는 굵은 눈썹, 총명함이 깃든 눈동자. 모든 것을 손에 넣은, 그야말로 완전무결한 승리자이기에 가족의 수치를 드러내는 데 약간 반감을 느낀 것이리라.

슌페이 말에 따르면 고토미는 대학 졸업 후로 쭉 은둔형 외톨이 비슷한 생활을 하고 있다고 한다.

―그래서 느닷없이 집을 찾아가기로 한 겁니다.

피하지 못하도록 일부러 기습했다. 미리 연락하면 집에 있으면서도 없는 척하거나, 찾아올 시간에 맞춰 외출할 가능성이 있기 때문이다.

막상 찾아가자 평소 현관 앞에 세워 놓는 자전거가 보이지 않았다. 엇갈린 건가. 정말 운도 없다. 이럴 줄 알았으면 차라리 한마디해 둘 걸 그랬다. 그렇게 후회한 다음 순간.

―집 안에서 인기척이 나더라고요.

좋지 않은 짓인 줄 알면서도 문고리를 돌려 보았다. 문은 잠겨 있지 않았다. 외출했다면 약간 부주의한 처사다. 친구 또는 연인일까. 그렇게 추측하며 소리가 나지 않도록 조심스레 문을 열어 봤더니.

─방 한복판에 웬 남자가 우두커니 서 있었어요.

하지만 어떻게 봐도 친구나 연인은 아니었다. 눈만 드러나는 마스크 비슷한 것을 쓰고 스마트폰을 들여다보며 "설마", "역시 그런가" 하고 영문 모를 말을 중얼거리고 있었기 때문이다.

─무사히 범인을 붙잡은 건 다행입니다만.

슌페이는 떨떠름한 표정으로 말했다.

─그 일이 있고 나서 동생이 더 폐쇄적으로 변했어요.

듣자 하니 체포된 남자는 빈집털이 상습범으로, 속옷을 훔칠 작정이었다고 진술했다고 한다. 최악이다. 같은 여자로서 이런 만행은 절대 용서할 수 없다. 하지만 딱히 드문 사건 같지는 않았다. 이렇게 말하면 미안하지만 비교적 흔한 이야기다.

고토미는 그렇게 인식하지 않았다. 어떻게 입주자가 여자라는 사실을 알았을까. 왜 자기를 노렸을까. 외출하지 않고 집에 있다가 마주쳤다면. 무엇보다 범인은 왜 현장에서 영문 모를 말을 중얼거렸을까. 불안에 사로잡힌 고토미는 즉시 이사했으며, 은둔형 외톨이 같은 성향이 더욱 심해졌다고 한다. 마치 주변 사람 모두 적이라고 믿어 의심치 않는 것처럼.

—하기야 뭐, 그럴 만도 하죠.

물론 범인의 묘한 말과 행동 때문이다. 가장 마음에 걸리는 것은 '함정에 빠졌어'라는 마지막 발언이다. 혹시 이 사건에는 다른 사람도 연루된 걸까. 누군지 모를 그 사람이 뒤에서 조종한 것 아닐까. 이런 추측도 이해가 가는 만큼, 고토미를 마냥 책망할 수 없는 노릇이리라.

—물론 이 이야기는 경찰에도 했습니다.

하지만 범인은 '혼자 계획을 세워서 물건을 훔치러 들어갔다'라고 일관되게 진술하는 듯했고, 범인이 현장에서 정말로 그렇게 말했다는 증거도 없다. 이대로 가면 흔한 빈집털이 사건으로 처리될지도 모른다.

—흐지부지 끝나는 건 싫습니다.

—제 두 귀로 똑똑히 들었단 말입니다.

—그러니 이번 사건의 전모를 꼭 밝혀 주십시오.

—아직도 무서워하고 있는 제 동생을 위해서.

"뭐, 대충 이런 느낌이에요."

기관총 쏘듯 할 말을 다 하고 이야기를 마무리했다.

"그렇군." 사장은 무뚝뚝하게 중얼거린 후 요리 모자를 벗고 손바닥에 턱을 괬다.

더는 할 말이 없었는지라 내 시선은 자연스레 눈앞에 앉은 남자를 향했다. 머리카락 끝까지 윤기가 흐르는 중간 길이 머리에, 잡티와는 인연이 없을 듯한 뽀얀 피부, 기름하니 화장이 아주 잘 받을 것 같은 눈. 보정 앱 같은 꼼수는 필요 없다. 인스타그램에 가게 계정을 만들어서 이 얼굴을 그대로 올리기만 해도 여자 배달기사가 앞다투어 달려오지 않을까 싶을 만큼 현실과 동떨어진 외모에서도 특히 두드러지는 부분은 눈동자였다. 무미건조하고 무감정. 모든 것을 꿰뚫어 볼 듯하지만 이쪽에서는 아무 감정도 읽어 낼 수 없다. 말하자면 타고난 매직미러다.

사장은 그 매직미러 너머에서 가만히 찾고 있었다. 내 눈에는 비치지 않는, 아주 사소하고 아주 희미한 '흔적'을.

잠시 침묵이 흐른 끝에 그런데, 하고 사장이 손바닥에서 턱을 뗐다.

"'마루미 짱'은 누구야?"

"앗." 그렇다. 그 이야기를 아직 안 했다.

스마트폰을 꺼내 X에 들어갔다. 검색창에 '마루노'라고 쓰자 바로 문제의 계정이 나타났다. "이거예요" 하고 스마트폰을 내밀었다.

프로필 사진은 질리도록 많이 본 바스트 샷이다. 회오리 바람처럼 컬을 넣은 긴 갈색 머리에, 부자연스러울 만큼 커다란 눈(보정 앱의 산물이리라), 넘쳐흐를 것 같은 애교살(이것도 마찬가지), 미래인처럼 뾰족한 턱(이하 생략), 그리고 몸의 라인이 고스란히 드러나는 여름 니트. 나올 곳은 나오고 들어갈 곳은 들어간 것으로 보건대 몸매 유지를 위해 눈물겹게 노력하는 건 틀림없겠지만, 가슴을 강조한 복장도 그렇고, 턱에 손을 댄 정석적인 포즈도 그렇고, 자신의 매력을 과하게 들이미는 것 같아서 불쾌했다. 보란 듯이 두 눈을 크게 뜨고 고개를 약간 비스듬히 돌린 채 입꼬리를 잔뜩 끌어올려 웃는 이 얼굴이 가장 마음에 드는 것이리라. 복사해서 붙인 듯 어느 사진도 똑같은 각도와 똑같은 표정이다.

"요즘 유행하는, 이른바 인플루언서예요."

'마루노후치'는 분명 '마루노우치'의 패러디다. 안쪽이 아니라 테두리라는 자학적인 자랑이 틀림없다(*마루노우치는 원래 해자에 둘러싸인 에도성 안쪽을 가리키는 말로, 우치는 '안쪽', 후치는 '가장자리나 테두리'라는 뜻이다). 호들갑 떨기는. 난 매일 '마루노 바깥쪽'에서 자전거를 타고 다닌단 말이야.

"모르세요?"

"모르는데."

사장은 화면을 손가락으로 내리면서 즉시 답했다.

"그렇군요……"

모른대, 꼴좋다. 실수로라도 그런 말은 꺼내지 않겠지

만, 가슴이 크게 뛰는 건 그런 마음을 품고 있어서겠지. 최악이다. 이 사람에게 무슨 짓을 당한 것도 아닌데.

"아무튼 사건과는 관련 없지 않을까요?"

비참한 기분을 떨치기 위해 이야기를 진행했다. 이 또한 거짓 없는 진심이기는 했다.

슌페이는 범인이 떨어뜨린 스마트폰 화면에 마루미 쨩의 X 계정이 표시되어 있었다고 했다. 확실히 묘하기는 해도 중요한 단서 같지는 않았다. 이야, 그렇군요, 하고 맞장구치면서 적당히 흘려들어야 할 이야기 같기도 했다.

하지만 사장은 묵묵히 화면만 계속 내렸다. 그야말로 열심히, 라고 표현해도 될 만큼.

참으로 거북한 침묵이 이어졌다. 1분, 2분, 그리고. 갑자기 사장이 손가락을 멈췄다. 평소처럼 표정에는 일절 변화가 없다. 아침 안개처럼 종잡을 수 없고 저녁뜸처럼 차분하다.

"뭔가 알아내셨어요?"

"응, 뭐." 그렇게만 말하고 스마트폰을 쑥 내밀었다.

스마트폰을 받으며 화면을 힐끗 보자 이미 X 앱을 닫아서 아들과 함께 찍은 사진을 깔아 둔 홈 화면만 눈에 들어왔다.

그런데, 하고 사장이 말을 이었다.

"남자가 '역시 그런가' 하고 말한 건 스마트폰을 확인하고 나서야?"

"네?"

"맞아?"

"그러니까." 기억을 더듬었다. "네, 틀림없어요."

슌페이가 그랬다. 방 한복판에 우두커니 서 있던 남자가 일단 "설마" 하고 말한 후에 스마트폰을 만지작거리고 나서 "역시 그런가" 하고 중얼거렸다고.

그렇게 설명하자 사장은 "그렇군" 하고 혼잣말하더니 자리에서 천천히 일어섰다.

"어, 이걸로 해결된 건가요?"

"아니, 조금 남았어."

그러니까, 하고 사장은 요리 모자를 머리에 썼다.

"이틀 후에 다시 와."

즉, '숙제'를 내겠다는 뜻이다. 뭐, 보수가 늘어나니까 그건 그것대로 나쁜 이야기는 아니지만.

"시간은 밤 9시."

"밤 9시. 알겠어요."

"문제없나?"

"문제?"

허를 찌르는 질문이었다. 지금까지 이런 건 한 번도 물어본 적 없었다. 고개를 갸우뚱하자 사장은 내가 들고 있는 스마트폰을 턱으로 가리키고 말했다.

"아들이 외로워하지 않겠느냐는 뜻."

드디어 이해가 갔다. 동시에 그 날카로운 관찰력에 혀를 내둘렀다. 아까 홈 화면을 보고 감을 잡았으리라. 엄마와 아들 단둘이 찍은 사진. 아이 혼자도 아니고 남편과 같이 찍은 것도 아니다. 그 정도 정보로 알아챈 것이다.

내가 싱글맘이라는 사실을.

"괜찮을 거예요. 이제 익숙하니까요."

"그렇군."

그때 조리 공간에 놓아둔 태블릿PC에서 띠리링, 하고 소리가 났다. "앗." 내가 눈을 돌렸을 때 사장은 이미 태블릿 PC 앞으로 향하고 있었다.

"주문인가요?"

"그런 것 같아."

"메뉴는요?"

"종종 나가는 그것."

사장은 조리 공간에 서서 담담히 요리 모자를 다시 썼다.

"자, 또 어딘가의 누군가가 곤란한 상황에 빠진 모양 이군."

2

밤 1시 반이 넘어서야 사사즈카의 연립주택에 도착했다. 롯폰기에서 아오야마 공원묘지를 빠져나와 오모테산도, 하라주쿠, 요요기 공원을 경유하길 40분. 전동 어시스트 자전거(*페달 보조형 전기 자전거)는 이미 배터리가 떨어졌다. 허벅지와 종아리가 터질 것 같았지만 택시를 탈 수는 없다. '절약 제일'이 우리 집 가훈이기 때문이다.

자전거 주차장에 자전거를 세우고 오른쪽을 보니, 공원 벚나무에 벚꽃이 만개했다. 정신없이 살다 보면 놓치기 십상이지만 벌써 4월이다. 계절은 시치미를 뚝 뗀 얼굴로 스리슬쩍 흘러가고 있다. 얼른 스마트폰을 꺼내 카메라를 야간 모드로 바꾸었다. 하지만 예상대로라고 해야 할까, 화면에서는 아름다움도 박력도 전해지지 않았다. 색깔도 흐리고 볼품없어서 정말 별로였다. 그래도 한 장 찍은 후 X에 들어갔다.

배달 완료! 진짜 피곤하다. 하지만 집 앞의 벚꽃이 활짝 피어서 조금 행복함

아까 찍은 사진을 약간 보정한 다음 제대로 살펴보지도 않고 X에 올렸다. 시간이 시간이라 보는 사람은 별로 없을 듯했지만, 어차피 화제가 되기를 노리고 '심혈'을 기울여 찍은 사진도 아니다. 게시물 등록이 완료됐음을 알리는 알림음이 울리자마자 화면을 끄고 스마트폰을 뒷주머니에 넣었다.

외부 계단을 올라 202호로 향했다. 열쇠 구멍에 열쇠를 꽂고 다녀왔어, 하고 속삭이며 문을 열었다. 호응해 주는 건 문이 삐걱거리는 소리뿐이다. 맞이해 주는 사람도 없거니와 불빛도 없다. 아들 하루토는 이미 잠들었을 시간이다. 앞니가 몹시 커서 웃기게 생긴 비버 그림이 들어간 빈 배달 가방을 현관 턱에 내려놓고 조용히 운동화를 벗은 후, 살금살금 안으로 들어갔다.

주방에 불을 켜고 안쪽으로 향했다. 소리가 나지 않도록 미닫이문을 열고 조심스레 안을 들여다보았다. 하루토는 나란히 깔아 둔 이부자리 두 채 중 오른쪽에 큰대자로 누워 새근새근 자고 있었다. 잠옷이 젖혀져서 배가 훤히 드러났다. 잠버릇은 옛날부터 안 좋았다. 감기에 걸릴 만한 날씨는 아니지만 젖혀진 잠옷을 내려 주고 잘 자, 하고 작은 목소리로 말하며 문을 닫았다.

마실 것을 찾아 주방으로 향하자 싱크대 앞에 놓인 발판이 눈에 들어왔다. 이 위치로 이동했다는 건……. 시선을 옮기자 아니나 다를까 식기 건조대에 접시와 컵이 놓여 있었다. 하루토다. 일하고 들어온 엄마가 바로 쉴 수 있도록 저녁을 먹고 설거지한 것이리라. 요즘 점점 머리가 굵어져서 얼굴을 마주치면 말다툼만 하지만 천성은 착한 아이다. 뭉클한 기분으로 이 광경 또한 망설임 없이 스마트폰 카메라에 담았다. 이렇듯 '기특한 아들 사진'은 반응이 좋다. 여유 있을 때 타이밍을 잘 노려서 X에 올리기로 했다.

냉장고에서 루이보스차가 든 페트병을 꺼냈다. 컵에 따를지 잠깐 망설인 끝에 귀찮아서 그냥 입을 대고 마셨다. 희미한 단맛과 청량감이 피로가 찌든 몸에 스며들었다.

—오늘 하루도 고생 많았어.

건축 연수 35년, 2DK, 집세 6만 5천 엔. 엄마와 아이 둘만의 생활. 조촐하지만 드디어 손에 넣은 행복. 안다. 알지만.

페트병을 냉장고에 넣고 식탁 앞에 앉아 다시 X에 들어갔다. 확인하자 화면 아래쪽 종 모양 아이콘에 '①'이라는 숫자가 보이는 것 아닌가. 들뜬 마음으로 눌러 보니 '데콧파치 마마 님 외 8명이 내 게시물을 마음에 들어 합니다'라는 알림이 떴다. 이 시간대치고는 꽤 많이 눌러 준 셈이다.

그러고 나서 돋보기 아이콘을 눌렀다. '최근'이라는 글씨 밑에 말 그대로 최근에 검색한 계정이 줄지었다. 찾는 사람은 물론 마루노후치 직장인 마루미 쨩이다. 그녀의 계정으로 이동했다. 팔로우는 500여 명이지만 팔로워는 6만여 명. 압권이다. 이것이 그녀의 '전투력'이자 '가치'다. 가장 최근 게시물은 네 시간 전. 첨부된 사진을 보건대 고급 프렌치 레스토랑에라도 간 모양이다. 답글 112개, 재게시 318번, 마음에 들어요 921개. 그 숫자는 현재 진행형으로 계속 올라갔다.

─과연 대단하시네.

평소처럼 답글과 인용 재게시 순서대로 확인했다. 스스로도 묘하게 집착한다고 생각하지만 이제 습관으로 자리 잡아서 어쩔 수 없다. 오늘도 아름답네, 멋진 레스토랑이네요, 정말 좋아해♡ 등 호의적인 글이 80퍼센트, 승인 욕구에 미친 년, 성괴 등 악플이 20퍼센트. 평소와 다름없었다. 특별히 재미있는 관련 멘션도 없는 줄 알았는데.

─어라?

한 가지가 마음에 걸렸다. '굴리먹었 군'의 모습이 눈에 띄지 않았다. 마루미 짱에게 찰싹 달라붙어 글이 올라올 때마다 인용 재게시해서 시비를 거는 유명한 안티다. 게시물 숫자가 50만 개를 넘어서는 소위 'X 폐인'이기도 하다. 안티 중에서 상당히 지명도가 높은 편이고, 몰래 '그'의 활약을 기대하는 팬도 많다. 실은 나도 그중 하나다. 오로지 험한 욕만 퍼붓는 것이 아니라, 약간 싸늘한 시선을 보내며 유머 넘치게 조롱하는 스타일이라 인기가 많은지도 모른다. 게다가 글 하나하나가 묘하게 정곡을 찌른다. 읽다 보면 속이 후련하다. 따라서 그 모습이 보이지 않으면 어쩐지 아쉽다. 이봐, 오늘도 여느 때처럼 우리를 웃겨 줘. 좀 더 우리 마음을 대변해 줘.

훗, 하고 자학적인 웃음이 콧김과 함께 흘러나왔다.

―바보 같기는.

일면식도 없는 사람을 멋대로 눈엣가시처럼 여기거나 자기 입맛에 맞춰 응원한다. 정말 뭐 하는 짓일까.

화면을 끄고 식탁에 스마트폰을 내려놓은 후 천장을 올려다보았다. 지이지이지이, 하고 마지막 저항을 하듯 형광등이 신음했다. 슬슬 갈아야 하나. 그렇듯 평범하고 시시한 생각을 하다가 허무감이 왈칵 밀려오는 걸 느꼈다.

이게 내 일상이다. 어제도 오늘도, 분명 내일도. 내 인생의 최고 도달점이자 종착역. 나쁘지 않다고 생각한다. 과거의 내가 보기에는 꽤 괜찮은 미래이리라. 그건 안다. 알지만……. 어째서일까. 세상에 홀로 남겨진 것 같은 기분을 지울 수가 없었다.

딱 잘라 말해 내 반생은 개판이었다. 사리 분별을 할 무렵부터 아버지는 없었고, 어머니는 내게 무관심했으며 오로지 남자에 열중했다. 툭하면 바뀌는 애인을 집에 불러들이고, 나를 내버려둔 채 며칠씩 집을 비우는 일이 반복됐다. 냉장고의 유통기한 지난 음식으로 허기를 달래고, 장롱 밑에서 찾은 동전을 움켜쥐고 근처 편의점으로 달려갔다. 집에 찾아온 남자들의 핥는 듯한 시선에서 달아나기 위해 밤거리를 배회했다. 물론 어머니가 새 옷을 사 준 적이 없어서 늘 옷깃과

소맷자락이 후줄근해진 티셔츠만 입고 다녔다. 초등학교 저학년 시절부터 그렇게 살았고, 생활 형편이 소문났는지 반 아이들은 내게 다가오지 않았다. 분명 부모가 시켰으리라.

당시 나를 둘러싼 모든 환경이 이가 갈리도록 싫었다. 이 인간이고 저 인간이고 쓰레기뿐이라고 매일 분통을 터뜨렸다. 일종의 방어 본능이었던 것도 같다. 엄마, 날 좀 더 보살펴 줘. 다들 가정환경 같은 건 제쳐 놓고 나라는 인간 자체를 봐줘. 실은 그렇게 매달리고 싶었지만 매달릴 곳을 찾을 수 없었고, 누구를 의지해야 좋을지도 몰라서 결국은 '노골적인 적의'라는 갑옷으로 스스로를 지키는 수밖에 없었다.

열일곱 살 때 고등학교를 중퇴하자마자 친분 있는 사람의 도움을 받아 도쿄로 상경했다. 중학생 때 친하게 지냈던 비행 소년 무리이자 당시 신주쿠의 밤거리에서 일하던 여자 선배가 내 애원을 받아들여 같이 살게 해 주었다.

그때부터는 적당히 아르바이트하면서 밤이면 밤마다 네온사인이 번쩍이는 가부키초에서 활개 쳤다. 위험한 상황에 수없이 맞닥뜨렸고, 경찰을 피해 허둥지둥 달아난 경험도 열 손가락으로 다 헤아릴 수 없을 정도다. 썩어 빠진 생활을 했지만, 그래도 당시 나는 '자유'를 구가했던 듯하다. 그 침침하고 지저분한 주택 단지의 방 한 칸이 문란한 신주쿠의 밤거리로 장소가 바뀌고 넓어졌을 뿐이더라도 내게는 충분하다 못해 넘칠 만한 '진척'이었다.

그러다 열아홉 살 때 하라주쿠에서 연예 기획사의 스카우트를 받았다. 아닌 밤중에 홍두깨도 이만저만 아니었지만, 일이 일사천리로 진행돼 패션모델로 데뷔했다. 꿈은 아니지? 거울 속의 나를 보며 몇 번이나 물어보았다. 동시에 난생처음 어머니에게 감사했다. 어머니는 남달리 미인이었고, 나는 판박이처럼 어머니를 빼닮았으니까.

모델 일은 아주 순조로웠다. SNS의 팔로워 숫자가 쑥쑥 늘어났고, 패션쇼에서는 런웨이를 제집처럼 활보했으며, 몇몇 청소년 잡지의 표지도 장식했다. 특히 또래 여자들에게 인기를 끌었다. 그들 말에 따르면 '권태롭고 그늘진 분위기가 다른 모델들과의 차이점'이라고 했다. 다른 동업자들이 튤립이나 장미라면 나는 밤에 보는 벚꽃이다. 스러져 가는 것에 감도는 위태롭고 덧없는 아름다움. 그러한 분위기가 풍기는 건 말할 필요도 없이 가정환경 탓이리라. 그 시절 나를 둘러쌌던 모든 것에 한 방 먹인 기분이었다. 너희들 덕분에 지금의 내가 있는 거지만 고맙지는 않다고.

스물두 살 때 임신했다. 상대는 당시 교제했던 자칭 '경영자'라는 수상쩍은 남자였다. 고백하자면 처음에는 아이를 낳을 생각이 없었다. 모델 일에 지장이 생긴다는 이유 때문은 아니었다. 그저 사랑할 자신이 없었다. 나는 그 증오스러운 어머니와 판박이니까.

—아이가 생겼어.

애써 가벼운 말투로 알리자 상대는 비슷한 말투로 "그렇구나" 하고 대답했다. 이어서 "그럼 결혼할까"라고도. 무슨 말이 그러냐고 화냈어도 혹처럼 여기는 건 아닌 듯해서 마음이 놓이기도 했다. 모델 일을 언제까지 할 수 있을지는 모르는 노릇이다. 이미 인기가 꺾인 듯한 낌새마저 보였다. 전성기가 지난 것이리라. 차례차례 파릇파릇한 새싹이 돋는 업계라 극히 일부의 예외를 제외하면 묵은 싹은 솎아질 운명이다. 물론 나는 후자다. 그렇다면 이 기회에 평범한 주부가 되는 것도 한 가지 방법 아닐까.

그래서 결혼했고 무사히 하루토를 낳았다. 지금도 생생하게 기억난다. 6월 13일. 장마철이라 전날까지 날씨가 흐렸던 게 거짓말이 아닐까 싶을 만큼 화창한 한여름 날이었다.

갓 태어난 하루토를 보자 저절로 눈물이 났다. 아직 이목구비가 흐릿하고 쪼글쪼글한 얼굴도, 존재를 한껏 과시하는 듯한 울음소리도, 동그스름하니 보드랍고 조그마한 손발도, 전부 사랑스러웠기 때문이다. 괜찮다, 난 이 아이를 사랑할 수 있다. 절대로 나처럼 비참한 경험을 하지 않도록 사랑을 퍼붓겠다. 나는 내 어머니와는 다르다.

그로부터 고작 1년 후에 이혼했다. 어느 날 오후에 있었던 일이 결정타였다. 집에서 청소기를 돌리다가 우연히 보고 말았다. 아무리 어르고 달래도 울음을 그치지 않자 하루토를 아기 침대에 집어던지고 "좀 닥쳐" 하고 중얼거리는 그 남자의 모습을.

—무슨 짓이야!

나는 청소기 핸들을 내던지고 남자를 떠밀친 후 하루토를 끌어안고 악을 썼다. 나가! 빨리, 지금 당장 꺼져.

허무하지만 별 탈 없이 이혼이 성립한 걸 계기로 사사즈카의 연립주택으로 이사했다. 어디라도 상관없었지만 익숙한 신주쿠에 가까운 편이 어쩐지 안심됐기 때문이다.

그로부터 2년 후, 양육비가 끊겼다. 돈을 마련하기가 힘든 걸까, 새로운 가족이 생긴 걸까. 아무래도 상관없다. 책임감은 어디 팔아먹었냐 싶었지만, 결국 이렇게 되리라는 예감도 들었으니까. 울음을 그치지 않는다고 자기 아들을 주저 없이 집어던지는 인간이다. 또 성가셔지면 내팽개칠 게 뻔했다. 그럴 줄 알았으면서도 법률 지식이고 뭐고 아무것도 없던 나로서는 잠자코 횡포를 받아들이는 수밖에 없었다.

이제 어떻게 해야 하나 막막했다. 혼자라면 어떻게든 되겠지만 지금은 하루토가 있다. 근처 어린이집은 어디나 꽉 찼고, 하루토를 맡길 만큼 우정이 돈독한 친구도 없다. 어머니에게만큼은 죽어도 의지하기 싫었다. 그것만큼은 절대로 양보할 수 없었다.

남은 선택지는 하나. 그렇다, 하루토와 함께 일하는 것이다. 그래서 점찍은 직업이 비버 이츠의 배달기사였다. 원하는 시간에 원하는 만큼 일하면 되고, 전략적으로 배달에 임하면 한 달에 두 자릿수 만 엔을 벌 수도 있다. 더구나 일하는 내내 하루토와 같이 있을 수 있다. 그런 의미에서도 그야말로 내게 딱 맞는 직업이었다.

나는 아들을 자전거 앞에 태우고 커다란 배달 가방을 등에 멘 채 날마다 거리를 사방팔방 돌아다녔다. 선캡과 토시, 자외선 차단제로 자외선에 대비하고, 물을 담은 페트병을 여러 개 준비했다. 어차피 땀으로 지워질 테니 화장도 하는 둥 마는 둥 했다. 피곤하면 도서관이나 관공서 같은 공공시설에서 쉬면서 무료 보리차나 물을 마셨다. 아들을 데리고 일하다 보니 당연히 지나가는 사람들의 시선을 끌었다. 어떤 사람은 연민 어린 눈으로, 어떤 사람은 호기심이 발동한 눈으로 우리를 바라보았다. 알 게 뭐냐. 찬밥 더운밥 가릴 처지가 아니다. 사고라도 나면 어쩌나 하는 걱정이 한순간도 머릿속을 떠나지 않았지만, 돈을 벌지 않으면 어차피 굶어 죽는다. 마음을 단단히 먹고 일하는 수밖에 없었다.

엄마가 얼마나 고생하는지 알 턱이 없는 하루토는 그저 천진난만하고 순수하게 즐거워하는 듯했다.

─엄마, 오늘은 어디로 가?

반짝반짝 빛나는 눈으로 묻곤 했다. 하루토의 웃는 얼굴만이 내 유일한 버팀목이었다. 그렇던 하루토가 무사히 초등학생이 된 지 2년이 지났다. 드디어 낮에 시간이 생겨서 근처 슈퍼에 캐셔로 취직했다. 그래도 생활이 퍽퍽하므로 기본적으로 저녁 시간까지 일한다. 퇴근하고 일단 집에 돌아가서 하루토의 저녁을 차린 다음 배달기사 일을 하러 다시 나가는 바쁜 나날을 보내고 있다.

그런 내가 그 '가게'를 만난 건 약 9개월 전. 마침 그 무렵에 비버 이츠가 24시간 운영 체제로 바뀌었고 심야 배달은 주간 배달보다 단가가 더 높았으므로 기대에 부푼 마음으로 자전거를 타고 달리다가 어느덧 롯폰기 일대까지 나갔다. 너무 멀리 나왔다고 후회하면서 앱을 끄려던 순간, 배달 요청이 들어왔다. 시간도 시간이라 거부해도 상관없었지만, 거부를 너무 많이 하면 계정이 정지된다는 소문도 있었다. 어차피 하루토는 잘 테니 여기까지 나온 김에 한 건 하자 싶어서 요청을 받아들였다. 그것이 모든 일의 시작이었다.

'본격 중화요리 진만채가.' 이런 시간에 중화요리를 시켜 먹는 사람이 있나 싶었지만 아무튼 앱에서 지시한 주소로 가자, 나를 기다리고 있던 것은 다른 건물과 별다를 바 없는 상가 빌딩과 기묘한 입간판이었다.

배달기사 여러분, 다음 가게는 빌딩 3층으로 가 주십시오

입간판에는 어마어마하게 많은 가게 이름이 적혀 있었다. '태국 요리 전문점 왓포', '원조 꼬치튀김 가쓰카와', '카레 전문점 코리앤더', '만두의 차와 포' 등등. 목적지인 '진만' 어쩌고도 입간판에 적혀 있었다. 그런 거구나, 하고 바로 이해했다. 비슷한 방식으로 영업하는 가게에서 몇 번 배달 요청을 받은 적이 있었다. 이른바 '고스트 레스토랑'이다.

엘리베이터를 타고 3층으로 올라가서 어두침침한 복도 끝에 있는 문으로 들어가니 예상대로 조리 설비가 설치된 임대 스튜디오가 눈앞에 나타났다.

―뉴 페이스로군.

조리 공간에 서 있던 남자기 이쪽을 힐끗 보고 말했다.

보는 사람의 숨결이 분홍빛으로 물들지 않을까 싶을 만큼 미남이었다. 얼굴 생김새도, 목소리도, 몸동작도 전부 완벽하고 서로 조화를 이루어서 거기 서 있는 것만으로도 한 폭의 그림 같았다. 나이는 몇 살일까. 나이 든 현자 같은 차분함도 느껴졌고, 곤충을 잡으러 나온 소년 같은 풋풋함도 느껴졌다. 예전 직업상 모델이라 불리는 사람을 질릴 만큼 많이 봤지만 그는 누구보다도 엄숙하고 숭고한 분위기를 풍겼다.

―배달 나갈 음식은 준비해 놨어.

둘러보니 테이블에 흰색 비닐봉지가 하나 놓여 있었다. 분명 이것이리라. 재빨리 배달 가방에 비닐봉지를 넣으며 '배달할 음식을 받으러 갔다가 엄청난 미남 발견!'이라는 글과 함께 SNS에 사진을 올리면 인기 폭발일 거라고 망상을 펼치고 있으니, 갑자기 남자가 이쪽으로 다가왔다.

―그리고 부탁이 있는데.

마음의 준비를 할 새도 없이 남자가 천천히 오른손을 내밀었다. 고개를 갸우뚱하며 받아 들자 평범한 USB 메모리였다.

―배달 가는 김에 이걸 내가 말하는 주소에 전달해 줘.

―보수는 현금으로 1만 엔.

너무 놀라서 USB 메모리를 떨어뜨릴 뻔했다. 뭐? 단지 그것만으로 1만 엔? 진심이야?

―물론 수령증을 받아서 여기로 돌아오는 게 조건이지만.

할게요, 하고 즉시 대답했다. 부탁드립니다, 하고 고개까지 숙였다. 아주 수상하긴 했어도 길에서 1만 엔을 줍는 것과는 차원이 다르다. 이건 정식 '보수'다. 그걸 거절할 만큼 생활에 여유가 있지는 않다.

―덧붙여 이 이야기는 절대로 남에게 발설하지 말도록.

―만약 발설하면…….

목숨은 없다고 생각해.

농담도 참 심하다고 말하려다 입을 꾹 다물었다. 오히려 '이 가게에 대해서는 절대로 X에 올리면 안 돼' 하고 스스로에게 못을 박았다. 왜냐고? 내게 경고한 남자의 눈동자가 너무나 차가웠던 데다 '공허'하게 느껴졌으니까.

등골이 오싹하니 오한이 퍼져 나갔다. 그러나 제시한 보수만 제대로 지급해 준다면 고마울 따름이다. 그것은 나와 하루토에게 갑자기 주어진, 바라 마지않던 '구원의 동아줄'이었다.

그 후로 나는 이 '가게'에 들락날락했다. 부여받은 '임무'를 수행하는 것만으로 현금 몇만 엔이 지급된다. 당연히 삶에 여유가 늘었고, 계좌에도 조금씩 돈이 쌓이기 시작했다. 처음 한동안은 '위험한 장사가 아닐까' 의심했지만, 전체 구조를 점점 파악하면서 그러한 불안도 해소됐다. 오히려 이 '가게'의 존재를 전제로 살림을 꾸려 나간다. 비유하자면 인육에 맛들인 곰처럼 된 것이다. 한번 알아 버린 이상 예전 삶으로는 못 돌아간다.

이러저러하여 이제는 매달 일정 수준 이상의 보수를 받는다. 모든 사태에 만반의 대비를 했다고 할 수는 없겠지만, 갑작스럽게 지출할 일이 생겨도 어떻게든 버틸 수 있을 것이다. 돈 때문에 하루토의 장래를 막지는 않을까, 하는 걱정도 지금은 없다. 그렇지만.

어느새 금단 증상처럼 또 X에 들어갔다. 하루토가 초등학교에 입학했을 무렵부터 나는 X, 인스타그램, 개인 블로그에 모자의 생활상을 적나라하게 공개했다. 물론 '가게'에 관해서는 일절 언급하지 않았으나 바쁘게 돌아다니는 배달기사의 업무와 고생담을 숨김없이 올렸다. 하루토가 매미 허물을 모은다. 좀 징그럽네. ㅎㅎ, 오늘도 배달. 이 현관 좀 봐. 집세가 얼마야!, 하루토가 미술 시간에 만든 작품을 가져왔다. 이런 걸 만들 수 있게 됐다니. 아이의 성장은 정말로 빠르구나!, 배달하는 도중에 휴식 겸 한 장 찰칵. 노을이 끝내준다 등등.

사람들이 약간 좋은 반응을 보여서 흡족했던 나머지 곧내 과거도 공개했다. 물론 전부 인기를 얻기 위해서다. 폐점할인 행사하듯 개인사를 대방출한 게 효과를 발휘해 지금은 X와 인스타그램 팔로워가 합쳐서 2만 명에 이르렀다.

그런 데 신경을 쓸 수 있을 만큼 마음에 여유가 생긴 건분명 기뻐할 일이리라. 예전에는 그럴 여유가 없었으니 이건이것대로 분명 '진척'일 것이다. 하지만 여유는 빈틈이기도하다. 그 빈틈으로 기어든 건 왠지 모를 '헛헛함'이었다. '허기'나 '갈증'으로 바꿔 말해도 될지 모른다. 모든 것을 증오했던 유소년기, 집을 뛰쳐나와 정신없이 놀았던 사춘기, 모델로 활약했던 나날, 결혼과 출산, 이혼, 홀로 도맡은 육아.

죽을 각오로 온 힘을 다해 살아왔다. 분명 앞으로도 그럴 것이다. 그렇기에 인정받고 싶었다. 스스로 자신의 노고를 위로하는 게 아니라, 누구라도 좋으니까 다른 사람에게 칭찬받고 싶었다. 참 열심히 살았다고. 이렇게까지 열심히 살았으니 앞으로도 응원하겠다고. 누군가가 지켜봐 준다는 실감을 얻고 싶었다.

물론 SNS에서 전부 호의적으로 반응하진 않는다. 아이의 얼굴을 드러내는 건 위험하다느니, 승인 욕구에 사로잡힌 괴물이라느니, 그렇듯 매정한 말이 인정사정없이 날아든다.

그래도 그 이상으로 내게 공감하며 함께해 주는 '사람들'이 있다. 단순히 응원의 말을 건네기도 하고, 나와 같은 처지인 싱글맘들이 생활의 지혜를 알려 주거나 한부모 가정 지원금 같은 정보를 제공하는 등 실용적인 조언을 해 주기도 한다. 가방끈이 짧은 내게 SNS의 사람들은 여러 가지를 베풀고 알려 준다. 그것들은 은혜의 비가 되어 바싹 마른 내 마음을 적신다.

그렇기에 짜증 났다. 아무 어려움도 없이 풍족한 삶을 살면서 세상의 봄을 한껏 즐기는 마루미 짱 같은 존재가. 내게 무슨 짓을 한 것도 아닌데 눈에 거슬려서 견딜 수 없었다. 다들, 좀 더 이쪽을 봐. 그런 여자보다 내게 좀 더 주목해. 다들, 제발, 부탁이야. 하지만 역시 메워지지 않는다. '허기'나 '갈증'도 전혀 사라지지 않는다.

사라지지 않는 줄 알면서도 아까보다 더 늘어난 '마음에 들어요'의 숫자를, 깜박거리는 형광등 이래서 오늘 밤도 나 홀로 손가락을 꼽으며 헤아리고 있다.

3

"일단은 전제 조건부터 복습할까."

사장은 지난번과 마찬가지로 내 맞은편에 앉아 말했다.

이틀 후, 밤 9시가 지난 시각. 지시받은 대로 나는 다시 '가게'를 방문했다.

─문제없나?

─아들이 외로워하지 않겠느냐는 뜻.

요전에 나누었던 대화가 여전히 머릿속에 달라붙어 있었다. 하루토의 장래를 위해 '필요한 희생'이라고 애써 변명하며 지우려 하지만, 문득 이런 생각이 드는 것도 사실이었다. 어쩌면 똑같지 않느냐고. 결국 내가 하는 짓도 그 증오스러운 어머니가 했던 짓과 큰 차이 없지 않냐고 말이다.

잡념에 빠진 나를 본체만체하고 사장은 막힘없이 말을

이었다.

"빈집털이를 당할 뻔한 모리야 고토미는 현재 26세. 도쿄 도내의 사립 여중과 여고를 거쳐, 역시 도쿄 도내에 있는 사립대학교 경제학부에 진학. 하지만 졸업한 후로는 내내 은둔형 외톨이에 가까운 상태였으며, 현재까지 거의 무직. 생활비는 부정기적인 아르바이트와 게임 실황을 생중계할 때 시청자들이 후원하는 돈으로 충당해."

—참 모를 세상입니다.

—게임은 옛날부터 좋아했던 것 같지만 설마 이런 식으로 도움이 될 줄이야.

—뭐, 그래도 얼굴을 공개하거나 하면 그만두라고 하겠지만요.

지난번에 사정 청취를 갔을 때 슌페이는 떨떠름한 표정으로 그렇게 말했다. 확실히 인터넷 방송 후원금으로 생활을 유지할 수 있다면, 그건 그것대로 굉장한 일이다. 일종의 재능이라고 해도 될지 모른다. 하지만 좀 더 안정적인 직업을 가지길 바라는 가족의 심정도 모르는 바는 아니다. 하루토가 BJ가 되겠다고 하면 나도 무조건 응원하지는 못하리라.

"그러나 완전히 사회에서 고립된 건 아니고, 학창 시절 친구가 가끔 집을 찾아오기도 했어."

—옛날에는 훨씬 멀쩡했어요.

─천진난만하고 반에서도 인기 있는 편이었을 겁니다.

─그런데 취업에 실패해서…….

그 후로 다른 사람이 된 것처럼 폐쇄적으로 변했다고 한다.

부모님에게도 일부 책임이 있다고 슌페이는 지적했다. 옛날부터 온갖 일로 남매를 서로 비교했고, 툭하면 "오빠는 참 똑똑한데 넌 대체……" 하며 고토미를 깎아내렸다. 집에서 고토미의 입지는 그 정도로 좋지 않았다. 그렇다고 고토미가 변변하지 못했던 건 아니다. 다만 바로 옆에 있는 오빠가 너무 잘났을 뿐이다. 대학 입시 때까지는 아슬아슬하게나마 부모님의 기대에 부응했지만 덧없이 취업에 실패했다. 그때 마음을 붙잡고 있던 끈이 마침내 뚝 끊어진 것이리라. 이제 아무래도 상관없으니 내 마음껏 멋대로 살아가겠다고.

"대학을 졸업한 후 고토미는 고토구 미나미스나마치에 있는 코포 나루사와라는 다세대주택에서 쭉 살아왔어. 지은 지 40년이 된 목조 건물이고, 방범 설비 같은 건 전혀 없지. 빈집을 털러 들어가기에 딱 적합한 곳이지만."

경찰이 조사한 결과, 문패나 현관문, 우편함, 전기 계량기 등에 빈집털이범 특유의 표시, 요컨대 가족 구성이나 집을 비우는 시간을 나타내는 은어나 암호는 없었다. 그리고 애당초 고토미는 생활 리듬이 불규칙하므로 빈집털이하기에 유리한 집이라고 하기 힘들다. 사건이 발생한 날에 고토미가 집에 없었던 것도 따지자면 우연에 지나지 않는다.

자, 하고 사장이 날카로운 눈빛으로 말했다.

"이상을 바탕으로 본론은 지금부터야."

나는 등을 쭉 펴고 침을 꿀꺽 삼켰다.

"일단 오빠 슌페이가 목격한 범인의 행동 말인데. '설마' 하고 혼잣말하고 스마트폰을 확인한 후 '역시 그런가' 하고 중얼거렸어. 이 순서가 틀림없나?"

"네." 나는 고개를 끄덕였다.

"일단 '설마'에 대해 검토하자. 사전적인 의미에서 봤을 때, 이 말 뒤에는 '설마 ○○은 아니겠지' 하고 '부정적으로 추측'하는 말이 나올 가능성이 커."

"아, 네." 무슨 말을 하려는지는 알겠다. 알지만 이야기의 착지점이 어디인지는 전혀 보이지 않았다. 설마 국어 수업이라도 하려는 건 아니겠지.

즉, 하고 사장은 팔짱을 꼈다.

"범인은 그때 무슨 가능성을 고려했던 거야."

"무슨 가능성?"

"그리고 스마트폰을 확인함으로써 그 가능성이 확신으로 바뀐 거고."

과연, 확실히 그런 셈이다. 그렇기에 범인이 그 직후에

“역시 그런가” 하고 말한 것이다. 그리고 그때 범인이 스마트폰으로 보고 있었던 것은.

맞아, 하고 사장은 고개를 끄덕했다.

“마루미 짱의 X 계정이었어.”

이 또한 이야기의 흐름상 자연스럽기는 하다. 자연스럽지만 그래서 어쩌라는 말밖에 나오지 않는다. 현장에서 범인이 헤아렸던 가능성은 뭘까? 그게 왜 마루미 짱의 X를 봄으로써 확신으로 바뀌는 걸까? 그 일련의 행동 이면에 어떤 의도와 계획이 숨겨져 있다는 건가.

덧붙여, 하고 사장이 몸을 내밀었다.

“지난 이틀간 어떤 소식통에게서 정보를 얻었어.”

“정보?” 왔구나 싶어 마음을 가다듬었다.

“그 정보에 따르면 모리야 고토미와 마루미 짱은 중고등학교 동창생이래.”

“네?”

점과 점이 이어졌다고 해야 할까. 여전히 전체는 보이지 않고, 오히려 쓸데없는 연결고리가 생긴 탓에 수수께끼가 더 부풀어 오른 것 같기도 하지만.

그냥 동창생 정도가 아니라, 하고 사장이 말을 이었다.

“둘 다 육상부 소속이었고, 고등학교 2학년과 3학년 때는 같은 반에 출석번호도 하나 차이였다는군.”

“뭐라고요!”

“증거가 될지는 모르겠지만 아무튼 이걸 봐.”

사장이 졸업 앨범 복사본을 테이블에 펼쳤다. 이것도 ‘어떤 소식통’을 통해 입수했다고 한다.

이름순이라 모리야 고토미는 금방 찾아냈다. 출석번호 40번. 약간 쑥스럽게 웃는 얼굴과 갈래머리가 인상적인 사랑스러운 소녀였다. 한편 ‘마루미 짱’은.

“이거야.” 사장이 내놓은 사진을 보고 아까 표현이 묘했던 이유를 알았다. 과연, 확실히 ‘두 사람이 같은 반이었다는 증거’가 되지 않는다. 왜냐하면 너무나 딴사람이니까.

출석번호 39번. 미야하라 후코가 마루미 짱의 본명인 듯했다. 답답한 눈매, 작은 코, 약간 넓고 각진 하관. 설명해 주지 않으면 절대로 동일 인물로 여기지 않으리라. 하늘과 땅 차이를 넘어 해왕성과 맨틀 차이다. 요전에 보았던 ‘성괴’라는 악플이 한순간 뇌리를 스쳤다.

“동창생들에 따르면 두 사람은 꽤 친한 사이였다지만.”

두 사람 사이에는 엄연한 격차도 존재했다. 공부에서도, 운동에서도, 학교 행사에서도 남들보다 두드러지는 모리야 고토미와 신기루처럼 존재감이 희미한 미야하라 후코. 그런데 대역전극이 벌어졌다. 인생은 어떻게 될지 모르는 법이다.

“따라서 확인해 줬으면 하는 사항은 단 하나.”

사장이 내준 '단 하나의 숙제'에 나는 정신이 얼떨떨했다.

뭐야, 그건. 그것만 확인하면 이번 사건의 전모가 확실해진다는 건가.

"이상, 질문은?"

물론 묻고 싶은 건 산더미처럼 많다. 하지만 물어봤자 딴청을 부리고 넘어갈 것이다.

"아니요, 딱히는……."

"그럼, 잘 부탁해."

냉큼 자리에서 일어서는 사장의 뒷모습을 나는 묵묵히 바라보는 수밖에 없었다.

4

초인종을 누르자 바쁘게 다가오는 발소리가 들리고 자물쇠가 철컥 풀렸다.

"오래 기다리셨습니다. 비버……."

끝까지 말하기도 전에 살짝 열린 문 안쪽에서 뻗어 나온 손이 비닐봉지를 낚아채듯 빼앗았다. 그대로 문을 쾅 닫고 이제 너한테는 볼일 없다는 듯 자물쇠를 잠갔다. 이 일을 처음 시작했을 무렵에는 "어? 이게 따뜻한 피가 흐르는 인간이 보일 태도야?" 하고 화냈지만 지금은 익숙해졌다. 내부 복도에서 잠시 머무르다 엘리베이터로 향했다.

다음 날 오후 8시경. 나는 변함없이 배달 업무로 바빴다. 지금 방문한 곳은 니시신주쿠에 있는 고층 아파트다. 화려하고 청결감 넘치는 로비, 고상하게 웃으며 인사해 주는 컨시어지, 몇 번이고 집 호수를 호출해야 목적지까지 다다를 수 있는 철벽같은 방범 설비. 완전히 딴 세상이다.

1층으로 내려와서 밖으로 나오자 미지근한 바람이 뺨을 어루만졌고, 팔랑팔랑 떨어진 꽃잎 하나가 코끝을 스쳤다. 문득 오른쪽을 보자 여기도 벚꽃이 만개했다. 아파트 주민인 듯한 남녀가 손을 잡고 벚나무 아래를 유유히 걸어갔다. 벚꽃에는 시선 한 번 주지 않고.

역시 비슷하다 싶었다. 스러져 가는 것에 감도는 위태롭고 덧없는 아름다움. 하지만 누구도 눈에 담지는 않는다. 풍경의 일부로 여기고 지나친다. 배달 가방을 등에 멘 지금의 나도 이 거리의 흔해 빠진 배경 중 하나에 지나지 않는다.

자전거에 걸터앉아 비버 이츠 앱에 들어가니 오늘 지금까지 배달한 네 집 중 두 집에서 팁을 주었다. 200엔과 500엔으로 총 700엔. 그것 덕분이구나 싶어 힘없이 웃었다. 배달기사 일을 시작한 지 어느새 5년. 그동안 수입을 늘릴 방법을 이것저것 궁리해 왔다. 그중 하나가 '짧은 글'을 포스트잇에 써서 남기는 것이다. 최대한 동글동글하니 예쁜 글씨로 '오늘도 고생 많으셨어요' 같은 글을 적어서 용기 뚜껑에 붙인다. 이렇게 하면 주문자가 남자일 경우, 물론 여자도 포함되지만, 앱을 통해 받을 수 있는 팁이 늘어나는 경향이 있다. 통이 큰 사람은 배달 한 번에 팁으로 1천 엔을 주기도 한다. 팁만으로 며칠간의 식비를 버는 셈이다.

피곤한 탓인지 바로 페달을 밟을 기분이 안 들어서 평소처럼 X에 들어갔다. 화면 아래쪽 종 모양 아이콘에 숫자 '④'가 보였다. 아까 올린 게시글에 사람들이 반응한 것이리라. 예상대로였다.

하루 군 대단해! 눈물 나는군요, 우리 집 꼬맹이는 절대로 안 도와주는데……, 구라쟁이 발견. 자기가 한 거겠지, 설거지하는 기특한 모습을 상상하자 절로 감탄이 나왔습니다. 가슴이 뭉클하네요, 사진만 봐도 엄마와 아들의 관계가 얼마나 끈끈한지 알겠네요 등등.

일일이 답글 달 여유는 없는 데다 비판적인 답글만 뺐다고 여겨지기도 싫어서 '구라쟁이' 운운하는 글도 포함해 모든 답글에 '마음에 들어요'를 눌렀다. 수많은 사람이 특별한 바 없는 밤 벚꽃을 눈에 담았다고 실감할 수 있는 순간이다. 하지만 어디까지나 화면을 통해서. 화면으로 보면 그 박력도 생생함도 거의 전해지지 않는다.

그래도 상관없다. 드디어 페달을 밟으려는 순간, 스마트폰 알림음이 울렸다. 다음 배달 요청이었다.

"가 볼까."

냉큼 요청을 수락한 후 다리에 힘을 주어 열심히 페달을 밟았다.

―따라서 확인해 줬으면 하는 사항은 단 하나.

밤거리를 달리고 있으니 어젯밤 사장과 나눈 대화가 떠올랐다. 가게에서 내준 '단 하나의 숙제'는 올해 2월 7일 이전에 마루미 짱이 고토미의 집을 방문한 적이 있는지 확인하라는 것이었다. 너무 생뚱맞아서 달리 할 말이 없었지만, 모리야 슌페이에게 메신저로 연락해 알아봐 달라고 부탁했다.

―업무상 집을 비울 때가 많아서요.

―계속 찾아오시기도 귀찮으실 테고.

지난번에 방문했을 때 그렇게 말하길래 연락처를 교환했다. 만약 사건이 해결됐는데도 자꾸 연락하면 어쩌나 걱정되기도 했지만, 그때는 차단하면 그만이다. 그런 것보다 지금은 '숙제'가 최우선이다.

그렇대도 아무 생각도 없이 사장이 지시한 대로만 움직이기는 싫었으므로, 어젯밤에 집에 돌아가서 나름대로 이것저것 조사해 보았다. 바로 2월 7일 이전에 마루미 쨩이 X에 올린 게시물을. '2월 7일'이라고 구체적인 날짜까지 제시했으니, 수수께끼를 푸는 열쇠는 거기 있다고 봐도 무방하리라.

게시물을 확인하자마자 기대의 싹은 순식간에 시들었다. 마루미 쨩이 2월 7일에 올린 게시물은 두 개뿐이었다.

봐봐! 스카이트리 엄청 예쁘다! 별로 못 보던 색깔이야! 이게 밤 10시경에 올린 게시물. 전체적으로 분홍빛이 도는 스카이트리 사진을 같이 올렸다.

우아. 배가 좀 고파서 비버로 비대면 배달을 시켰는데 이런 편지가 같이 왔어. ㅎㅎ 착한 사람이네. ㅎㅎ 이게 그로부터 한 시간 후인 밤 11시경에 올린 게시물. 배달기사가 호의로 넣어준 듯한 편지 사진을 같이 올렸다.

특이할 것 없는, 오히려 마루미 쨩치고는 수수하게조차 느껴지는 멘션이었지만 두 번째 게시물은 본 기억이 났다. 나랑 비슷한 전략을 사용하는 사람이 있구나 싶었기 때문이기도 하고, 무엇보다 굴러먹었 군의 인용 재게시를 보고 웃었기 때문이다. 당연하지만 그 인용 재게시 글은 아직 남아있었다.

나, 나, 나왔다! 이제 와서 느닷없이 서민인 척하기! 자기도 배달 앱 사용자라 그건가? 이 편지도 분명 자기가 쓴 거겠지. 필적 감정반, 얼른 출동해! 여기야, 여기!

구구절절 내 생각과 똑같았으므로 소리 내어 웃었다. 하지만 마루미 짱의 분위기가 평소와 크게 다르지는 않아서 딱히 주목해야 할 포인트는 없는 듯했다. 그렇다면 다른 게시물일까. 하지만 그 전후의 게시물에도 특별히 볼 만한 점은 없었다. 평소대로 글 몇 줄과 함께 자신의 셀카를 올렸을 뿐.

평범한 중산층 가정 출신이라 이런 가게에서 어떻게 행동하면 좋을지 전혀 모르겠다 2월 6일, 밤 9시 21분. 분위기로 배를 채우라는 듯 아주 비싸 보이는 레스토랑의 사진과 함께.

지난 주말 사진. 평일의 피로는 온천에서 푸는 게 최고지!♡ 2월 5일, 낮 2시 15분. 1년 전부터 예약이 꽉 찼을 듯한 운치 넘치는 온천 여관 사진과 함께.

100만 달러짜리 야경을 보는 중. 여러분에게도 나눠 줄게 2월 4일, 밤 11시 8분. 레인보우 브리지에 가까운 호텔 스위트룸에서 찍은 듯한 사진과 함께.

2월 8일 이후도 비슷하다. 내일은 5시에 일 마치고 바로 디즈니랜드에 갈 거야!, 이번 주말은 나가노에서 글램핑!, 평일은 매일 아침 7시 반에 집을 나서야 해서 녹초가 됐어. 그래서 나만의 비밀 아지트인 바에 왔습니다 등등.

여담이지만 여기에도 늘 굴러먹었 군이 반응한다.

※덧붙여 이 사진을 찍은 사람은 돈줄인 배 나온 아저씨입니다, 이다음에 불타오르는 S○X……, 어이쿠, 누가 온 것 같네, 이번

달에 갔다고 올린 곳, 전부 자비라고 치면 월수입이 최소한 80만 엔은 돼야 할 텐데……

요컨대. "전혀 모르겠네." 빨간불이 앞길을 가로막는 것과 동시에 나도 모르게 그런 말이 새어 나왔다.

핸들에 장착한 스마트폰에 손가락을 뻗어 또 X에 들어갔다. '발판 설거지' 게시물에 더 많은 사람이 반응했다. 관종이네, 내 부모가 이런 사람이라고 생각하면?, 부모 뽑기 실패 ㅋㅋ, 이 사람의 인스타그램도 본 적 있는데, 세상이 세상이니만큼 아이의 얼굴을 공개하는 건 정말로 그만두면 좋겠다. 무서운 사건도 많이 발생하니까. ※어디까지나 개인의 감상입니다

무슨 뜻인지 모를 '숙제'가 가슴속에 맺혀 있는 탓인지, 아니면 아까 배달 간 곳에서 푸대접을 받은 탓인지 비판적인 답글에만 시선이 갔다. 시끄러워, 멍청아. '개인의 감상입니다'는 개뿔. X는 원래 그런 곳이잖아. 아무도 네 글을 '조직을 대표한 글'이라고 생각 안 해. 내가 어떤 심정으로 살아왔는지도 모르는 주제에 함부로 지껄이지 마, 등신아. 속으로 욕하면서도 이렇게나 마음이 어수선한 건, 그들의 말에도 일리가 있다는 걸 스스로 알아서다.

언짢은 기분을 꾹 참고 모리야 슌페이와 대화한 채팅방에 들어갔다. 부탁한다는 내 응답에는 읽음 표시가 떠 있었다. 그 후로는 딱히 움직임이 없다. 그뿐인데도 모든 것이 속

수무책인 듯한 기분이었다.

신호가 파란불로 바뀌었다. 그럴 수 없다는 건 알지만, 그래도 나는 모든 것을 내팽개치듯 또 힘껏 페달을 밟았다.

5

그다음 날, 밤 9시 반이 지난 시각. 현관문의 초인종을 누르자 가벼운 발소리가 들리고 자물쇠가 찰칵 풀렸다.

"오래 기다리셨습니다. 비버……."

끝까지 말하기도 전에 내 시선은 한 곳에 못 박혔다. 문 너머에 나타난 사람은 잠옷 차림의 소년이었다. 보아하니 미취학 아동이다. 동그랗고 졸음이 가득한 눈으로 밑에서 나를 올려다보았다.

이번에 배달 온 곳은 히가시나카노의 평범한 연립주택이었다. 이렇게 어린아이가 왜 늦게까지 잠을 안 자나 의아해하는데, 안쪽에서 엄마 같은 사람이 나왔다. 화사하지만 화장기는 없고 행동에서는 피로와 체념이 묻어났다. 밤에 일하는 사람이라는 걸 한눈에 알아봤다. 여자가 "이 녀석, 얼른 자" 하고 투덜거리면서 현관에 서 있는 나를 보았다. 다음 순간.

"앗, 진짜야?"

여자의 눈이 휘둥그레지고 표정도 확 풀어졌다. 의아해하는 나를 본체만체 여자는 굉장하다며 혼자 떠들어댔다. 소년은 모르겠다는 표정으로 눈을 깜박깜박했다.

나는 나대로 비닐봉지를 든 채 굳어 버렸다. 아는 사람은 아니다. 그런데 이 환대는 뭘까. 내가 당혹스러워하는 걸 알아차렸는지 여자가 "아, 죄송해요" 하고 고개를 숙였다.

"그게, 유명인이구나 싶어서."

"아아……." 그렇구나.

내 SNS를 본 적 있는 것이리라. SNS에는 기본적으로 풍경이나 하루토 사진만 올리나 당연히 나와 하루토 둘이 찍은 사진도 있다. 예전에 모델이었다는 사실도 밝혔다. 마음만 먹으면 당시 사진도 얼마쯤은 찾을 수 있을 것이다. 물론 현재는 배달기사로 일한다는 사실도 공개했으니까, 눈앞의 여자가 늘 SNS에서 보는 그 여자와 동일 인물임을 알아차렸더라도 딱히 이상할 건 없다.

여자가 발갛게 달아오른 얼굴로 눈초리를 내렸다.

"늘 응원하는 마음으로 잘 보고 있어요."

"아, 정말……, 감사합니다."

"저도 싱글맘이라 어쩐지 친근감이 느껴지더라고요."

"그랬군요……."

나는 모호하게 고개를 끄덕이며 다시 소년에게 시선을

주었다. 내 시선을 눈치챘는지 여자가 어깨를 움츠리며 말을 꺼냈다.

"배고파서 야식을 시키려는데 아이가 깨는 바람에."

"그렇군요."

"하지만 이렇게 만나서 기쁘네요."

원래 같으면 쌍수를 들고 기뻐할 만한 상황이었다. "어, 봐주신다고요? 감사합니다" 하며 활짝 웃었을 것이다. 하지만 이번에는 참으로 시원치 못하고 불친절한 반응밖에 나오지 않았다. 그도 그럴 것이 오늘 아침을 먹을 때 하루토가 이렇게 물어봤기 때문이다.

—엄마는 연예인 행세를 하는 거야?

느닷없는 질문에 한순간 손이 굳어 버렸을 정도다. 갑자기 그건 왜, 하고 어색한 웃음을 지으며 되묻자 하루토가 식탁 한 곳에 시선을 고정한 채 대답했다.

—어제 료스케가 그랬어.

료스케는 하루토와 같은 반인 아이다. 이름을 몇 번 들어 봤으니까 친한 사이이리라.

—하루토 엄마는 연예인 행세를 한다고.

그게 무슨 뜻인지 궁금해서 물어보고 싶었던 건 아닌 듯했다. 그렇다고 초등학교 3학년이 당연하게 입에 담을 만한 어휘도 아니다.

료스케의 부모가 말했으리라. 내 SNS를 보고 예전에 모델로 일했다는 사실을 끄집어내 여태 연예인 행세를 한다는 둥 어쨌다는 둥 아들 앞에서 흉본 게 틀림없다. 그리고 료스케가 그 말을 하루토에게 그대로 전했다. 악의가 있었는지는 모르겠다. 오히려 그 말에 미세한 악의가 담겨 있다는 사실조차 올바르게 인식하지 못했을지도 모른다. 하지만 하루토는 어째서인지 알아차렸다. 그래서 물어본 것이다.

─무슨 소릴 하는 거야.

바싹 마른 목구멍에서 간신히 대답을 짜냈다.

─엄마는 연예인이 아니잖아.

올바른 대답이었다고는 생각지 않는다. '연예인 행세를 하는 거냐'라는 질문은 애당초 연예인이 아니라는 것이 대전제이므로, '엄마는 연예인이 아니잖아'라는 대답은 아무 말도 하지 않은 것이나 마찬가지다. 하지만 그렇듯 유치한 반론으로 대응할 만큼 마음의 여유를 잃은 것도 사실이었다. 약간 매서운 말투로 쏘아붙인 탓인지, 아니면 다른 이유가 있는 건지 하루토의 눈이 순식간에 젖어 들었다.

─엄마는 늘 나를 놔두고 다른 데로 가.

총탄이었다. 내 급소를 정확히 꿰뚫는 한 발의 총탄. 그건 다 널 위해서, 라고 말할 상황이 아니라는 것 정도는 나도 알았다.

─나하고는 늘 사진만 찍어.

눈물 한 줄기가 하루토의 뺨을 흘러내렸다. 작은 몸이 바들바들 떨렸다. 각오를 다졌다는 표현은 바로 이런 모습을 가리킬 때 쓰는 것이리라.

똑같다고 확신했다. 결국 나는 증오스러운 내 어머니와 똑같은 짓을 했다. 형태는 다를지언정 똑같은 소외감을 내 아들에게 주고 말았다.

─내가 싫지?

─실은 내가 없는 게 낫지?

그런 일이 있었으므로 오늘은 평소처럼 저녁을 차려 놓는 대신, 밖에서 놀다 들어온 하루토와 함께 식사했다. 그리고 함께 텔레비전을 보고, 함께 목욕하고, 하루토가 잠들 때까지 곁에 있었다. 그러는 동안에도 하루토는 내내 시무룩했다. 이걸로 때우겠다는 거냐는 듯 입술을 삐죽 내밀고, 말을 걸어도 대답 없이 무시했다.

─어차피 내가 잠들면 또 나갈 거잖아.

드디어 입을 열었나 싶더니 사정없이 그런 말을 내뱉었다. 이불 속에 눕히고 불을 끄려는 순간이었다.

정곡을 찔렸다. 하루토를 재우려고 하기 조금 전에 모리야 슌페이가 메신저로 연락했기 때문이다.

본인에게 확인했습니다. 말씀대로 2월 7일에 집에 왔다는군요

이 사실을 사장에게 전하러 가야 한다. 전하러 가서 '숙제'에 대한 보수를 받아야 한다. 생계를 위해, 하루토의 장래를 위해. 하지만 아직 다가오지 않은 미래에 얽매여 지금 내 눈앞에 있는 하루토에게 소외감을 준다면 그건…….

—빨리 자.

질문에 대답하지 않고 아들의 머리를 쓰다듬는 내 행동이 비겁하게 느껴졌다. 그리고 하루토 말대로 아들이 잠들자 집을 나서서 '가게'가 문을 열기까지 시간을 허비하지 않도록 마음을 독하게 먹고 열심히 배달 일을 하는 중이다.

"열심히 하세요. 응원할게요."

"감사합니다."

팬의 성원도 어쩐지 공허하게 들렸다. 고개 숙여 인사한 후 납덩이처럼 무거운 다리를 끌며 연립주택을 뒤로했다. 이제 롯폰기로 출발하면 '가게'가 영업을 시작한 지 얼마 지나지 않았을 무렵에 도착하리라. 길에 세워 둔 자전거에 올라타고 숨을 크게 내쉬었다.

—뭘 하는 걸까, 정말로.

나는 한숨을 푹푹 내쉬며 곧장 롯폰기로 향했다.

"수고했어. 이걸로 전부 갖추어졌군."

녹초가 된 몸에서 짜내듯 '숙제' 결과를 알리자마자 사장은 표정 변화 하나 없이 그렇게 말했다.

“그럼 다행이네요.”

선뜻 믿기는 힘들었지만 그가 그렇다면 그럴 것이다.

“그러니까 상품 라인업에도 추가해야겠어.”

어쨌거나 드디어 ‘마지막 단계’에 접어들어 의뢰인에게 보고할 일만 남았다. 실은 이 단계를 위해 의뢰인을 처음 만나러 갔을 때 ‘암호’를 정한다. 무슨 말이건 상관없지만 모리야 슌페이가 “암호라, 음……” 하고 고민하길래 내가 “이번 사건을 겪으며 뭔가 생각하신 바가 있다면 그걸로 하면 어떨까요?” 하고 재촉했더니.

—‘뜻대로 안 되는 세상’은 어떨까요.

—그게, 항상 생각하거든요. 참 안 풀린다고.

—왜 내 동생만 이런 꼴을 당하는 거냐고.

—아무것도 못 해 주는 저 자신에게 화도 나고요.

그런 대답이 돌아왔다. 그리하여 지금 수많은 업소명 중의 하나인 ‘국물 요리 마코토’라는 가게의 메뉴에 그 ‘암호’를 덧붙인 요리를 추가하려 한다. ‘뜻대로 안 되는 세상의 클램 차우더’라거나 ‘뜻대로 안 되는 세상의 그라탱 수프’라거나 그런 유의 요리를. 그리고 그 요리의 가격이 이번 안건의 ‘성공 보수’인 셈이다. 해답을 알고 싶다면 그 요리를 주문해야 한다. 설령 가격이 아무리 터무니없을지라도.

국물 요리 마코토, 즉 진상을 아는 자다.

"고토미는 분명 딱하게 됐지만, 자업자득인 측면도 있어."

"네?" 예상외의 말에, 그리고 참으로 의미심장한 말투에 피로가 싹 날아갔다. 자업자득이라고? 무슨 뜻이지?

"그리고 어차피 돈을 내는 건 고토미 본인이 아니라, 잘 사는 오빠잖아? 그럼 가격은 20만 엔으로 할까. 수업료를 받는 셈 치고 말이야."

피도 눈물도 없다는 말은 이럴 때 쓰는 것 아닐까. 그런데 수업료라니?

"그게 무슨 말씀인가요?"

잠시 침묵이 흘렀다. 들리는 것이라고는 윙윙 돌아가는 환풍기 소리뿐.

사장이 요리 모자를 다시 쓰고 무덤덤하게 말했다.

"그럼 시식회를 시작할까."

6

미닫이문이 열리고 하루토가 고개를 디밀었다.

"엄마, 괜찮아?"

"응, 그럭저럭."

"그렇구나……."

그래도 불안한 듯 이맛살을 찌푸린 채 이불 속에 드러누운 내 곁으로 다가왔다. 손에 물이 담긴 컵을 들고서. 받침대를 싱크대 앞으로 옮겨서 수돗물을 받아 온 것이리라. 역시 이러니저러니 해도 천성은 착한 아이다.

"옮으면 큰일 나."

나는 웃으면서 냉각 시트를 붙인 머리를 해열용 물베개에 맡겼다. 열이 나는 건 얼마 만일까. 바로는 기억나지 않았다. 무리했던 건 사실이다. 집안일을 하고, 계산대 업무를 보고, 자전거를 타고 돌아다닌다. 오히려 지금까지 아프지 않았던 게 기적이었다.

머리맡의 스마트폰을 집어 시간을 확인했다. 오후 5시 15분. 저녁 먹을 준비를 해야 하지만 아무래도 힘들 듯했다.

"비버 이츠로 시켜 먹을까."

그렇게 제안하자 하루토는 "응" 하고 고개를 끄덕였다. 앱을 켜서 하루토에게 내밀었다.

"이걸로 먹고 싶은 걸 시키렴."

"그래도 돼?"

"응." '절약 제일'보다 '건강 제일', 그리고 '아들 제일'이다. 하루토는 내 머리맡에 철퍼덕 앉아서 컵을 옆에 내려놓고는 집중한 표정으로 화면 여기저기를 눌렀다. 그 모습을 지켜보며 여전히 흐리멍덩한 머릿속에 떠올렸다. 지금까지 몹시 바쁘게 살아온 삶과 그날 있었던 일을.

그날 '뜻대로 안 되는 세상의 양파 토마토 수프'를 메뉴에 추가하자 곧 주문이 들어왔고, 그 요리는 그대로 메뉴에서 조용히 자취를 감추었다. 그런 웃기지도 않는 요리가 한순간이나마 메뉴에 추가됐다는 사실을 아는 사람은 거의 없으리라.

하지만 나 말고 다른 배달기사가 그걸 모리야 슌페이에게 배달했다. 가능하면 끝까지 내 손으로 일을 완수하고 싶었지만, 누구에게 배달 요청이 들어갈지는 앱의 알고리즘에 달렸으니 이것만큼은 포기하는 수밖에 없다. 모리야 슌페이는 보고 자료를 읽고 무슨 생각을 했을까. 그 후 그녀들의 관계성은 어떻게 달라졌을까. 나는 스마트폰 화면을 콕콕 누르는 하루토를 바라보며 그날 들었던 이야기를 다시 떠올려 보았다.

"그럼 시식회를 시작할까."

사장은 내 맞은편에 앉아 이렇게 단언했다.

"결론부터 말하자면 오해였어."

"네?"

"빈집털이범은 거기를 마루미 짱의 집이라고 생각한

거야.”

“엥?” 무슨 소린지 모르겠다. 어째서 그렇게 비비 꼬인 사태가 일어난다는 말인가. 그리고 어떻게 그런 사실을 그 질문 하나로 꿰뚫어 본단 말인가. 궁금해하는 내게는 아랑곳없이 사장은 어디까지나 무덤덤하게 말을 이었다.

“거기를 마루미 짱의 집이라고 생각했지만 방에 들어선 순간, 인테리어를 보고 다른 사람의 집일 가능성을 떠올렸겠지. 이게 뭐지. 뭔가 이상한데. 그리고 그 한마디를 중얼거렸어. 즉, ‘설마’에 이어질 말은 ‘남의 집은 아니겠지’였던 거야.”

—범인은 그때 무슨 가능성을 고려했던 거야.

—무슨 가능성?

—그리고 스마트폰을 확인함으로써 그 가능성이 확신으로 바뀐 거고.

예전에 나누었던 대화가 머릿속에 되살아났다.

“그럼 왜 마루미 짱의 X를 봤다고 해서 그 가능성이 확신으로 바뀌었을까.”

여기까지 듣자 나도 대강은 예상이 됐다. 물론 마루미 짱이 X에 올린 사진 때문이리라.

사장이 “지금 홈트 중” 하고 어울리지 않는 말을 꺼냈다.

“마루미 짱의 계정으로 가서 이 말로 예전 게시물을 검색해 봐.”

스마트폰을 꺼내 지시받은 대로 하자 석 달쯤 전에 올린 게시물이 떴다. ‘지금 홈트 중♪’이라는 글과 피트니스복 차림에 책상다리 자세로 앉은 사진이다. 높은 천장과 청결감 넘치는 하얀 벽, 반짝반짝한 마룻바닥에 깔린 요가 매트. 코포 나루사와의 인테리어도 모리야 고토미의 실제 주거 환경도 어떤지 모르지만, 건축 연수 40년에 방범 설비라고는 전혀 없는 목조 건물로 보이지는 않았다.

“그걸 보고 깨달은 거야. 지금 자신이 있는 집과 마루미 짱의 실제 거주지가 완전히 다른 곳이라는 사실을.”

그렇기에 범인은 스마트폰을 확인한 후에 “역시 그런가” 하고 중얼거렸다.

확실히 무슨 논리인 줄은 알겠고, 그렇다면 범인이 태클을 당하기 직전까지 마루미 짱의 계정을 들여다보고 있었던 것도 수긍이 간다. 하지만 근본적인 의문은 여전히 방치된 상태였다.

“그런데 왜 그런 오해를?”

그렇게 물어보자 사장은 “2월 7일” 하고 일전에 말했던 날짜를 꺼냈다.

“그날 두 사람은 고토미의 집에서 만났어. 그리고 그때 배달 앱으로 음식을 시켰겠지.”

그 순간 머릿속에 램프가 밝게 켜졌다.

"설마."

"그 설마야. 배달된 음식에 편지가 있었던 게 분명해. 그리고 마루미 짱이 그 편지를 사진으로 찍어 X에 올린 거야."

나는 물론 그 글을 떠올렸다.

우아. 배가 좀 고파서 비버로 비대면 배달을 시켰는데 이런 편지가 같이 왔어. ㅎㅎ 착한 사람이네. ㅎㅎ 이게 원래는 모리야 고토미의 집에 배달된 것이란 말인가. 그런데 사람들의 반응이 좋으리라 예상하고 마루미 짱이 마치 자기 집에 배달된 것처럼 X에 올렸다.

"그 결과 그 계정의 주인과 배달된 곳의 주소가 연결됐지. 그 유명한 마루미 짱이 코포 나루사와에 산다고 배달기사가 오해한 거야."

덧붙여, 하고 사장은 천장을 올려다보았다.

"나도 주워들은 건데, 분명 긱 워커를 이용한 조직적인 범죄 집단의 소행일 거야. 수법은 방금 설명한 대로 배달기사가 배달할 때 편지를 같이 줘. 배달지마다 편지 문구를 살짝 바꿔서 말이야. 만약 편지가 SNS에 올라오면, 그걸 올린 계정과 배달지 주소가 1대1로 연결되는 거지."

"그렇군요……."

뚜껑을 열어 보니 아주 단순한, 그리고 현대 사회의 특성을 잘 살린 수법이었다. 긱 워커를 이용해 SNS 계정과 실제 주소를 연결 짓고, SNS에 올린 글로 생활 패턴 등을 파악한 후 빈집털이에 나선다. 과연, 머리를 잘 썼다. 범인이 일관되게 '단독범'이라고 주장하는 건 배후의 조직을 보호하기 위해서, 또는 보복이 두려워서이리라. 또 금품이 아니라 속옷을 노렸다는 점도 이제 수긍이 간다. 그게 현재 인기를 끄는 마루미 짱의 속옷이라면 일부의 마니아들에게는 깜짝 놀랄 만큼 고가에 팔릴 것이다.

어쨌거나 범인은 모리야 고토미라는 사람을 노린 게 아니었다. 이 사실을 알면 모리야 고토미도 마음이 조금은 편해지지 않을까.

이걸로 다 해결됐다. 그렇게 생각한 다음 순간이었다.

"문제는 여기부터야."

아직 남았다는 건가.

"그게 대체 무슨?"

사장은 내 질문을 무시하고 말을 술술 이었다.

"마루미 짱은 그런 위험성이 있는 걸 알면서 일부러 X에 올렸을 거야."

"뭐라고요?"

"더 나아가 그 가게의 숨겨진 얼굴을 알면서 일부러 주문했을 가능성조차 있어."

"설마 그런."

너무 황당무계한 소리라서 나도 모르게 코웃음을 쳤지만 사장은 전혀 개의치 않았다.

"문제의 2월 7일을 경계로 마루미 짱의 게시물 내용이 미묘하게 달라졌다는 게 증거지."

뭐라고? 바로 X에 들어가서 그 전후의 게시물을 확인해 보았지만, 그런 차이는 없어 보였다. 평소대로 충실한 하루하루를 보란 듯이 과시할 뿐인 듯한데.

"잘 읽어 봐. 2월 7일 이전의 게시물에서는 당일, 또는 그 전에 있었던 일만 언급하지."

앗, 하고 눈을 부릅떴다.

평범한 중산층 가정 출신이라 이런 가게에서 어떻게 행동하면 좋을지 전혀 모르겠다, 지난 주말 사진. 평일의 피로는 온천에서 푸는 게 최고지!♡, 100만 달러짜리 야경을 보는 중. 여러분에게도 나눠 줄게

확실히 사장 말대로다. 그런 한편으로.

"8일 이후의 게시물에서는 앞으로의 일정, 즉 집을 비우는 시간이나 생활 패턴에 대한 글이 늘어나지 않았어?"

끽소리도 나오지 않았다.

내일은 5시에 일 마치고 바로 디즈니랜드에 갈 거야!, 이번 주말은 나가노에서 글램핑!, 평일은 매일 아침 7시 반에 집을 나서야

해서 녹초가 됐어. 그래서 나만의 비밀 아지트인 바에 왔습니다

"빈집털이범에게 보내는 메시지처럼 보이지 않아?"

나도 모르게 한숨이 나왔다. 맙소사. 얼마나 관찰력이 좋아야 그런 점에 착안한단 말인가, 하고 감탄한 건 사실이지만 그렇다면 다른 의문이 솟구친다. 물론 마루미 쨩이 왜 그런 짓을 했느냐는 의문이다.

단순해, 하고 사장이 말을 내뱉었다.

"마루미 쨩은 모리야 고토미가 굴러먹었 군이라는 사실을 눈치챘으니까."

"헉."

스토커처럼 끈덕지게 들러붙어 게시물이 올라올 때마다 인용 재게시로 시비를 거는 유명한 안티. 그 정체가 중고등학교 시절 동창생이자 당시 사이가 좋았다던 모리야 고토미였단 말인가. 다만 듣고 보니 짚이는 점이 있었다. 최근에 굴러먹었 군은 SNS에서 모습을 감추었다. 혹시 이번 빈집털이 미수 사건 때문에⋯⋯.

"그런데 어떻게 알았을까요?"

그건 말이지, 하고 사장은 아무렇지도 않게 고개를 끄덕이더니 말했다.

"과거에 올린 글을 보면 쉽게 알 수 있지. X는 기본적으로 최근 3천200건의 게시물밖에 거슬러 올라갈 수 없도록

설정되어 있지만.”

특정한 검색 명령어를 입력하면 더 예전의 게시물도 살펴볼 수 있다. 예를 들어 ‘from : 사용자명 since :2012-01-01 until :2012-12-31’이라고 넣으면 해당 계정이 2012년에 올린 게시물을 확인할 수 있다.

“굴러먹었 군으로 활동하기 이전에는 평범한 개인 계정이었겠지. 사용자명을 바꾼 데다 그렇게 옛날 게시물까지 거슬러 올라가지는 못할 거라고 마음을 놓았는지도 몰라.”

더구나 굴러먹었 군이 올린 게시물은 총 50만 개가 넘는다. 어지간한 집념 없이는 개인 계정으로 활동했던 예전 시절의 게시물을 파헤칠 수 없다.

다만, 하고 사장은 내 눈을 똑바로 들여다보았다.

“굴러먹었 군이 과거에 올린 게시물을 보면 그게 모리야 고토미라는 사실을 쉽사리 파악할 수 있지. 물론 단번에 들통나지는 않겠지만 이를테면.”

위험해, 지진이야!, 진도 4 래!, 너무 무서워! 같은 정보로 어느 지역에 사는지 대강 알 수 있다. 소나기, 짜증 나, 우산 가져올 걸 그랬네 등도 마찬가지다. 모교의 취주악부가 전국대회에 출전한 모양이네, 굉장해! 같은 멘션도 중요한 단서다. 근처의 벚꽃이 활짝 피었다 이것도 뒤쪽에 찍힌 건물, 거기 설치된 안테나의 각도, 전신주에 달린 간판, 그림자 방향을 통해 촬영한 지점을 꽤 정확하게 파악할 수 있다. 어, 비가 엄청 새잖아! 결정타는 이거다. 천장만 찍어서 올린 사진이지만 햇빛이 비치는 방향과 벽이 있는 위치로 추측되는 방 구조 등을 통해 어느 건불인지 알아내는 것도 불가능하지는 않다. 하물며 이미 어느 지역인지로 범위를 좁혔다면 더 쉽다.

"마루미 짱으로 활동하는 미야하라 후코는 안티의 정체를 알아내기 위해 무시무시한 집념으로 과거의 게시물을 조사했어. 그리고 그 과정에서 한 가지 가능성에 다다랐지."

안티의 정체는 혹시 친구 모리야 고토미가 아닐까, 하는 가능성에.

"2월 7일에 두 사람이 왜 만났는지는 모르지만, 아마 미야하라 후코가 만나자고 제안했을 거야. 물론 확실한 증거를 얻기 위해서지."

굴러먹었 군이 모리야 고토미라는 증거를.

간만에 얼굴 한번 보자. 괜찮으면 너희 집에 가고 싶은데. 에이, 어질러 놨어도 괜찮아. 그동안 쌓인 이야기도 하면서 회포를 풀자.

"물론 모리야 고토미가 선선히 그 제안을 받아들였을 것 같지는 않지만."

괜스레 거절하면 그야말로 '패배'를 인정한 것이나 마찬가지다. 그건 그것대로 분하거니와 그런 식으로 여겨지는 건

도저히 받아들이기 힘들다. 그렇다면 이건 오히려 기회라고 해야 할까. 실제로 만나서 뭔가 흠을 찾아내 앞으로 괴롭힐 소재로 삼자. 그런 속셈이 있었을지도 모른다.

어쨌거나 두 사람은 각자 '모략'을 숨긴 상태로 코포 나루사와에서 만났다.

"그때 편지 한 장이 날아든 거지."

편지를 본 미야하라 후코는 남몰래 흡족한 웃음을 지었다. 이게 만약 단순한 선의에서 보낸 편지가 아니라면.

SNS에 올릴 것을 예상하고 뿌린 '미끼'라면. 모리야 고토미가 굴러먹었 군이라고 확신한 미야하라 후코는 그런 일말의 가능성을 염두에 두고는 평소대로 사람들의 반응을 노리는 척 X에 올린 것 아닐까.

우아. 배가 좀 고파서 비버로 비대면 배달을 시켰는데 이런 편지가 같이 왔어. ㅎㅎ 착한 사람이네. ㅎㅎ

그렇다면 그 인용 재게시도 아주 공허하게 느껴진다.

나, 나, 나왔다! 이제 와서 느닷없이 서민인 척하기! 자기도 배달 앱 사용자라 그건가? 이 편지도 분명 자기가 쓴 거겠지. 필적 감정반, 얼른 출동해! 여기야, 여기!

분명 모리야 고토미는 답답하고 복잡한 심경을 품고 지내 왔으리라.

취업 실패에 대해, 부모의 기대를 저버리고 '올바른 인생'의 레일에서 벗어난 것에 대해, 그리고 무엇보다 학창 시절과는 180도 달라진 미야하라 후코와 자신의 격차에 대해. 그런 울분이 쌓이고 쌓인 끝에 모리야 고토미는 SNS에 서식하는 '괴물'로 변한 것 아닐까. 분노를 해소할 곳으로 SNS를 선택한 것 아닐까. 이럴 리 없는데! 어쩌면 좋지? 이 인간이고 저 인간이고 진짜 짜증 나 죽겠네! 그렇듯 까랑까랑하게 악쓰는 소리가 화면 너머에서 뿜어져 나오는 것 같기도 했다.

똑같다. 모리야 고토미와 나는 같은 부류의 인간이다.

하지만, 하고 사장이 요리 모자를 벗었다.

"물론 미야하라 후코는 그저 사람들의 좋은 반응을 얻기 위해 편지 사진을 올렸을지도 몰라. 그리고 현장에서 범인이 마루미 쨩의 X를 본 건 단순히 팬이었기 때문일지도 모르지."

그러나, 하고 사장은 머리를 쓸어올렸다.

"이 스토리라면 상황이 전부 설명될뿐더러, 앞으로 모리야 고토미가 SNS에서 건전하게 활동하도록 이끌어 주기 위해서도 그러한 위험이 숨어 있다는 사실을 감추지 않고 그대로 전달해야겠지. 앞으로는 적절치 못한 SNS 활동과 온라인상에서 개인 정보를 남발하는 것이 더 심각한 문제를 초래할 수도 있으니까."

과연, 그래서 '자업자득'이자 '수업료'인가. 이번에야말로 이야기가 끝난 것처럼 보였지만.

덧붙여, 하고 사장이 찌르는 듯한 시선을 내게 던졌다.

"괜히 참견하는 것 같지만 당신에게도 똑같이 말해 둘게."

"네?"

"당신이 어디 출신의 누구고, 어떤 인생을 살아왔으며, 지금 어디에서 어떻게 생활하는지 난 다 알아."

할 말이 없었다. 과거에 X에 올라온 게시물을 하나하나 확인해 굴러먹었 군이 모리야 고토미라는 사실까지 꿰뚫어 보았다. 지금까지 내가 올린 게시물을 보고 내 신원을 완전히 까발리는 것쯤은 어린아이의 손목을 비트는 일보다 쉬우리라. 배달 완료! 진짜 피곤하다. 하지만 집 앞의 벚꽃이 활짝 피어서 조금 행복함 이 멘션만으로도 우리 집 주소를 아주 간단히 알아낼 수 있을 것이다. 방범 설비라고는 전혀 없는 허름한 연립주택만큼 보안 의식이 낮았던 셈이다.

그리고. 그러한 멘션을 수많은 '사람'이 보고 있다.

─엄마는 연예인 행세를 하는 거야?

하루토의 친구 료스케의 부모도 그렇다.

─늘 응원하는 마음으로 잘 보고 있어요.

우연히 배달지에서 마주친 그 여자도 그렇다. 그 '사람들' 가운데 무서운 흑심이나 악의를 품은 사람이 숨어 있지 않다고 어떻게 단언하겠는가.

이 사람의 인스타그램도 본 적 있는데, 세상이 세상이니만큼 아이의 얼굴을 공개하는 건 정말로 그만두면 좋겠다. 무서운 사건도 많이 발생하니까. ※어디까시나 개인의 김싱입니다 이떤 사람이 충고한 대로다. 그렇게 약하고 위험한 다리를, 나는 콧노래를 부르며 폴짝폴짝 뛰어서 몇 번이나 왕복했다.

"험한 꼴을 많이 봤지만 죽을 각오로 극복하고 간신히 손에 넣은 행복이잖아? 그렇다면."

죽을 각오로 지켜 내.

그렇게 말하는 사장의 눈에서 처음으로 한 줌의 감정이 일렁인 것 같았다. 여전히 아침 안개처럼 종잡을 수 없고 저녁뜸처럼 차분했지만, 분명 켜졌던 것 같았다. 우리 모자의 앞길을, 칠흑같이 어두운 수평선 저편을 희미하게 비추려는 한 줄기 등대의 불빛이.

딩동, 하고 초인종이 울리자 하루토가 현관으로 달려갔다. 감사합니다, 하고 배달기사 같은 남자의 목소리가 들린 후에 하루토가 비닐봉지를 들고 돌아왔다.

"일어날 수 있어?"

"응, 괜찮아. 고마워."

권태감으로 범벅된 몸을 채찍질해 간신히 하루토와 식

탁에 마주 앉았다. 비닐봉지에서 배달 용기를 꺼내던 하루토가 고개를 숙인 채 우물쭈물 입을 열었다.

"전에는 미안했어."

눈을 똑바로 쳐다보기가 민망했으리라.

―엄마는 늘 나를 놔두고 다른 데로 가.

―나하고는 늘 사진만 찍어.

―내가 싫지?

―실은 내가 없는 게 낫지?

그날 일을 말한다는 걸 바로 알아차렸다.

"아니야, 하루토를 외롭게 해서 엄마도 미안해."

이제 비버 이츠 배달기사 일은 그만둘 거야, 하고 요 며칠 굳힌 결심을 입에 담기 전에 하루토가 고개를 번쩍 들고 눈물이 글썽거리는 눈을 손으로 쓱쓱 문지르며 떨리는 목소리로 말했다.

"나도 알아. 엄마가 열심히 일하는 게 날 위해서라는 걸. 날 싫어하는 게 아니라는 걸. 다 알아."

하루토의 윤곽이 순식간에 일그러지며 녹아내렸다.

"그렇구나……."

알고 있었구나. 그것 말고 다른 말은 필요 없었다.

하루토는 눈여겨 봐주었다. 위태롭고 덧없는, 나라는 이름의 밤 벚꽃을. 화면을 통해서가 아니라 자기 눈으로 똑똑

히. 박력도 생생함도 제대로 전달된 것이다. 그렇게 생각하
자 아주 조금이지만 몸이 가벼워진 것 같았다.

"앗." 비닐봉지를 들여다본 하루토가 식탁에 종이 한 장
을 펼쳤다. 나도 두 눈을 닦고 그 종이를 들여다보았다. 편지
였다.

매일 고생 많으십니다. 맛있게 드시고 마음도 채우시기 바랍
니다

"좋은 사람이네." 하루토가 웃었다. 하지만 나는 그러네,
하고 고개를 끄덕여 주지 못했다.

—'뜻대로 안 되는 세상'은 어떨까요.

—그게, 항상 생각하거든요. 참 안 풀린다고.

확실히 모리야 슌페이 말대로다. 남의 호의를 순수하게
호의로 받아들일 수 없는 삭막한 세상으로 변했다. 정말 살
아가기 힘든, 그야말로 '뜻대로 안 되는 세상'이다.

동시에 그날 사장이 해 주었던 말이 귓속에 되살아났다.

—당신이 어디 출신의 누구고, 어떤 인생을 살아왔으며,
지금 어디에서 어떻게 생활하는지.

—난 다 알아.

—험한 꼴을 많이 봤지만 죽을 각오로 극복하고 간신히
손에 넣은 행복이잖아?

그렇듯 '뜻대로 안 되는 세상'에서 우리 모자는 기댈 언

덕도 없이 살아가고 있다. 여기에는 자기 아이를 버려두고 남자와 놀아나느라 정신없는 인간, 울음을 그치지 않는다고 자기 아이를 침대에 내던지는 인간, SNS를 이용해 범죄를 획책하는 인간이 득시글거린다. 그렇기에.

─죽을 각오로 지켜 내.

반드시 지켜 내겠다. 물불 가리지 않고 어떻게든 꼭.

"사진 안 찍어도 돼?"

하루토가 조심스레 내 안색을 살폈다. 어린 아들이 이런 소리를 꺼내게 하다니, 하고 지금까지의 나 자신에게 쓴웃음을 지었다. 확실히 예전의 나는 이런 '특별 이벤트'가 벌어지면 하루토를 제쳐 놓고 스마트폰 카메라부터 들이댔다. SNS에서 화제가 되기를 바라며. '사람들'이 시선을 주길 바라며. 다들, 좀 더 이쪽을 봐. 내게 좀 더 주목해.

"응, 괜찮아."

편지를 깔끔하게 반으로 접어서 옆으로 치웠다. 흠, 하고 하루토는 이해가 안 된다는 눈으로 편지를 바라보았지만 "자, 먹자" 하고 말하자 흥미를 잃은 듯했다. 하루토가 뚜껑을 열고 바로 음식을 먹으려 하길래 "잘 먹겠습니다, 해야지" 하고 타일렀다.

"자, 두 손 모으고."

"네."

이게 내 일상이다. 어제도 오늘도, 분명 내일도. 결코 나쁘지 않다.

둘만의 조촐한 식탁에 잘 먹겠습니다, 라는 말이 한목소리로 울려 퍼졌다.

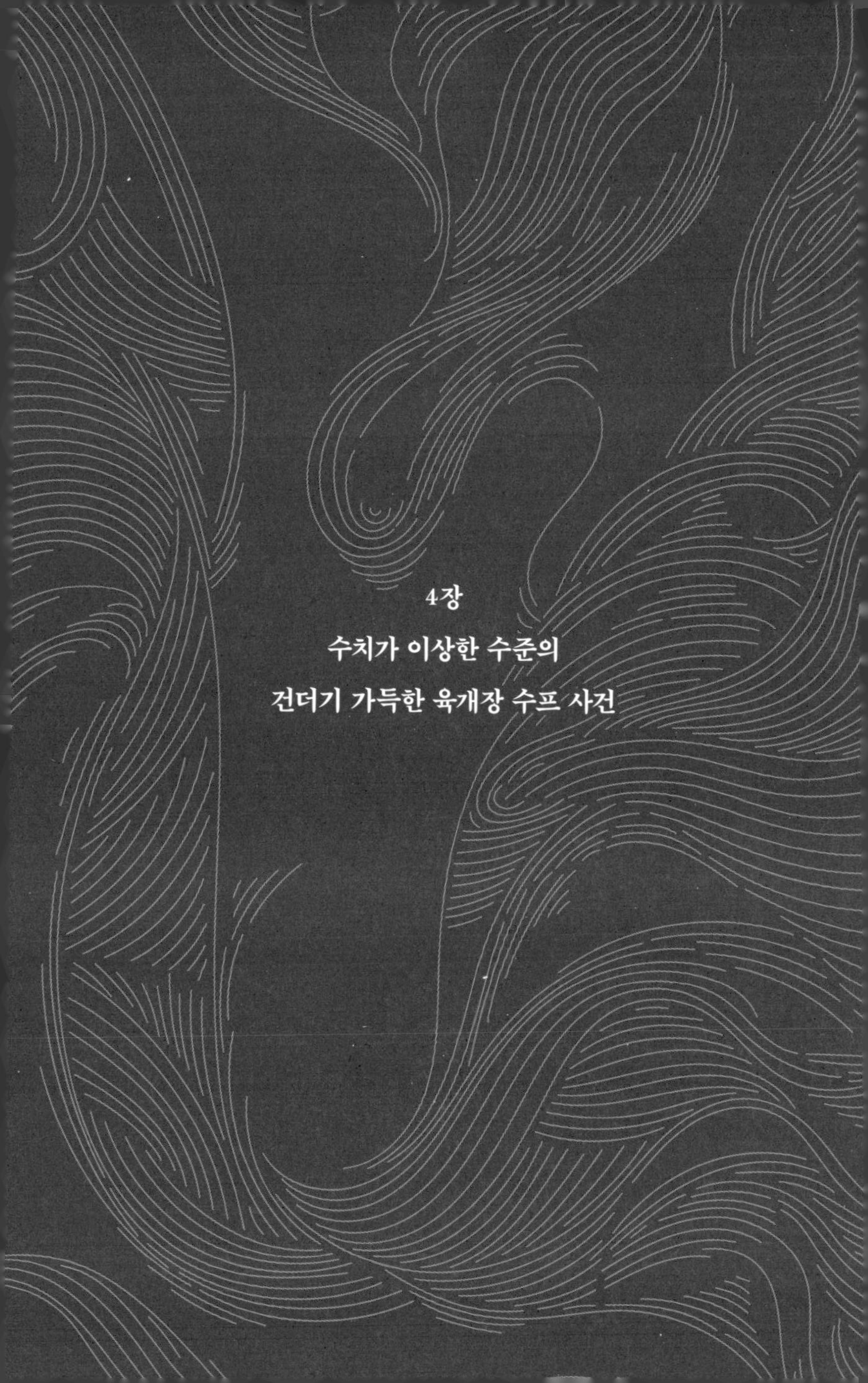
4장

수치가 이상한 수준의
건더기 가득한 육개장 수프 사건

집에 온 지 얼마 지나지 않아 인터폰이 울렸다. 벽에 걸린 시계를 보니 저녁 6시 반이 지난 시각이었다. 퇴근길에 전철에서 미리 주문했는데, 예상대로 딱 맞춰 배달이 왔다. 꼬르륵, 하고 눈치를 보듯 뱃속에서 작게 소리가 났다. 오늘은 온종일 바빠서 점심도 걸렀다. 위장도 불평 한마디쯤 하고 싶으리라. 일할 때 입는 재킷을 소파에 던지고 손으로 앞머리를 정리하며 인터폰 영상을 확인했다. 약간 선이 가는 것 말고는 평범하기 그지없는 남자가 서 있었다.

어라, 하고 고개를 갸웃했다. 뭘까. 뭔가가 마음에 걸린다. 겉모습에 딱히 이상한 구석이 있는 건 아니다. 니트 모자에 방한용 다운재킷, 그리고 청바지. 오른손에 종이봉투 하나. 이 시간에 우리 집을 찾아올 사람은 배달기사밖에 없고, 실제로 주문도 했으니까 지금 인터폰 영상에 비치는 남자는 배달기사이리라. 하지만 우물쭈물한다고 할까 쭈뼛쭈뼛한다고 할까, 몹시 침착하지 못해 보였다. 눈을 내리뜨고, 신경

질적으로 계속 시선을 좌우로 돌린다.

평소 같으면 망설임 없이 현관문을 열었겠지만, 만약을 위해 통화 버튼을 누르고 신원을 확인하기로 했다.

"누구세요?"

화면 속 남자가 고개를 휙 들더니 약간 긴장한 목소리로 대답했다.

"어, 그러니까, 저는⋯⋯."

I

"말도 안 되는 확률이죠."

내가 그렇게 말한 순간, 천연덕스러운 얼굴로 식칼을 갈고 있던 남자가 손을 딱 멈췄다. 지금까지는 무슨 소리를 해도 한 귀로 듣고 다른 귀로 흘릴 뿐이었는데, 가까스로 그 흐름을 멈출 수 있었던 듯했다.

"똑같은 배달기사가 몇 번이나 집을 찾아왔어요."

"호오." 남자는 눈앞으로 쳐든 식칼의 칼날을 확인한 후 몸을 돌려 이쪽을 바라보았다. 들고 있는 식칼보다 몇 배는 더 날카롭고 인정사정없어 보이는 시선이었다.

"그뿐만이 아닙니다. 이를테면 밀실이에요."

“밀실?”

“미개봉 상태로 배달된 종이봉투 속에 상품과는 별개로 어떤 물건이 들어 있었다는군요.”

자, 어떠냐. 이건 꽤 솔깃하지? 그런 생각으로 테이블에 몸을 내밀며 어금니로 자조를 씹어 삼켰다. 대체 난 뭘 하는 걸까. 왜 ‘밀실’ 같은 허황한 소리를 지껄이면서까지 이 남자의 관심을 끌려는 걸까. 만약 내가 탐정 사무소 직원이고, 눈앞의 남자가 탐정 사무소장이라면 비교적 흔한 일상의 한 장면일지도 모르지만. 허리에 두른 힙색에서 녹음기를 꺼내며 주변을 둘러보았다.

오른편에는 금붕어 어항이 놓인 선반, 왼편 안쪽 벽 앞에는 거대한 수직형 업소용 냉장·냉동고, 정면에는 4구 가스레인지, 거대한 철판, 더블 싱크대, 가로형 냉장고 등이 배치된 널찍한 조리 공간, 천장에는 음식점 주방 등에서 흔히 볼 수 있는 훌륭한 배연 및 배기 덕트.

그렇다, 여기는 배달 전문점이다. 그것도 조금……, 아니 꽤 특이하고 어쩐지 아주 수상쩍은. 그리고 나는 비버 이츠의 배달기사로 이 ‘가게’에 자주 드나드는 하잘것없는 프리랜서 작가다.

이 ‘가게’ 사장인 흰색 요리 모자에 흰색 요리복, 감색 치노팬츠 차림 남자가 식칼을 칼 꽂이에 꽂고 고개를 살짝 갸우뚱했다.

"그건 좀 묘하군." 사장은 듣기 좋은 맑은 목소리로 말하더니 이쪽으로 다가와서 내 맞은편에 앉았다.

"계속해 봐."

사장의 재촉에 나는 녹음기의 재생 버튼을 눌렀다. 녹음해 오라고 지시한 건 아니고, 대략적인 내용을 말로 전달해도 전혀 문제없지만 나는 처음부터 이 방법을 고수했다. 나중에 "형편없는 보고였어", "중요한 점을 의도적으로 몇 가지 생략한 것 아니야?"라는 식으로 트집 잡히기는 싫었다.

지지직, 하고 잡음이 들린 후 녹음기에서 여자 목소리가 흘러나왔다.

'제가 아직 오지 근처에 살 무렵이었어요. 퇴근길에 비버 이츠로 근처 가게의 음식을 자주 주문했는데요.'

요점을 설명하면 다음과 같다.

지금으로부터 3개월 전인 2월 어느 날. 요일은 확실하지 않지만 평일 오후 6시 반이 지난 시각. 당시 기타구 오지의 연립주택 '하이츠 나카무라 Ⅱ'에 살던 여자는 그날도 퇴근길에 전철에서 비버 이츠로 근처 양식당 '하야시다'에 주문을 넣었다. 예전부터 휴일에 자주 갔는데 최근에 배달을 시작했길래 평일에도 자주 시켜 먹게 됐다나.

집에 돌아온 지 얼마 지나지 않아 배달기사가 주문한 음식을 가져왔는데.

'종이봉투를 열어 보니 머플러가 들어 있더라고요.'

'네?'

'그렇지만 제가 주문한 건 아니고요.'

'뭐……, 그렇겠죠.'

'아마 어느 타이밍에 섞여 들어간 게 아닐까 싶어요.'

잠깐의 공백. 서로 신경전을 벌이는 듯한 침묵.

'봉투에 개봉한 흔적은요?'

'그게……, 없었어요. 봉인 스티커도 단단히 붙어 있었고요. 개봉하면 봉투에 흔적이 남는 스티커라 틀림없어요.'

수상쩍게 여긴 그녀는 일단 가게에 전화해 보기로 했다. 앱을 통해 불만을 제기할 수도 있었지만, 음식에 이물질이 들어가는 사례와는 성격이 약간 다르다. 가게 쪽의 호의 또는 기한 한정 이벤트일지도 모른다. 아니, 오히려 그러기를 바랐다.

그런데 전화를 받은 종업원도 당혹스러움을 감추지 못했다고 한다.

'그런 걸 넣은 기억은 없고, 현재 진행 중인 이벤트도 없다고 하더군요.'

머리카락이나 벌레라면 불쾌하긴 해도 이해는 간다. 하지만 실수로 머플러가 들어갔다는 건 아무래도 이해가 안 간다. 분명 누군가가 명확한 의도를 가지고 그랬을 것이다. 그렇다면 남은 가능성은 하나.

'배달기사가 배달 도중에 넣은 것 아니겠느냐고요?'

내 목소리가 그렇게 묻자 여자는 머뭇대는 듯한 말투로 '네' 하고 대답했다.

'그리고 그렇게 생각했을 때 알아차렸어요.'

'알아차렸다니요?'

'배달기사가 똑같은 사람이라는 걸요.'

'그게 무슨 뜻입니까?'

'그 사람, 몇 번이나 연속해서 우리 집에 왔었어요. 평일 오후 6시부터 7시 사이에 주문했다는 것 말고 딱히 규칙성이 있는 것도 아닌데.'

'설마 그런.'

'배달기사가 어떤 사람인지 일일이 눈여겨보지는 않지만, 이 정도로 얼굴을 많이 마주치면 기억하죠.'

'몇 번이나, 라고 했는데 구체적으로 어느 정도인가요?'

'적게 잡아도 열 번은 될 거예요.'

'열 번 연속?'

녹음기에서 깜짝 놀란 목소리가 튀어나온 것과 동시에 사장이 팔짱을 끼고 천장을 올려다보았다. 말도 안 되는 확률이라 이게 무슨 뜻인지 알았으리라. 원래 어느 배달기사가 어디에 배달할지는 앱의 알고리즘을 기반으로 정해질 테고, 그 상세한 원리를 일반인이 상세히 이해하기는 힘들다. 그런데 어떻게 하면 이런 일이 일어나는 걸까. 어떻게 하면 이런 일이 가능한 걸까. 이미 머리를 팽팽 돌리고 있을 것이 틀림없다.

한편 그 사실을 알아차린 여자는 즉시 앱에서 구매 이력을 확인했다고 한다. 거기에는 상품명과 주문 일시 외에도 배달기사의 이름(닉네임)이 남아 있을 테니까.

'하지만 그날 온 배달기사와 닉네임이 똑같은 사람은 최근 0건……. 더 위로 거슬러 올라가도 한 명도 없었고요.'

'그건 꽤 부자연스럽군요.'

'한두 번이라면 우연인가 싶겠죠. 하지만 이건 너무 많지 않나요?'

당시 그녀가 살던 곳은 기타구, 즉 도쿄 23구 중 하나로 비버 이츠에 등록한 음식점이나 배달기사가 특별히 적은 지역은 아니다. 시간대도 오후 6시에서 7시 사이면 소위 대목이다. 수많은 주문이 들어올 테고, 그걸 노리는 배달기사들이 거리를 돌아다닐 무렵이다. 그런 상황에서 같은 사람이 열 번 넘게 연속으로 배달을 오다니.

'수치가 이상한 수준이에요.' 여자가 탄식했다.

"수치가 이상한 수준."

천장의 한 곳에 시선을 고정한 채 사장이 그 말을 따라 했다. 눈썹 하나 까딱하지 않고 아주 조용하고 엄숙하게. 마치 숨죽인 채 이 수수께끼를 뒤덮은 얇은 껍질을 한 장 한 장 꼼꼼히 벗겨 내듯이.

게다가, 하고 여자의 설명이 이어졌다.

'실은 그 며칠 전에 자주 사용하던 머플러를 어디서 잃어버렸거든요.'

'어, 그래요?'

'그리고 타이밍을 맞춘 듯 머플러가 배달됐죠. 절대로 우연은 아니에요.'

'즉, 하고 싶은 말씀은 만약 배달기사가 그걸 종이봉투에 넣었다면 그는……, 아 참, 배달기사는 남자죠?'

'네.'

'즉, 그는 당신이 머플러를 잃어버렸다는 사실을 알고 있었다는 겁니까?'

'그렇게밖에 받아들일 수 없잖아요?'

'뭐……'

'무서워서 바로 이사했어요. 오늘 호텔 로비에서 뵙자고 한 것도 집 위치를 알려 주는 데 거부감이 느껴져서……'

'그 심정, 이해합니다.'

'부탁드릴게요. 제발 이 수수께끼를 풀어 주세요.'

여기서 재생을 멈췄다. 청취한 내용이 남았지만 일단 사장의 견해를 들어야 할 것 같아서다. 말도 안 되는 확률, 그리고 밀폐된 종이봉투에 들어간 으스스한 선물에 대해.

"어떻게 생각하십니까?"

치뜬 눈으로 묻자 사장은 요리 모자를 벗고 손바닥에 턱을 괬다.

"글쎄……."

시체처럼 창백한 피부에, 산봉우리를 연상시키는 높은 콧대, 색소가 옅은 입술. 쇼윈도에 서 있는 마네킹과 헷갈릴 만큼 생기가 없다. 차라리 표정 있는 마네킹이 훨씬 인간미가 느껴질 지경이다. 그중에서도 특히 두드러지는 부분은 눈동자였다. 무미건조하고 무감정. 모든 것을 꿰뚫어 볼 듯하지만 이쪽에서는 아무 감정도 읽어 낼 수 없다. 말하자면 타고난 매직미러다.

그런데 어째선지 오늘은 그 매직미러 너머에서 인간의 기척이 느껴졌다. 회의심 또는 불쾌감. 그런 뭔가가 희미하게, 하지만 틀림없이 소용돌이쳤다. 지금까지 한 번도 경험한 적 없는 감각이었다.

그런데, 하고 사장이 손바닥에서 턱을 뗐다.

"의뢰인은 현재 주소와 이름을 밝히지 않았나?"

"네."

"추가로 청취해야 할 사항이 생기면?"

"메일 주소를 받았습니다. 포털 사이트에서 일회용으로 하나 만든 거겠죠."

"당시 주소는?"

"아아, 그거라면."

기억을 더듬어 녹음기를 빨리 감기 하다가 이쯤이다 싶은 곳에서 재생했다.

'참고로 당시 사셨던 곳은 어디입니까?'

'아, 그러니까.'

도쿄도 기타쿠 오지의……, 하고 여자가 주소를 말했다. 그걸 듣고 사장이 즉시 지시를 내렸다.

"이 주소를 지도에서 찾아봐."

지도 앱에 들어가서 그 주소를 검색했다. 주택지로 추정되는 곳이 화면에 떴고, 그중 하나에 빨간 핀이 꽂혔다.

"여기입니다." 나는 화면을 보여 주었다.

"잠깐 실례."

사장은 스마트폰을 가져가서 화면에 손가락을 댔다. 움직임으로 보건대 확대와 축소를 반복하는 듯했다. 한 차례 확인한 후 사장은 "그렇군"이라고만 말하고 스마트폰을 돌려주었다.

"뭔가 단서라도 찾으셨나요?"

“응, 뭐.”

뭐라고? 설마 이미 무슨 돌파구를 찾아냈다는 건가.

사장은 “일단” 하고 자리에서 일어서서 요리 모자를 썼다.

“이틀 후에 다시 와.”

즉 ‘숙제’를 내겠다는 뜻이다. 뭐, 보수가 늘어나는 데다 내 다른 목적을 위해서도 환영하는 바다.

“시간은 밤 9시.”

“알겠습니다.”

그때 조리 공간에 놓아둔 태블릿PC에서 띠리링, 하고 소리가 났다. “앗.” 나는 바로 눈을 돌렸다. 하지만 어째선지 사장은 우두커니 서서 태블릿PC를 가만히 노려보기만 했다. 이 또한 처음 보는 광경이었다.

“저기, 주문이 들어온 것 같은데요.”

머뭇머뭇 말을 던져도 “응, 알아” 하고 대답만 할 뿐 역시 꼼짝도 하지 않았다.

10초, 20초. 거북한 정적이 차올랐다. 내가 당혹스러워하는 걸 알아차렸는지, 사장이 내게로 몸을 돌리고 냉랭한 말투로 설명했다.

“그게, 오늘 밤은 주문 취소가 많아서 말이야.”

“취소요?”

"다섯 번쯤. 그야말로 수치가 이상한 수준이지."

위압적인 목소리. 몸만 움찔해도 바로 튕겨 나갈 것처럼 팽팽하게 긴장된 분위기.

식은땀을 흘리며 물어보는 것이 고작인 나를 본체만체, 드디어 사장이 태블릿PC로 향했다. 그리고 고단하다는 듯 화면을 확인했지만, 역시 표정에는 아무 변화도 없었다.

"메뉴는?"

"종종 나가는 그것."

사장은 조리 공간에 서서 방금 갈아놓은 식칼을 다시 뽑아 아까처럼 눈앞에 쳐들었다.

"자, 또 어딘가의 누군가가 곤란한 상황에 빠진 모양이군."

2

상가 빌딩에서 한 발짝 밖으로 나서자마자 봄철의 밤바람이 뺨을 어루만졌다. 토사물과 비슷하게 미지근하고 역한 냄새가 나서 이맛살을 찌푸리며 위를 올려다보았다.

'불야성', 도쿄 롯폰기. 무질서하게 뒤얽힌 전선 위쪽, 빌딩의 실루엣에 잘려 나간 밤하늘은 좁고 낮았다. 거리의 불빛을 받아 안개 낀 것처럼 부옇게 탁해진 하늘에 당장이라도 손이 닿을 것 같았다.

5월 중순, 새벽 2시가 지난 시각. 숨을 한 번 내쉬고 길가에 세워 둔 대여 자전거를 밀면서 골목 반대편에 있는 공원이랄까, 그냥 빈터로 향했다. 뻐끔하니 비어 있는 땅의 삼 면을 상가 빌딩이 둘러싸고 있어 이가 빠진 것처럼 보인다. 명색뿐인 화단과 벤치 두 개, 그리고 수은등 하나뿐이라 도시의 오아시스라고 부르기에는 너무나 변변치 못한 공간이다.

"아, 고생 많으십니다."

벤치에 앉아 스마트폰 화면을 노려보던 남자가 나를 알아보고 말을 걸었다. 이 '가게'에 드나들게 된 뒤로 여기서 몇 번 '지장보살(배달 요청이 들어올 때까지 길가나 가게 앞에서 대기하는 걸 이렇게 부른다)'을 하다가 자연스레 안면을 튼 청년이다. 어떤 사람인지 아는 바는 거의 없지만, 근처에 혼자 사는 대학생이라고 듣기는 했다.

"그쪽도."

자전거를 한쪽에 세우고 옆 벤치에 앉아 품에서 전자 담배를 꺼냈다. 금연 구역이겠으나 이런 시간에 나무랄 사람은 없다. 하물며 '잠들지 않는 거리'의 구석진 곳이다.

"일은 좀 어떠세요?"

흐암, 하고 하품한 후 청년이 싹싹하게 말을 걸었다.

"뭐, 그냥 그렇지."

내뿜은 연기가 밤안개 사이로 사라지는 모습을 바라보며 애써 흥미 없다는 듯 대답했다. 그렇군요, 하고 중얼거리며 청년은 다시 스마트폰에 시선을 주었다.

"저는 오늘 별로예요."

"요청이 잘 안 들어와?"

"네. 이미 두 번이나 취소도 먹었고요."

순간 아까 사장에게 들은 말이 떠올랐다.

—오늘 밤은 주문 취소가 많아서 말이야.

—다섯 번쯤. 그야말로 수치가 이상한 수준이지.

과연, 이 청년은 그 피해자 중 한 명이었던 건가.

멀리서 차가 지나다니는 소리가 희미하게 들렸다. 밤의 정적에 스며들 듯, 의식을 잃어 가는 병자를 열심히 부르듯. 지금 네가 있는 곳은 일상과 잇닿은 장소라고. 그 기상천외한 '가게'는 분명 현실의 연장선상에 존재한다고. 그 소리만이 나를 붙들어 매 준다.

전자 담배를 뻑뻑 피우는 한편, '가게'가 입주한 빌딩의 출입구를 곁눈질로 감시하며 따분함을 달래는 척 대화를 이어 나갔다.

"아 참, 괜찮으면 들려주지 않겠어?"

"뭐를요?" 청년이 스마트폰 화면을 내리면서 되물었다.

"네가 지금까지 맡은 '안건'에 대해."

말이 끝나기가 무섭게 청년이 이쪽으로 고개를 홱 돌렸다. 미간에 잡힌 주름, 경계하는 표정. '가게'에 대해서는 절대로 남에게 발설하면 안 된다는 조건이 있으므로 예상했던 반응이기는 했다.

"물론 사례는 톡톡히 할게."

대충 접어 뒷주머니에 넣어 둔 1만 엔짜리 지폐를 꺼내서 보여 주었다. 이 '가게'에 드나드는 사람은 크든 작든 금전적으로 문제가 있을 것이다. 게다가 오늘은 '일이 별로'인 듯하다. 그렇다면 이렇게 군침 도는 이야기를 눈앞에서 놓치지는 않을 것이다.

"어쩌려고요?"

청년은 지폐에 시선을 고정한 채 미간을 더 찌푸렸다.

"뭘 노리는 거예요?"

그렇게 추측하는 것도 당연하다. 그게 말이야, 하고 약간 진지하면서도 쑥스러워 보이도록 웃음을 지었다.

"얼핏 신통찮은 아저씨로 보일지도 모르지만, 실은 미스터리 작가거든. 서점에도 책이 몇 권 꽂혀 있어."

"어, 그래요?"

굉장하다, 하고 청년이 표정을 살짝 풀었다.

"그런데 차기작의 소재가 없어서."

물론 입에서 나오는 대로 내뱉은 거짓말이다. 하지만 무명 소설가가 부업 삼아 긱 워커로 일한다는 게 말도 안 되는 설정은 아니리라.

"고유 명사는 넣지 않을 거고, 어디까지나 참고만 할게."

위험성과 보수가 각각 얹힌 양팔 저울의 미세한 움직임을 놓치지 않으려는 듯 청년은 이맛살을 찌푸린 채 고민하던 끝에 말했다.

"자취를 감춘 배달기사가 있다는 건 아세요?"

"아아, 물론."

그 이야기는 나도 어디선가 얻어들었다. 보수에 눈이 멀어 의뢰인에게 청취한 내용을 일부러 허술하게 보고하던 배달기사가 어느 순간 자취를 싹 감췄다고 한다. 물론 이사해서 배달 구역이 바뀌었을 뿐일지도 모르고, 정사원으로 고용돼 배달기사 일을 그만뒀을 수도 있다. 진상은 아무도 모른다. 그렇지만 이 이야기는 그 '가게'의 단골 배달기사들 사이에 일종의 '교훈'으로 알음알음 전해지고 있다.

위험한 다리는 건너지 말 것. 사장의 말에 거역하지 말 것. 그렇다면 청년의 걱정도 이해는 간다. 과거에 자신이 맡았던 의뢰 내용을 제삼자에게 밝히는 건 99퍼센트 '교훈'에 저촉되는 짓일 테니까.

다만, 하고 나는 어깨를 으쓱했다.

"그 배달기사 말인데, 소문에 따르면 배달하다가 사고로 다친 걸 계기로 그만뒀을 뿐이라나 봐."

"어, 그래요?" 청년의 표정이 살짝 밝아졌다.

"응, 얼마 전에 들었어. 이 일대에서 배달기사로 꽤 오래 일한 사람의 말이니까 비교적 신빙성이 있다고 봐도 되겠지."

이 또한 입에서 나오는 대로 내뱉은 거짓말이다. 하지만 설명을 들은 청년은 약간 안도한 듯했다. 그런 거였어……, 하고 쓴웃음을 지으며 스마트폰을 호주머니에 넣었다.

"그럼 뭐, 괜찮으려나."

"고마워. 이 은혜는 잊지 않을게."

"둘 다 '가게'에 대해서는 이미 알고 있으니까요."

청년은 자기 행동을 정당화하듯 변명조로 말했다. 나는 얼굴 가득 가짜 웃음을 만들어 붙인 채 1만 엔짜리를 청년의 손에 쥐여 주었다.

"자, 한번 들어 볼까?"

청년은 고개를 끄덕이고 띄엄띄엄 말을 꺼내 놓았다.

"제일 기억에 남아 있는 건 어떤 연립주택에서 불에 탄 시체가 발견된 사건인데요."

"오, 그거 딱 좋은데."

흥미진진하다는 듯 맞장구를 치면서도 감시의 시선은 늦추지 않았다. '가게' 영업시간은 밤 10시부터 다음 날 아침 5시까지. 그러나 변덕을 부려서 그보다 일찍 영업을 마칠 가능성도 있고, 그렇지 않더라도 이대로 5시까지 버틸 각오였다.

왜냐고? 그야 당연히 오늘이야말로 그 남자의 정체에 한 발짝 다가서기 위해서.

지금으로부터 2년 전, 나는 비버 이츠의 배달기사 일을 시작했다. 계기는 오랜만에 받은 건강검진이었다.

—언제 죽어도 이상하지 않을 지경입니다.

47세, 키 165센티미터에 100킬로그램이 넘는 체중. 그런 내게 들이밀어진 것은 고혈압, 고혈당, 고지혈증이라는 수치스러운 '3고'(*원래는 고수입, 고학력, 고신장을 모두 갖춘 남자를 가리키는 말)가 고루 갖추어진 참담한 진단 결과였다.

—꾸준히 운동하셔야 해요.

글쟁이로 살아온 지 20여 년. 폭음폭식과 밤낮이 바뀐 생활에 더해 오랜 시간 앉아서 일하느라 여기저기 아프지 않은 곳이 없는 몸뚱이는 이미 파멸에 이르기 직전이었다.

하지만 그렇게 될 수밖에 없는 노릇이었다. 작가를 둘러싼 환경은 지난 몇 년 새 아주 혹독해졌다. 원래 잘나가던 건 아니지만, 그래도 글을 실어 주던 잡지가 차례차례 휴간하는 바람에 단가가 낮은 인터넷 기사를 써서 겨우 입에 풀칠했다. 당연히 하루하루 살아가기 위해 이를 악물고 글을 써야 해서 피트니스 클럽에 다니기는커녕 걷기나 달리기할 시간조차 따로 빼낼 여유가 없었다. 뭐, 설령 있었더라도 운동에 시간을 썼을지는 아주 의심스럽지만.

다만 건강검진을 계기로 남들만큼은 위기감을 품은 것도 사실이다. 지켜야 할 가족도 없고 이루고 싶은 야망도 딱히 생각나지 않지만, 역시 허무하게 죽기는 아깝다. 특별히 집착해야 할 ‘인생’은 아니어도 붙들 수 있다면 꼭 붙들고 싶다.

생명체로서 그런 본능에 자극받아 결과적으로 다다른 직업이 비버 이츠 배달기사였다. 집필하는 틈틈이 원하는 시간에 원하는 만큼 일하면 되고, 전략적으로 배달에 임하면 나름대로 괜찮은 수익을 올릴 수 있다. 더구나 의사가 말했던 ‘꾸준한 운동’도 된다. 운동을 위한 운동은 몹시 귀찮지만 이거라면 나도 계속할 수 있지 않을까.

그리하여 마지못해 배달기사 일을 시작했다. 그런데 여기에는 예상치 못한 부산물도 있었다. 이 경험 자체를 기삿감으로 써먹을 수 있지 않을까, 하고 깨달은 것이다.

현재 긱 워커 같은 새로운 노동 방식은 세간의 주목을

받고 있으며, 요즘 시대상에도 잘 들어맞는다. 한편 아직 그렇게 많은 사람에게 실태가 알려진 건 아니다. 그런 의미에서도 그야말로 시의적절한 기삿감이라고 할 수 있으리라.

그래서 즉시 인터넷에 기사를 공개키로 했다. 배달기사로 일하기에 앞서 알아야 할 기본 정보와 유의점, 효율적으로 수입을 올리기 위한 비법, 실제로 체험한 진기한 일과 불쾌한 일, 또는 공포스러운 일. 그런 내용을 적나라하게 썼다.

노림수는 적중했다. 기사들은 전에 없이 높은 조회 수를 기록했고, 소위 '떡상'했다고 해도 될 만큼 화제를 모았다. 몇 번이나 SNS와 개인 블로그에 공유됐고, 책을 내자고 어떤 출판사에서 의뢰도 들어왔다.

그러한 반응들이 예상치 못한 심경의 변화를 불러일으켰다. 별 볼 일 없는 글쟁이로 하루하루를 살아가는 것이 고작인데도 경마와 유흥업소에 물 쓰듯 돈을 퍼부었다. 뭔가를 이루려 기를 쓴 적도, 지지 않으려 이를 악문 적도 없이 안일하게 살아왔다. 장래를 똑바로 바라보면 현기증이 나서 그날그날 닥치는 대로 인생을 흘려보냈다. 시시하고 하찮은 인생. 어차피 난 이 꼴이다. 그렇게 자조하고 체념하며 뒷골목에 웅크린 것처럼 살아왔다.

하지만. 이런 내가 필요한 사람도 있는 모양이다. 손을 뻗고, 기대해 주는 사람이 있는 듯하다. 기왕 이렇게 된 김에

꽃을 활짝 피워 보자. 그것은 말라붙은 찌꺼기에서 짜낸 '마지막 의지'였다. 동시에 그렇게 부를 만한 것이 여태 내게 남아 있다는 사실이 기뻤다. 그렇기에 무거운 엉덩이를 들어 온몸에 묻은 모래와 먼지를 털고 위대한 한 걸음을 내디디기로 한 것이다.

난 아직 할 수 있다. 아니, 해내겠다. 잘 봐라. 그렇다, 이것은 '역습'이다. 건강을 지키지 않아 성한 곳이 없는 몸, 참새 눈물만도 못한 저금, 허름한 연립주택에 혼자 살고, 취미라고 할 만한 건 기껏해야 경마와 유흥업소 다니기 정도. 그렇게 별 한 번 제대로 보지 못하고 여기까지 떠내려온 한심하고 퇴폐적인 중년 남자의 인생을 건 역습. 그야말로 일생일대라는 수식어가 어울리지 않는가.

그런 내가 그 '가게'를 만난 건 지금으로부터 약 반년 전.

기삿감 찾기도 겸해 롯폰기 일대까지 나와 밤의 번화가를 슬렁슬렁 돌아다니고 있는데 마침 배달 요청이 들어왔다.

'원조 꼬치튀김 가쓰카와.' 무엇을 근거로 '원조'라는 건지는 전혀 알 수 없지만, 일단 배달 요청을 수락하고 앱에서 지시한 주소로 갔다. 기다리고 있던 것은 다른 건물과 별다를 바 없는 상가 빌딩과 기묘한 입간판이었다.

배달기사 여러분, 다음 가게는 빌딩 3층으로 가 주십시오 입간판에는 어마어마하게 많은 가게 이름이 적혀 있었다. '태국 요리 전문점 왓포', '카레 전문점 코리앤더', '본격 중화요리 진만채가', '만두의 차와 포' 등등. 목적지인 '가쓰카와'도 입간판 한편을 차지했다. 하핫, 하고 웃음이 새어 나왔다. 이건 소위 '고스트 레스토랑'이다. 이전에도 이런 가게를 여러 곳 취재했고, 배달기사로서 방문한 적도 있었다. 어디나 빠듯한 상태로 손익 분기점을 간신히 넘길락 말락 하는 수준으로 영업하는 것 같았는데, 여기는 어떨까.

엘리베이터를 타고 3층으로 올라가 '배달기사님은 이쪽으로←'라는 벽보를 곁눈질하며 복도 끝에 있는 문을 통과하자, 예상한 대로 조리 설비가 갖추어진 임대 스튜디오가 나타났다.

—뉴 페이스로군.

조리 공간에 서 있던 남자가 무뚝뚝하게 말했다.

질투의 불길은커녕 일말의 불씨조차 일지 않을 만큼 미남이었다. 얼굴 생김새도, 목소리도, 몸동작도 전부 완벽해서 게임이나 만화 캐릭터처럼 현실미가 없었다. 몇 살인지는 전혀 짐작이 가지 않았다. 나이라는 개념 자체를 초월한 것처럼 느껴지기도 했다. 나이를 먹으면 다소나마 용모에 드러날 연륜이나 관록 같은 '나이테'가 그에게는 일절 새겨져 있지 않았다.

―배달 나갈 음식은 준비해 놨어.

둘러보니 테이블에 흰색 비닐봉지가 덜렁 놓여 있었다. 분명 이걸 가리키는 것이리라.

―그리고 부탁이 있는데.

남자는 작업을 멈추고 양손을 가볍게 씻은 후 당황한 내게 다가와서 천천히 오른손을 내밀었다. 고개를 갸웃하며 받아 들자 평범해 보이는 USB 메모리였다.

―배달 가는 김에 이걸 내가 말하는 주소에 전달해 줘.

―보수는 현금으로 1만 엔.

잘못 들은 게 아닌가 싶어 벌어진 입이 '뭐'의 형태로 굳어 버렸다. 액수에 놀란 것이 아니다. 아니, 물론 액수에도 눈이 동그래지기는 했지만, 제안 그 자체에 허를 찔렸다. 참으로 수상쩍고, 숨이 턱 막힐 만큼 찜찜한 낌새가 풍기지 않는가.

―물론 수령증을 받아서 여기로 돌아오는 게 조건이지만.

하겠습니다, 하고 두말없이 웃으면서 승낙했다. 이렇게 매력적인 제안을 받아들이지 않는 건 손해 보는 짓이다.

―덧붙여 이 이야기는 절대로 남에게 발설하지 말도록.

―만약 발설하면…….

목숨은 없다고 생각해.

남자가 너무나 차갑고, 나무에 뻥 뚫린 구멍같이 '공허'한 눈으로 경고했다. 오싹하니 오한과도 비슷한 뭔가가 등골에 퍼져 나갔다. 그렇지만 속으로는 흡족한 미소를 지었다. 어차피 엄포일 것이라며. 말로만 겁을 주는 것에 불과하다며. 오히려 오한을 떨치고자 일부러 더욱 공손하게 "명심하겠습니다" 하고 고개를 끄덕였을 정도다.

그것은 의도치 않게 내게 굴러든, 끝내주는 밥벌이 소재였다.

그 후로 나는 이 '가게'에 들락날락했다. 부여받은 '임무'를 수행하는 것만으로 현금 몇만 엔의 보수를 지급해 준다. 씀씀이로 보건대 그 이상으로 짭짤하게 버는 것이리라. 식당 운영만으로는 아슬아슬하게 채산을 유지하는 수준일지도 모르지만, 이 '가게'에는 다른 곳에는 없는 강점이 있다. 오히려 음식점 경영은 덤 같은 것일지도 모른다. 아무튼 이 독특한 '가게'와 그 '가게'를 운영하는 남자의 정체야말로 내 주요 목표다. '자취를 감춘 배달기사' 이야기가 마음에 걸리기는 하지만, 뜬소문에 일일이 겁먹었다가는 이 일은 못 해 먹는다.

이러저러하여 이제는 매달 나쁘지 않은 액수를 벌어들인다. 참새 눈물만도 못했던 저금도 드디어 참수리의 소변

정도로는 늘어났다. 글 쓰는 일만으로 먹고살기는 힘든 세상이므로 이건 이것대로 고맙기는 하다.

하지만 그 정도로 만족할 만큼 현재 상태에 안주할 마음은 없다. 명예와 명성을 원하는 욕구도 남들만큼은 있다. '있다'는 사실이 이제는 생각났다.

초라했던 중년 남자가 쳐든 반격의 횃불. '잠들지 않는 거리'의 한구석에 몰래 숨죽이고 있는 '가게'와 그 수상한 남자의 정체를 알아낸다. 그걸 재미있는 글로 세상에 공개해 화제를 불러 모은다. 그러기 위해 위험을 무릅쓰고 잠입 취재한다. 그것이야말로 내가 이 '가게'에 집착하는 가장 큰 이유다.

"……그리고 그 여자는 불타는 연립주택으로 들어가기 전에 '당해 봐라'라고 중얼거렸대요."

"과연, 그건 확실히 기묘하군."

열띤 청년의 목소리에 귀를 기울이며 나는 호시탐탐 기회를 노렸다. 입맛을 다시며 그때가 오기만을 이제나저제나 기다렸다.

자, 얼른 모습을 드러내라. 오늘은 절대로 놓치지 않을 테다. 늘 어느 틈엔가 혼잡한 롯폰기 거리로 사라지는 네 뒷모습을.

3

"일단은 전제 조건부터 복습할까."

사장은 지난번과 똑같이 내 맞은편에 앉아서 그렇게 말했다.

이틀 후 밤 9시가 지난 시각. 지시받은 대로 나는 다시 '가게'를 방문했다. 결국 지난번의 은밀한 미행은 또 실패로 끝났다.

—그럼 전 이만 갈게요.

새벽 3시경, 이야기를 한바탕 늘어놓은 그 대학생이 떠났다. 그때부터 혼자 버틴 끝에 아침 5시 반경에야 드디어 사장이 빈손으로 빌딩에서 나왔다. 검은색 후드티에 감색 치노팬츠, 검은색 운동화라는 아주 간결한 옷차림이었다.

나는 드디어 행동을 개시했다. 대여 자전거를 공원에 내버려두고 어느 정도 거리를 유지하며 사장의 뒷모습을 추적했다. 벌써 세 번째 미행. 이번에는 무슨 일이 있어도 성공해야 한다.

쓰레기 봉지가 수북이 쌓인 어스름한 골목을 빠져나와 큰길로 나갔다. '잠들지 않는 거리'에도 아침의 우울함은 찾아오는지 어쩐지 전체적으로 활기가 없었다. 마치 거리 전체가 하품을 참으며 잠이 덜 깬 눈을 비비고 있는 듯했다. 운행을 마친 듯한 택시 몇 대가 줄지어 도로를 지나갔다.

롯폰기 교차로에서 신호가 바뀌기를 기다린 후, 319번 도都 도로를 이구라카타마치 방향으로 나아갔다. 빽빽하게 늘어선 빌딩들 사이로 아침 안개에 흐려진 도쿄 타워가 보였다. 사장은 뒤편을 신경 쓰는 낌새가 없었고, 택시를 잡으려는 움직임도 보이지 않았다. 이것도 지금까지와 똑같았다.

다음 순간. 돈키호테 롯폰기점 앞에서 사장이 갑자기 옆길로 들어섰다.

아차 싶어 숨을 헐떡이며 뛰어가서 그 모퉁이를 돌았다. 그러나. 인사불성이 되도록 취한 아저씨가 혼자 꼴사납게 드러누워 있는 쓸쓸한 뒷골목만 눈에 들어왔다. 마치 연기처럼 사라지듯 이날도 사장은 홀연히 자취를 감추었다.

그리고 아무 일도 없었다는 듯 오늘도 내 앞에 앉아 있다.

"의뢰인은 신원 불명의 여성. 약 석 달 전까지 기타구 오지 부근에 살았는데, 당시 똑같은 배달기사가 말도 안 되게 자주 음식을 배달하러 왔어."

무덤덤하게 말을 잇는 사장에게 평소와 달라 보이는 점은 없었다. 그날 내가 미행했다는 사실을 알아차린 걸까, 못 알아차린 걸까. 그걸 알아낼 실마리도 없다.

"게다가 오랫동안 애용했던 머플러를 잃어버린 직후,

그 배달기사가 배달한 음식 봉투 속에 새 머플러가 들어 있었지. 봉투를 개봉한 흔적은 없었고. 뜯으면 자국이 남는 스티커를 붙였다는 점에서도 그건 틀림없어. 당신 말마따나 소위 밀실이야.”

나는 그날 있었던 일을 일단 머리에서 쫓아내고 고개를 끄덕였다.

“정리하면 이번 안건에는 세 가지 수수께끼가 있는 셈이지.”

그야 물론 다음과 같다. 첫째, 왜 머플러가 봉투에 들어 있었을까. 둘째, 누가 어떻게 미개봉된 봉투에 머플러를 넣었을까. 셋째, 그 배달기사는 어떻게 그렇게 자주 여자의 집에 배달 갔을까.

“첫 번째는 여자 말대로 머플러를 잃어버렸다는 사실을 ‘범인’이 알고 있었던 거겠지.”

“뭐, 그렇겠죠.”

“회사 동료나 친구, 또는 인근 주민. 가능성은 여러 가지야.”

“네.”

“두 번째 말인데, 이것도 그 배달기사 짓이라고 보는 게 타당하겠지. 물론 가게 사람의 소행, 그러니까 가게에서 포장한 시점에 이미 들어 있었을 가능성도 남아 있어. 하지만 결론이 그래서는 별로 재미가 없어."

"아, 네."

재미있고 없고의 문제인지는 제쳐 놓고, 여기에도 딱히 이의를 제기할 여지는 없었다. 가장 커다란 세 번째 수수께 끼도 있는 이상, 역시 중심인물은 배달기사다. 그러니 '배달기사가 범인'이라는 전제로 이야기를 진행해야 하리라.

"따라서 그 배달기사는 여자가 머플러를 잃어버렸다는 걸 알고 있었던 인물이지. 덧붙여 여자가 얼굴을 보고도 몰랐으니, 여자와 그렇게까지 가까운 사이는 아니야."

확실히 그런 셈이다.

"그렇다면 중요한 건 역시 세 번째 수수께끼야. 청취한 내용에 따르면 여자가 비버 이츠에 주문한 시간은 각각 달라. 대부분 평일 퇴근길, 저녁 6시에서 7시 사이라는 규칙성은 있지만 어쨌거나 같은 배달기사가 열 번이나 연속으로 배달 오는 건 부자연스럽지. 그도 그럴 것이."

가령 그 시각에 배달 요청을 기다리는 배달기사가 배달권에 다섯 명 있었다고 가정해 보자. 이것도 아주 적게 잡은 숫자지만, 그래도 '5의 10제곱분의 1'이니까 약 1천만 분의 1에 해당하는 확률이다.

"즉, 뭔가 꼼수가 있었던 거지."

사장은 그렇게 단언하고 의자 등받이에 몸을 기댔다.

“그래서 이번 ‘숙제’ 말인데.”

왔구나 싶어 숨을 삼키고 지시를 기다렸다.

“배달기사로 일할 때처럼 같은 시각에 같은 경로를 달려 봐.”

“네?”

예상치 못한 지시에 얼빠진 목소리가 흘러나왔다.

“그리고 그동안 원 테이크로 영상을 찍어.”

“네?” 무슨 의도인지 전혀 모르겠다. 하지만 사장은 시원스러운 얼굴로 막힘없이 말을 이었다.

“청취한 내용에 따르면 음식을 주문한 가게는 하야시다라는 양식당이야. 그리고 당시 여자는 하이츠 나카무라Ⅱ 101호에 살았어. 지도상으로 보면 자전거로 10분 정도 거리네. 간단하지?”

“네, 뭐⋯⋯.”

확실히 간단하기는 하다. 하지만 의아하기 짝이 없었다. 이 지시가 어떻게 수수께끼 해명으로 이어질지 전혀 짐작이 가지 않았다.

“난 나대로 하야시다에 대해 조사해 볼게.”

“뭐를요?”

“사용하는 배달용 종이봉투와 봉인 스티커가 시판품인지 아닌지.”

"아아." 이번에는 바로 감이 왔다.

즉, 사장의 생각은 이렇다.

종이봉투가 미개봉 상태로 배달된 것이 사실이라면, 도중에 내용물을 똑같이 생긴 다른 봉투에 옮겨 넣은 것이 아니겠느냐는 말이다. 여자는 평소 하야시다에서 음식을 자주 배달시켜 먹었다. 그러니 몇 번이나 여자의 집을 방문한 배달기사라면 여자가 그 가게를 애용한다는 사실을 쉽게 파악할 수 있었으리라. 즉, 똑같은 봉투와 스티커를 미리 준비해 두면 하야시다에서 음식을 받은 후에 배달하는 도중에 음식을 머플러와 함께 다른 봉투에 옮겨 넣는 것도 전혀 불가능하지는 않다.

헛, 하고 감탄 섞인 한숨이 새어 나왔다. 대단한 추리력이다. 이렇게나 쉽사리 밀실의 돌파구를 찾아내다니.

물론 이걸로 다 해결된 건 아니다. 가령 이 수법으로 머플러를 봉투에 넣었다고 하더라도 역시 그 배달기사는 어떻게 그렇게 자주 여자의 집에 배달을 갔느냐는 세 번째 수수께끼가 난공불락의 벽처럼 버티고 있으니까.

다만 내게 무엇보다 중요한 점은 사장이 하야시다에 대해 조사하겠다고 했다는 점이었다. 즉, 그의 수족 노릇을 하는 누군가가 가게 종업원에게 접촉할 가능성이 크다.

후훗, 하고 입꼬리가 더 일그러졌다. 전부 노린 대로다.

몇 번이나 추적에 실패했다고 해서 속수무책으로 손 놓고 있었던 건 아니다. 여기까지 예상해서 이미 손써 두었다. 그것도 하야시다의 사장뿐만 아니라 하이츠 나카무라의 건물주에게도. 그 연립주택을 관리하는 근처 부동산 회사에도. 수상한 손님이 방문하거나 수상한 전화가 오면 바로 내게 연락을 주겠다는 약속을 받았다.

"뭐가 그렇게 우스워?"

질문이 날아들어서 퍼뜩 정신을 차렸다. 사장이 나무에 뻥 뚫린 구멍같이 '공허'한 두 눈으로 나를 바라보고 있었다.

"아니요, 대단하다 싶어서요."

나는 웃음의 잔상을 입가에 남긴 채 유들유들하게 대답했다. 흥, 하고 사장은 시시하다는 듯 콧방귀를 뀌더니 "덧붙여" 하고 말했다.

"영상 말인데, 현장에 도착하면 연립주택 이름도 보이도록 찍어 와."

"네."

"Ⅰ과 Ⅱ, 두 동 다."

"알겠습니다."

왠지 모르지만 그거야 식은 죽 먹기다. 내가 고개를 끄덕이자마자 사장은 재빨리 자리에서 일어나 조리 공간으로 향했다.

4

노트북을 덮고 눈두덩을 문지른 후 기지개를 쭉 켰다.

다음 날 저녁, 나는 하야시다에서 집필 작업을 하고 있었다. 지금 붙잡고 있는 건 '실록! 이런 배달은 싫어!'라는 제목의 장이다. 아파트의 엘리베이터가 정기 점검 중이라 15층까지 계단으로 올라가야 했던 것. 마침 여름철이기도 해서 땀범벅이 됐던 것. 겨우 도착하자 20대인 듯한 여자 고객이 땀에 흠뻑 젖은 내 모습을 보고 불쾌한 표정으로 이맛살을 찌푸리며 낚아채듯 음식을 받아 들었던 것. 나중에 확인해보자 그 고객이 '복장과 용모가 청결하지 못하고 배달도 늦다'라며 낮은 별점을 매겼던 것. 점검일을 알리는 안내문이 로비에 붙어 있었으니까 그날 그 시간에 엘리베이터를 못 쓴다는 사실을 알고 있었을 텐데도 주문해 놓고서, 배달기사가 땀투성이로 늦게 도착한 걸 나무라다니 이쪽으로서는 기가 찰 노릇이다. 일개 배달기사 나부랭이가 그런 불만을 늘어놓을 자격은 없지만, 아이고⋯⋯. 뭐, 그런 식의 내용이다.

물론 출판사에서 의뢰한 일이다. 마감까지는 아직 여유가 있지만, 그 외에도 여러 안건을 병행하고 있으므로 미리 써 두는 게 최고다. 이야, 설마 내가 어엿하게 스케줄을 관리하는 날이 올 줄이야, 하고 남들 모르게 쓴웃음을 지었다.

길에 마주한 2인용 테이블에는 노트북, 메모장, 필기도구, 그리고 얼음이 다 녹은 아이스커피가 하나 놓여 있었다. 이럭저럭 세 시간 가까이 버티고 있지 않았을까.

딸랑딸랑, 하고 도어벨이 경쾌하게 울렸다. 배달기사가 들어왔다. 앞니가 몹시 커서 웃기게 생긴 비버 그림이 들어간 배달 가방을 메고 있으니까 틀림없다. 계산대 부근에 있던 직원이 두세 마디 대화를 나눈 후, 공손하게 종이봉투를 내밀었다. 오늘도 배달 주문이 많이 들어오는 듯했다.

스마트폰을 꺼내 시간을 확인하자 '18 : 12'였다. 슬슬 어제 사장이 내준 '숙제'를 해야 할 텐데. 그 전에 지도 앱에 들어가 보기로 했다.

하이츠 나카무라 Ⅱ의 주소를 검색하자 스마트폰 화면에 주택지로 보이는 지도가 표시됐고, 그중 한 곳에 빨간 핀이 꽂혔다. 예상대로 지난번과 똑같은 결과였다. 잡아먹을 듯이 들여다보았지만 아무 아이디어도 떠오르지 않았다.

대체 지난번에 사장은 뭘 어떻게 한 걸까. 이 화면에서 어떤 단서를 찾아낸 걸까. 시험 삼아 '경로 검색'을 눌러 보았지만, 역시 시선을 끄는 부분은 없었다. 하야시다에서 출발해 오른쪽으로 나아가다가 사거리에서 좌회전. 그대로 쭉 직진하다가 마지막에 살짝 왼쪽으로 꺾는다. 그런 경로가 지도상에 파랗게 표시될 뿐이다.

어렴풋한 기억을 더듬다가 사장이 지도를 되풀이해 확대하고 축소했던 게 문득 떠올랐다. 뭐든 직접 해 보는 것이 최고이고 모르면 따라 하라는 말대로 엄지손가락과 집게손가락으로 화면을 쭉 늘렸다. 하늘에서 낙하하듯 순식간에 지도의 축척이 줄어들었다. 회색으로 떡칠이 된 건물 같은 사각형과 복잡하게 얽힌 도로, 그 중앙에 꽂힌 빨간 핀.

―응?

그제야 어떤 사실을 알아차렸다. 중요한 건 핀이 꽂힌 장소다. 핀이 가리키는 곳은 아무리 봐도 단독주택이지 하이츠 나카무라Ⅱ가 아니었다. 분명 정밀도의 문제이리라. 목적지가 새로 지어진 건물이거나 동일한 구획에 여러 건물이 존재하면 이렇듯 '좌표 오류'라 불리는 현상이 꽤 자주 발생한다. 그럼 이 사실에서 뭘 알 수 있냐 하면…….

"오, 잘 지냈어?"

옆쪽에서 굵직한 목소리가 날아들어 생각은 거기서 중단됐다. 고개를 들자 흰색 요리 모자에 흰색 요리복, 검은색 앞치마 차림의 남자가 부드럽게 웃는 얼굴로 서 있었다. 햇볕에 갈색으로 탄 피부, 고르게 줄지은 하얀 이, 넓은 어깨. 요리사라기보다는 서퍼라고 해야 어울릴 법한 외모다. 나와 나이가 거의 같을 테지만, 활력이 넘쳐서인지 전혀 그렇게 보이지 않았다.

"뭔가 아주 열심히 하는 것 같은데."

당신답지 않군, 하고 코로 픽 웃으면서 양식당 하야시다의 경영자인 하야시다 씨가 내 맞은편에 앉았다. 분명 내가 노트북을 켜고 일에 몰두한 모습을 보고 있다가 적당한 타이밍에 놀리러 온 것이리라. 이 사람은 세월아 네월아 하던 시절의 나를 안다. 온종일 스포츠 신문이나 유흥 정보지를 들여다보다가 가끔 가게 앞에 나가서 전자 담배를 피우던 예전의 내 모습을. 나이가 비슷해서 친근감이 생긴 건지 아니면 동정심이나 연민의 정이라도 품은 건지, 아무튼 가게에 죽치고 있다 보니 자연스레 잡담을 나누는 사이가 됐다.

"드디어 의욕이 생겼거든."

"이야."

"처음으로 붙잡은 큰 기삿감이야."

"그거 다행이로군."

"그나저나 그 일 말인데."

내가 목소리를 낮추자 하야시다 씨는 "아아" 하고 고개를 끄덕이더니 얼굴을 바싹 갖다 댔다.

"점심쯤에 그럴싸한 사람이 한 명 왔어."

"그래?"

"여자 배달기사였는데……, 음식을 받으면서 물어보더라고."

“뭘?”

“‘봉투에 가게 이름이나 로고는 넣지 않나요?’라는 둥 ‘쭉 이 봉투를 사용하시나요?’라는 둥 몹시 ‘봉투’에 관심을 보이길래 혹시나 했지.”

“아하.”

빙고, 하고 쾌재를 부르고 싶었다. 평범한 배달기사가 그런 일에 관심을 보이다니 아무래도 부자연스럽다. 다시 말해 그 여자 배달기사는 틀림없이 사장의 수하이리라.

“영상은 남아 있어?”

콧김을 씩씩대며 묻자 하야시다 씨는 난감하다는 듯 눈썹을 축 내렸다.

“계산대의 방범 카메라에는 남아 있겠지만……, 그 전에 목적을 알려 주지 않겠어? 이런 건 도의적으로 좀…….”

“미안, 아직은 말 못 해.”

테이블 위로 1만 엔짜리 지폐를 쓱 내밀었다. 지난번 대학생 때도 그렇고 취재비를 너무 통 크게 척척 내놓는 건가도 했지만, 쩨쩨하게 굴 수는 없는 노릇이다. 일생일대의 큰 기삿감이 걸려 있으니까.

어쩔 수 없군, 하고 하야시다 씨는 주변을 힐끔 둘러보더니 재빨리 돈을 앞치마 주머니에 넣었다.

“나중에 그 부분만 메일로 보내 줄게.”

“고마워.”

“당신은 단골이기도 하니까.”

하야시다 씨는 자리에서 벌떡 일어나 커피가 더 필요하냐고 물었다.

“그 열의를 높이 사서 공짜로 리필해 줄게.”

“아니, 이제 나갈 거야.” 계산서를 들고 팔랑팔랑 흔들었다. “그렇군.” 하야시다 씨는 피식 웃더니 주방으로 들어갔다. 그 뒷모습을 바라보며 역시 만족감에 젖지 않을 수 없었다. 만사가 순조롭다. 준비해 둔 포위망에 착실하게 걸려들고 있다. 서두르지 말고 한 발짝씩. 천천히 해자를 메우고, 최종적으로 성채를 공략하면 된다. 계획에 차질은 전혀 없다.

지도 앱을 닫고 메일을 확인했다. 하이츠 나카무라의 건물주와 부동산 회사에서도 딱히 연락은 없었다. 그렇다면 점심쯤에 하야시다를 방문한 그 여자 배달기사가 현재로서는 유일한 단서인 셈이다. 계산을 마치고 하야시다를 뒤로했다.

가게 앞에 전동 어시스트 자전거를 세워 놓았다. 대여 자전거가 아니라 애용하는 내 소유물이다.

기타구 오지, 내가 현재 사는 곳. 익숙한 거리다. 물론 하이츠 나카무라Ⅱ까지 가는 길도 완벽하게 머릿속에 들어 있다. 스마트폰 카메라를 동영상 모드로 바꾸고 핸들에 고정했다.

"으라차." 노인네 같은 소리를 내며 사장의 지시에 따라 배달기사로 일할 때처럼 페달을 힘차게 밟았다.

5

하야시다에서 하이츠 나카무라Ⅱ까지는 기본적으로 외길이다. 가게를 나서서 좁은 일방통행 길을 오른쪽으로 30미터쯤 나아가다가 상점이 늘어선 길을 마주쳤을 때 네거리를 왼쪽으로. 그다음부터는 길을 따라 쭉 가면 된다. 아까 검색했을 때 표시됐던 경로와 똑같다.

"그건 그렇고."

길 잃을 걱정 없이 자전거를 달리며 스마트폰에 소리가 잡히지 않도록 작게 중얼거렸다. 왜 사장은 영상을 찍으라고 지시한 걸까. 영상이어야 할 이유는 뭘까. '꼼짝할 수 없는 증거'를 확보하는 것이라는 생각이 제일 먼저 떠올랐지만, 이렇게까지 해서 확보해야 할 증거가 무엇일지는 바로 떠오르지 않았다. 거리 풍경? 배달에 걸리는 시간? 그런 건 거리뷰나 지도 앱의 경로 검색으로도 충분히 파악할 수 있다. 굳이 내가 직접 현장을 달리며 동영상을 찍어서 확인해야 할 필요성은 느껴지지 않았다.

　머리 위의 하늘은 대부분 남색으로 물들었고, 낮의 여운이 희미하게 남은 서쪽만 마지막 저항을 하듯 주홍색으로 타오르고 있었다. 길에 늘어선 잡화점과 카페, 패밀리 레스토랑 체인점에서 새어 나오는 부드러운 불빛이 밤의 방문을 알렸다. 어제에서 오늘, 그리고 내일로 이어지는 평범한 일상. 그 속에서 영상을 원 테이크로 찍으며 자전거 페달을 밟고 있는 나만이 묘하게 조화를 이루지 못하고 어색하게 겉돌았다. 물론 거리를 오가는 사람 중 누구도 나를 신경 쓰지는 않겠지만.

　얼마쯤 지나자 앞쪽에 건널목이 보였다. 차단기는 내려갔고 경보기가 깜박거리며 종소리를 시끄럽게 울려댔다. 요 부근에서 악명 높은 '지나갈 수 없는 건널목'이다. 특히 오후 5시 반경부터 오후 7시경까지 심해서, 그사이에 단 한 번도 못 지나가는 경우도 흔하다고 들었다. 그런 사정을 모르는지 승용차 두 대가 차단기 앞에 줄지어 기다리고 있었다. 이것 참 안됐다고밖에 할 말이 없다. 원래 같으면 이 건널목을 건너는 게 최단 경로이긴 하지만.

　건널목 앞에 다다르자 망설임 없이 왼쪽으로 핸들을 꺾어 선로 바로 옆에 뻗은 샛길로 들어섰다. 이 길을 100미터쯤 나아가면 선로 아래를 통과하는 보행자 및 자전거 전용 지하도가 나온다. 초행길이면 찾기가 힘드니까 요 부근 지리에 어두운 배달기사는 애먹지 않을까. 물론 좀 더 빙 돌아가면 철로 위를 지나가는 과선교도 있지만, 배달 효율을 고려하면 상책은 아니다. 그야말로 '너무 늦다'면서 고객이 낮은 별점을 매길 가능성도 있다.

천장이 낮아서 폐쇄감 넘치는 지하도를 통과해 어려움 없이 선로를 넘어갔다. 여기서부터 목적지로 향하는 경로는 크게 두 가지다. 하나는 지상으로 나가자마자 오른쪽에 보이는 어린이 공원을 가로질러 처음에 가던 길로 되돌아가는 것. 하지만 공원 입구에 자전거와 오토바이의 진입을 저지하기 위한 기둥을 세워 놨으므로, 들어가기가 심리적으로 약간 꺼려진다. 만약 내가 배달기사라면 이 경로는 택하지 않으리라.

─배달기사로 일할 때처럼 같은 시각에 같은 경로를 달려 봐.

따라서 공원을 무시하고 그대로 직진했다. 시간도 시간인지라 놀고 있는 아이는 없었다. 밝게 빛나는 가로등이 드문드문 서 있을 뿐이다.

뒤쪽에서 열차가 지나가는 소리가 들렸다. 아직도 건널목의 경보음이 희미하게 들리는 것 같기도 했다. 그렇게 100미터쯤 나아간 후 모퉁이를 오른쪽으로 돌았다. 하야시다에서 출발한 지 7, 8분 정도였지만 이미 목적지가 코앞이었다.

하이츠 나카무라Ⅱ가 있는 구획은 대강 커다란 '사각형' 모양이고 십자말풀이처럼 가로세로로 길이 뻗어 있다. 이 구획에 들어서기 위해서는 지도에도 표시된 내로 아까 건널목이 있는 길을 직진해서 왼쪽으로 꺾든가 나처럼 지하도를 통과해서 길을 나아가다 오른쪽으로 돌든가, 둘 중 하나다.

완만한 경사로에 접어들자 전동 어시스트 장치에서 위이잉, 하고 시끄러운 소리가 났다. 그렇게 가파르지는 않지만 100킬로그램에 가까운 몸을 태우고 올라가려니 힘이 좀 드는 것이리라. 길 양쪽에는 도장으로 찍은 것처럼 비슷하게 생긴 단독주택이 늘어섰고, 어디선가 카레를 만드는지 군침 도는 냄새가 풍겼다.

오르막이 끝나자 길이 평평해졌다. 요 앞이 지도 앱에서 핀이 꽂힌 곳이지만, '좌표 오류' 때문에 하이츠 나카무라Ⅱ는 그 지점에 없다. 가로등 불빛을 받으며 인적 없는 주택가를 30초쯤 더 나아가자 드디어 오른쪽에 목적지가 보였다. 네거리에 면한 모퉁이에 있으니 처음 와 보는 배달기사도 헤매지는 않으리라. 지상 2층 건물이고 현관홀 같은 건 없으며 1층과 2층의 공용 복도에는 아무나 드나들 수 있다. 방범 의식이 높아진 요즘은 비교적 사람들이 꺼리는 구조다.

—그만큼 방세는 싸니까요.

요전에 하이츠 나카무라의 건물주와 이야기를 나누었을 때 그런 말을 들었던 게 기억났다.

—덕분에 I도 II도 거의 꽉 찼습니다.

—어, 부탁이 있다고요? 뭡니까?

자전거를 세우고 길가에서 하이츠 나카무라 II를 쳐다보았다. 빈말로도 외관이 세련됐다고 하기는 힘들고 많이 낡기도 했지만 내가 사는 곳보다는 훨씬 낫다. 겨울에도 샤워기에서는 뜨거운 물이 잘 나오리라.

자전거 핸들에 고정한 스마트폰을 떼어 내서 동영상 촬영 모드를 유지한 채 연립주택 부지로 들어갔다. 그러자 바로 앞, 1층 부분 벽면에 '입주자 모집 중'이라는 간판과 함께 연립주택 이름이 적힌 현판이 설치되어 있었다.

—연립주택 이름도 보이도록 찍어 와.

—I과 II, 두 동 다.

지시받은 대로 현판을 영상으로 찍었다. 원래는 하이츠 나카무라 II라고 적혀 있었겠지만, 오랜 세월 비바람에 시달린 탓인지 글씨 일부가 희미해졌고 아예 떨어져 나가기도 했다. 이래서는 '하이 나카무 II'로밖에 보이지 않는다.

일단 앞길로 돌아가서 주변을 둘러보았지만 하이츠 나카무라 I 같은 건물은 눈에 띄지 않았다. 다시 지도 앱에 들어가서 확인하자 아무래도 II동 뒤쪽에 있는 듯했다. 모양이 일그러진 부정형 획지에 억지로 두 동을 세워서인지 참으로 옹색한 배치다. 그대로 뒤편으로 돌아가서 하이츠 나카무라 Ⅰ의 현판도 찍었다. 여기도 글씨가 희미해져서 '하이츠 카무라'라고밖에 보이지 않았다. 어쨌거나 이것으로 임무를 완수했다. 싱거운 결말이다.

그건 그렇고. 대체 무슨 의도로 이런 지시를 내린 걸까. 굳이 연립주택 이름을 영상으로 찍을 필요가 있는 걸까. 고개를 갸웃거리며 현판 옆 '입주자 모집 중' 간판으로 시선을 옮겼다. 거기에는 지난번에 접촉했던 부동산 회사의 이름과 연락처가 적혀 있었다.

―네? 그게 무슨 말입니까?

까만 머리를 헤어왁스로 다듬은, 아무리 봐도 수상쩍게 생긴 부동산 회사 사장은 내 제안을 듣고 처음에는 인상을 찌푸렸다.

―잠복 취재 같은 건가요?

자세한 내용은 덮어 두고 여느 때처럼 약간의 사례비를 제시하자 그는 못 말리겠다는 듯이 입꼬리를 끌어올렸다.

―뭐, 알겠습니다.

―묘한 문의가 들어오면 알려 주면 되는 거죠?

동영상 촬영 모드를 종료하고 메일을 확인했지만 하이츠 나카무라의 건물주와 부동산 회사에서는 여전히 아무 연락도 없었다. 그 '가게' 사장의 수족으로 일하는 누군가는 역시 하야시다에만 접촉한 걸까. 한편 '하야시다'의 경영자 하야시다 씨도 아직 메일을 보내지 않았다. 방범 카메라 영상은 영업을 마친 후에야 보낼 것이다.

답답한 마음을 품은 채 그 자리를 떠났다. 어쨌거나 지시받은 '숙제'는 끝냈다. 이게 어떻게 중요한지는 전혀 모르겠지만, 사장이 그러면 된다고 했으니 내가 이러쿵저러쿵 고민할 문제는 아니다.

그길로 '가게'로 돌아가 찍어 온 영상을 보여 주었다.

"수고했어. 이걸로 전부 갖추어졌군."

놀랍게도 영상을 다 보자마자 사장은 그렇게 단언했다.

"네? 전부 갖추어졌다고요?"

"응."

그게 무슨. 말도 안 된다. 배달기사가 지나갈 길을 따라갔을 뿐인데? 하지만 사장은 평소처럼 아주 시시하다는 듯 이렇게 말을 이었다.

"그러니까 상품 라인업에도 추가해야겠어."

하여튼 드디어 '마지막 단계'에 접어들어 의뢰인에게 보고할 일만 남았다. 실은 이 단계를 위해 의뢰인을 처음 만나러 갔을 때 '암호'를 정한다. 무슨 말이건 상관없지만 의뢰인이 "갑자기 암호를 정하라고 해도……" 하고 우물쭈물하길래 내가 "그럼 그게 좋지 않겠습니까" 하고 재촉했더니.

　―아아, 확실히.

　―이번 일의 키워드이기도 하니까요.

　그런 대답이 돌아왔다. 그리하여 지금 수많은 업소명 중의 하나인 '국물 요리 마코토'라는 가게의 메뉴에 그 '암호'를 덧붙인 요리를 추가하려 한다. '수치가 이상한 수준의 당면 수프'라거나 '수치가 이상한 수준의 산라탕'이라거나 그런 유의 요리를. 그리고 그 요리의 가격이 이번 안건의 '성공 보수'인 셈이다. 해답을 알고 싶다면 그 요리를 주문해야 한다. 설령 가격이 아무리 터무니없을지라도.

　국물 요리 마코토, 즉 진상을 아는 자다.

　"가격은 100만 엔으로 할까."

　"뭐라고요? 100만?"

　상상을 초월하는 고액이라 나도 모르게 침을 튀기며 되물었다. 지금까지 이런 가격은 처음 봤다. 이런 걸 누가 주문할 수 있겠는가. 하지만 사장은 아무것도 아니라는 듯한 목소리로 말했다.

　"내가 알고 싶은 건 각오야."

　"각오?"

　"가격이 이런데도 과연 주문할 것이냐는 각오."

　"그게 무슨 뜻입니까?"

잠시 침묵이 흘렀다. 들리는 것이라고는 윙윙 돌아가는 환풍기 소리뿐.

사장이 요리 모자를 다시 쓰고 무덤덤하게 말했다.

"그럼 시식회를 시작할까."

6

'곧 전철이 들어오겠습니다.' 안내 방송이 들렸다. 회사원들로 북적거리는 신주쿠역 4번 플랫폼. 나는 길게 늘어선 줄의 맨 앞에서 스마트폰을 들여다보고 있었다.

그로부터 며칠 후, 밤 8시가 지난 시각.

출판사와 미팅을 마친 후 다른 취재를 위해 급히 오미야로 향하는 길이었다. 이야, 내가 이렇게 열심히 돌아다닐 날이 올 줄이야, 하고 마치 남의 일처럼 감탄했다.

결국 아무리 기다려도 하야시다 씨는 여자 배달기사가 찍힌 방범 카메라 영상을 보내 주지 않았다. 메일로 재촉했지만 전혀 반응이 없었고, 실제로 가게를 찾아가도 "그게, 역시 좋지 않은 짓 같아서……" 하고 머쓱하게 어깨를 움츠릴 뿐이었다. 뇌물로 건넨 1만 엔도 그때 돌려받았다.

분명 무슨 외압이 있었던 것이리라. 누구 짓인지는 말할 것도 없이 다 안다. 비버 이츠 앱에 들어가서 국물 요리 마코토를 찾았다. 그날 메뉴에 추가된 '수치가 이상한 수준의 건더기 가득한 육개장 수프'는 아직 주문되지 않은 상태로 남아 있었다. 당연하다. 아무리 그래도 100만 엔은 너무 비싸다.

오싹하니 오한과도 비슷한 뭔가가 등골에 퍼져 나갔다. 사장과 처음 마주했던 날 느낀 그 감각. 하지만 이제는 흡족한 미소가 나오지 않았다. 어차피 엄포일 것이라고, 말로만 겁을 주는 것에 불과하다고 대수롭지 않게 넘길 수가 없었다.

위험한 다리는 건너지 말 것. 사장의 말에 거역하지 말 것. 그 '교훈'이 머릿속에 어른거리는 가운데, 나는 그날 들었던 이야기를 다시 떠올려 보았다.

"그럼 시식회를 시작할까."

사장은 내 맞은편에 앉아 이렇게 단언했다.

"결론부터 말하자면 열 번 연속으로 찾아온 남자는 배달기사가 아니야."

"네?"

"좀 더 명확히 말하자면 하이츠 나카무라 I 의 101호에 사는 사람이겠지."

"그 말은 즉……."

"잘못 배달된 거야. 배달에 나선 배달기사는 하이츠 나카무라 II가 아니라 하이츠 나카무라 I 의 101호에 음식을 배달했어. 그리고 그 집 입주자가 음식이 배달될 때마다 여자에게 가져다준 거지. 그렇다면 열 번 연속으로 같은 사람이 배달하러 오는 상황이 벌어질 수 있고."

구매 이력에 같은 닉네임을 쓰는 배달기사가 없는 것도 설명이 된다.

그리고, 하고 사장이 말을 이었다.

"배달기사는 기본적으로 늘 시간에 쫓겨. 효율성을 높여 배달을 많이 하기 위해서이기도 하지만, 잊어버려서는 안 되는 게 하나 더 있지. 바로 낮은 평점을 받지 않는 것."

동의하지 않냐는 듯한 표정을 짓길래 네, 하고 고개를 끄덕였다. 실제로 15층까지 엘리베이터를 타지 않고 걸어 올라간 정도만 지체되어도 별점이 확 깎인다.

"확인해 보니 지도 앱에 주소를 입력해도 약간 다른 곳에 핀이 꽂히더군. 배달기사 입장에서는 아주 스트레스일 거야. 배달지 부근에 도착하면 본인이 알아서 하이츠 나카무라 II를 찾아야 하니까."

"뭐, 그렇겠죠."

"이상을 전제로 배달기사가 됐다고 치고 생각해 보자.

시간에 쫓겨 급한 마음으로 배달지 부근에 도착해서 이리저리 돌아다니며 가야 할 건물을 찾지. 그러던 와중에 그 현판이 눈에 들어오면 어떻게 될까?"

"그 현판?"

"하이츠 나카무라라고 적힌 현판 말이야."

"앗."

그 순간 점과 점이 이어졌다. 과연! 그런 거구나! 그래서 '연립주택 이름도 보이도록 영상을 찍어 오라'고 지시한 건가.

"영상을 확인하니 하이츠 나카무라 I 의 현판은 글씨가 흐릿해져서 '하이츠 카무라'라고밖에 보이지 않았어. 그래도 하이츠 나카무라일 거라는 건 쉽사리 예상이 가지. 즉."

바쁜 배달기사가 거기를 하이츠 나카무라 II 로 착각해 I 동 101호에 배달할 가능성은 충분하다. 실제로 앱으로 음식을 시켜 먹을 때는 적지 않은 비율로 오배달이 발생하는데, 같은 부지에 여러 건물이 자리한 연립주택이나 아파트 등에서 그런 경향이 두드러진다.

자, 하고 사장에 손바닥에 턱을 괬다.

"여기서부터는 어디까지나 추측이지만 I 동 101호 입주자는 근처에 사는 만큼 II 동 101호 입주자를 몇 번 봤을 거야. 덧붙여 어쩌면 외출할 때 여자가 느닷없이 머플러를 하지 않는 걸 보고 어디선가 잃어버렸다는 사실을 알아차렸을지도 모르지. 어쨌거나 Ⅰ동 101호 입주자는 여자가 머플러를 분실했다는 사실을 알 수 있었으나 여자 본인과 아는 사이는 아니라는 조건을 충족시켜.”

—따라서 그 배달기사는 여자가 머플러를 잃어버렸다는 걸 알고 있었던 인물이지.

—덧붙여 여자가 얼굴을 보고도 몰랐으니 여자와 그렇게까지 가까운 사이는 아니야.

확실히 요전에 사장이 내놓았던 조건에 딱 들어맞는다.

“또 이것도 어디까지나 추측에 지나지 않지만, 그는 여자에게 몰래 호감을 품고 있었던 게 분명해. 스토커……, 라고 하면 어폐가 있겠지만 아무튼 그런 사정에서 음식이 잘못 배달된 걸 기회 삼아 여러 번 집을 찾아간 거야.”

덧붙여 그만한 빈도로 몇 번이나 잘못 배달됐다면, 여자가 어느 가게의 음식을 자주 배달시키는지 파악할 수 있었을 것이다. 즉, 여자가 하야시다의 단골이라는 정보를 Ⅰ동 101호 입주자는 알아낼 수 있었던 셈이다.

그래서 말인데, 하고 사장이 날카로운 눈빛으로 말했다.

“확인해 보니 하야시다에서 사용하는 배달용 종이봉투와 봉인 스티커는 역시 시판품이더군. 시류를 타고 최근에 배달을 시작한 데다, 로고를 넣은 물품을 준비하려면 비용도

들기 때문이라나. 그러니까 Ⅰ동 101호 입주자는 똑같은 종이봉투와 스티커를 미리 준비해 둘 수 있었던 셈이야."

그리고 그는 자기 집으로 배달된 종이봉투를 개봉해 내용물을 똑같이 생긴 종이봉투에 옮겨 넣고 같은 스티커로 봉인했다. 그때 머플러도 넣은 것이다.

과연, 그렇다면 이야기의 앞뒤가 전부 빈틈없이 들어맞는다. 하지만 나는 여기서 반론을 하나 시도해 보기로 했다.

"그렇더라도 이상한 점이 있는 것 아닙니까?"

"어디가?"

"첫 번째로 잘못 배달됐을 때 그는 왜 배달기사나 여자에게 그렇다고 알리지 않았을까요?"

나름대로 날카롭게 지적했으나 그 점에 관해서는, 하고 사장은 아무런 표정 변화도 없이 대답했다.

"몇 가지 가능성이 있어. 일단 비대면 배달이었을 경우. 그는 집 앞에 놓여 있는 배달품을 보고 잘못 배달됐구나 싶어 Ⅱ동 101호에 전해 주러 간 거겠지. 이때 그걸 배달한 배달기사 본인에게 잘못 배달됐다고 알릴 수는 없어."

"확실히."

"그리고 Ⅱ동 101호에 자신이 호감을 품은 여자가 산다는 걸 알고 있었으니까, 굳이 잘못 배달됐다고 알리지 않고 배달기사인 척 건넨 거겠지. 그야 물론 앞으로도 같은 방법으로 얼굴을 몇 번 더 볼 수 있을 거라 예상했기 때문이야. 직접 건네도 원래 주문자인 여자는 비대면 배달로 지정하는 걸 깜박했나 정도로 생각할 테고.”

“과연, 비대면 배달이라면 그렇겠죠. 하지만.”

“비대면 배달이 아니더라도 마찬가지야.”

사장의 아성이 무너질 낌새는 털끝만큼도 없었다.

“초인종이 울리고 시키지 않은 배달품을 배달기사가 내밀더라도 Ⅱ동과 헷갈렸을 거라고 짐작이 가겠지. 따라서 아까와 똑같은 결론이 나와. 거기 여자가 산다는 사실을 알고 있던 그는 시치미를 뚝 떼고 배달품을 받은 거야.”

또는, 하고 사장이 연이어 말했다.

“같은 타이밍에 그 역시 비버 이츠로 주문했을 가능성도 있어. 자기가 시킨 건 줄 알고 받았는데 실제로는 내용물이 달랐다. 그렇다면 배달받자마자 배달기사에게 잘못 배달했다고 말하지는 않겠지.”

“그렇군요…….”

물론 증거는 없지만, 절대 아니라고 부정할 수 있는 재료도 없다. 이렇듯 여러 가지 조건이 갖추어지면 확실히 문제의 상황이 발생할 수 있다.

어쨌거나 이걸로 해결된 셈이다. 역시 이 남자는 보통내기가 아니다. 그렇게 긴장을 풀었던 다음 순간이었다.

다만, 하고 사장이 몸을 내밀었다.

"이 시나리오에는 상당히 억지스러운 면이 있어."

"뭐라고요?"

무슨 소리지. 갑자기 분위기가 바뀐 것 같은데.

"근처에 사는 여자에게 몰래 호감을 품은 남자가 여자의 집 호수도 알고, 머플러를 잃어버렸다는 것까지 파악했어. 그리고 여자에게 머플러를 선물하기 위해 하야시다에서 사용하는 것과 똑같은 종이봉투와 스티커를 미리 준비했지. 아예 불가능한 이야기는 아니겠지만, 그래도 그렇지 일이 너무 잘 풀린 것 아니야?"

아까까지와 변함없는 말투지만 왠지 묘한 살기를 띠고 있는 것처럼 느껴졌다. 심장 박동이 점점 빨라졌다. 이마, 겨드랑이, 등에 진땀이 맺혔다.

"바늘구멍을 통과하는 것과도 비슷한 그런 기적이 과연 일어날까?"

설마. 설마 그럴 리가.

"그래서 이렇게 추측했지. 애당초 이 의뢰 자체가 가짜 아니겠느냐고."

온몸에서 핏기가 싹 가시고 심장이 움직임을 딱 멈췄다. 1초, 2초. 살짝 벌어진 입술 사이로 가느다란 숨결만 쌕쌕 새어 나왔다.

그런 나를 사장은 차가운 눈으로 바라보았다. 눈썹 하나 까딱하지 않고 아주 차분하고 엄숙하게. 숨죽인 채 이 수수께끼를 뒤덮은 거짓의 베일을 한 장 한 장 꼼꼼하게 벗기듯.

사장이 요리 모자를 벗어서 테이블에 탁 내려놓았다.

"애당초 의뢰 내용을 들었을 때부터 위화감이 느껴졌어."

"위화감?" 간신히 목소리를 짜냈지만 여전히 온몸이 떨렸다.

그래, 하고 사장은 고개를 끄덕했다.

"확실히 아주 기묘한 수수께끼야. 수치가 이상한 수준이라고 표현할 만큼 똑같은 배달기사가 계속 배달을 오고, 결국은 종이봉투에 머플러가 들어 있었지. ……정말 으스스한 일이야."

하지만.

"비버 이츠만이 아니라 음식 배달 앱을 사용하면 배달을 완료한 후 주문자에게 메시지를 보내서 알려 줘. 따라서 만약 이번 안건 같은 일이 실제로 일어났다면 배달 완료 메시지를 받은 후에 배달품이 도착하는 앞뒤가 뒤바뀐 사태가 발생했을 거야."

"아니, 하지만……."

"물론 매번 빼먹지 않고 확인하는 건 아닐 테니, 여자가 배달 완료 메시지를 보지 않고 넘어갔을 가능성은 있어. 그러니 이것만으로는 결정적이라고 할 수 없지."

그러나 그 이상으로, 하며 사장은 자세를 바로 했다.

"여사는 왜 이 수수께끼를 풀고 싶은 걸까. 그 점이 네네 마음에 걸렸어."

정면으로 시선이 부딪쳤다. 식칼보다 몇 배는 더 날카롭고 인정사정없어 보이는 시선이 내게 꽂혔다.

"왜라니, 그게 무슨 말씀이십니까?"

난처한 나머지 되묻자 생각해 봐, 하고 사장은 콧김을 내쉬었다.

"이미 이사해서 지금은 그런 일을 당하지 않잖아? 그런데 왜 석 달이나 예전 일에 그렇게 집착하는 걸까?"

"뭐, 사람에게는 저마다 사정이."

말을 꺼내자마자 바로 부정당했다.

"그건 과연 '착수금' 10만 엔을 내면서까지 풀어야 할 수수께끼일까?"

앗, 하고 나도 모르게 숨을 삼켰다. 확실히 그렇다. 그 점을 완전히 간과했다.

"물론 금전적으로 여유가 있고, 아직도 꿈자리가 사납다는 이유로 수수께끼를 풀고 싶을 가능성도 없지는 않겠지. 그러나 역시 상식에 비추어 보면 도저히 10만 엔이나 되는 지출을 선뜻 감수할 상황 같지는 않아. 적어도 나는 그 단계에서 이미 의문을 품었어.”

그날 사장의 낌새가 묘했던 것이 생각났다. 늘 무미건조하고 무감정한 매직미러 너머에서 어째선지 소용돌이치던 회의심, 또는 불쾌감. 그 시점에 이미 위화감을 느꼈기 때문이란 말인가.

그리고, 하며 사장이 눈썹을 치켜올렸다.

“기억 안 나?”

“뭐가요?”

“당신이 이 의뢰를 받아 온 날, 수치가 이상한 수준이라 할 만큼 주문 취소가 잇달았던 거.”

대꾸할 말이 없었다. 입을 한일자로 꾹 다물고 ‘텅 빈 구멍 같은 눈’을 바라보는 것이 고작이었다.

“요컨대 당신이 의뢰인과 결탁했던 거 아니야?”

알아차렸다. 전부 다, 한 치의 어긋남도 없이.

“당신이 여자에게 배달 갈 수 있을 때까지, 주문과 취소를 되풀이한 거 아니야?”

미간에서 흘러내린 땀이 부릅뜬 눈에 들어갔다. 찡한 아픔이 번져서 나는 눈을 감았다. 이 또한 사장 말대로다. 전부 내가 꾸민 일이었다. 이 ‘가게’의 정체를 백일하에 드러내기 위해.

의뢰인인 여자는 나와 동업자인 작가다. 평소 친분이 있었고 믿을 만한 사람이었기에 도움을 받기로 했다. 현장에서는 사전에 준비한 대본을 읽었고, 그걸 녹음기에 담았을 뿐이다. 사장 말마따나 선부 사짜였다.

그러나 이번 수수께끼가 100퍼센트 창작인 건 아니다. 출판을 위해 취재하다가 한 여성에게 음식이 잘못 배달된 에피소드를 들었는데, 거기서 착상을 얻었다.

오후 6시 반이 지난 시각, 퇴근하고 집에 도착한 지 얼마 지나지 않아 주문한 음식이 배달됐다. 하지만 인터폰 화면에 비치는 남자가 묘하게 우물쭈물하는 것처럼 보였으므로 평소 같으면 망설임 없이 현관문을 열었겠지만, 만약을 위해 신원을 확인하기로 했다.

—누구세요?

화면 속 남자가 고개를 휙 들더니 약간 긴장한 목소리로 대답했다.

—어, 그러니까, 저는……, 옆쪽 연립주택에 사는 사람인데요."

—아마 집 호수가 똑같아서 착각한 것 같네요.

원래 에피소드는 이걸로 끝이다. 똑같은 배달기사가 열 번 연속으로 찾아왔다는 것도, 머플러가 들어 있었다는 것도 수수께끼를 매력적으로 만들기 위해 추가한 설정이다.

덧붙여 이 에피소드를 제공해 준 여성의 거주지는 당연히 기타구 오지가 아니고, 하이츠 나카무라도 아니다. 따라서 물론 음식을 주문한 곳도 하야시다가 아니다. 이 수수께끼를 만들어 낸 후, 사장의 수족이 접촉할 걸 예상하고 하야시다를 계획에 포함시켰다. 내가 하야시다 씨와 친분이 있어서 여러모로 무리한 부탁을 할 수 있으니까.

그리고 하야시다에서 그리 멀지 않은 하이츠 나카무라를 당시 여자가 살던 곳으로 설정했다. 그리고 각 관계자에게 미리 뇌물을 먹였다. 내통자로서 은밀히 활약하도록. 전부 일생일대의 커다란 기삿감을 위해서였다.

들킬 리 없다고 생각했다. 설마 이런 사소한 일 때문에 들통날 줄은 꿈에도 몰랐다. 하지만.

"증거는?" 나는 마지막 저항을 시도했다.

확실히 전부 다 사장이 지적한 대로다. 그건 틀림없다. 그래도 이것도 저것도 어디까지나 추측의 영역을 벗어나지 않을 터였다. 궁여지책으로 꺼내 놓은 반론을 듣고 사장은 흥, 하고 코웃음을 쳤다.

"그 말 자체가 자백한 거나 마찬가지지만……. 그렇군, 확실히 증거는 없어. 연달아 주문이 취소된 건 재수 없는 날이라 그랬을 수도 있고, 설령 내 상상이 들어맞았더라도 주모자가 당신인지 아닌지는 확실치 않아."

하지만.

"이번 안건이 꾸며 낸 일이라는 증거는 있어."

"엇."

뭐라고? 무슨 소리야. 대체 어디에? 내가 얼떨떨해하는데도 아랑곳없이 왜냐하면, 하고 사장이 무덤덤하게 말을 이었다.

"이번 수수께끼의 핵심은 오배달이 발생했다는 것이니까. 그게 모든 일의 전제야."

"네, 압니다."

"하지만 이번에는 애당초 오배달이 발생할 수가 없어."

무슨 뜻인지 이해가 가지 않아서 입을 다물 수밖에 없었다. 오배달이 발생하지 않는다고? 아주 자신만만하지 않은가. 반드시 그렇다고 단언할 수는 없을 텐데.

아직도 모르겠느냐는 듯이 사장이 어깨를 으쓱했다.

"그럼 왜 그렇게 단언할 수 있느냐. 여자는 평일 오후 6시부터 7시 사이에 음식을 주문하는데, 그 시간대에는 '지나갈 수 없는 건널목'이 경로를 차단하기 때문이지."

"네?"

그날 자전거로 달렸던 길이 머릿속에 되살아났다. 분명 그날 '지나갈 수 없는 건널목'이 앞길을 막았다. 시간도 여자가 주문한(그랬다고 내가 설정한) 시각에 겹친다. 그렇지만 그게 왜 이번 안건이 꾸며 낸 일이라는 증거가 된단 말인가.

다시 말해, 하고 사장이 몸을 내밀었다.

"지도 앱에서 경로를 검색하면 건널목을 지나가는 경로가 나와. 그렇다면 배달기사는 대부분 그 길을 따라가겠지. 하지만 평일 오후 6시부터 7시 사이에 여자에게 배달하러 가면 건널목이 앞길을 막는 셈이야."

"그래서요?"

"머리가 정말 안 돌아가는군. 그럴 때 배달기사가 건널목이 열릴 때까지 넋 놓고 기다리지는 않겠지. 특히 자동차가 아니라 자전거를 이용한다면."

그 순간 머릿속에서 뭔가가 번쩍거렸다. 그 정체가 뭔지는 파악하지 못했지만, 분명 안 좋은 예감에 가까웠다. 내가 결론에 다가가고 있다는 걸 알아차렸는지 맞아, 하고 사장이 고개를 끄덕였다.

"바로 근처에 반대쪽으로 지나갈 수 있는 지하도가 있으니까."

확실히 그렇다. 초행길이면 찾기 힘들지만, 배달기사가 아무 조치도 취하지 않고 건널목에서 마냥 기다리지는 않으리라. 분명 반대쪽으로 건너갈 방법을 궁리하다가 금방 그 지하도를 찾아낼 것이다.

"그렇다면 당신과 마찬가지로 그 지하도를 통과하겠지.

물론 더 멀리 돌아가면 철도 위를 지나는 다리도 있지만, 배달 효율을 고려하면 좋은 방법이 아니야.”

자, 하고 사장이 한 박자 쉬었다.

“여기서 주목해야 할 점은 어느 경로를 통해 하이츠 나카무라가 있는 구획으로 들어가는지야. 하나는 지하도를 통과하자마자 오른쪽에 보이는 어린이 공원을 가로질러 처음에 가던 길로 되돌아가는 경로. 하지만 공원 입구에 자전거와 오토바이 진입을 저지하기 위한 기둥을 세워 놨으므로, 들어가기가 심리적으로 약간 꺼려져. 안 그래도 바쁜데 자전거에서 내려서 어린이 공원을 가로지른다는 선택지는 후순위로 밀리겠지.”

그 점에 관해서는 나도 이의가 없었다.

“그렇다면 그대로 직진하다가 우회전하는 경로를 선택하는 게 자연스러워. 그런데 그때는 하이츠 나카무라Ⅱ가 먼저 눈에 들어와.”

앗, 하고 눈이 휘둥그레졌다. 드디어 무슨 뜻인지 이해했고, 내가 찍은 영상에도 그 모습이 전부 담겨 있다. 그야말로 ‘꼼짝할 수 없는 증거’다.

“네거리에 면한 모퉁이에 있는 건물이니 처음 가 보는 배달기사도 놓치고 지나가지는 않겠지. ‘좌표 오류’ 때문에 하이츠 나카무라Ⅱ를 직접 찾아내야 했더라도, 현장에 도착

하면 여기라고 알아차릴 거야. 하물며 현판에는 'Ⅱ'가 읽을
수 있는 형태로 똑똑히 남아 있어."

이 또한 완벽하게 정곡을 찌르는 지적이었다. 글자가 많
이 흐려지고 떨어져 나가기까지 했지만 '하이 나카무 Ⅱ'라
고 읽을 수 있다면 그게 하이츠 나카무라Ⅱ라는 건 거의 의
심할 여지가 없다.

"한편 하이츠 나카무라Ⅰ은 그 뒤편에 있어서 아까 그
경로를 따라왔으면 바로 눈에 들어오지 않지. 따라서 배달기
사가 아무리 성급하고 덜렁거리는 성격이더라도, 가령 현판
조차 확인하지 않고 제일 먼저 보인 건물에 배달했더라도 오
배달은 발생할 수 없어."

게다가, 하고 사장은 멈출 낌새 없이 파상공세를 펼
쳤다.

"어떤 소식통에 따르면 당신은 평소 작가로 일하고 출
판도 앞두고 있다더군. 소재는 배달기사 일에 얽힌 이모저
모. 그럼 이 '가게'에 대해서 쓰면 아주 재미있겠어."

"……"

"의뢰 내용을 꾸며 내고, 우리 쪽이 관계자에게 접촉하
기를 기다릴 작정이었던 거 아니야?"

"……"

"요컨대 날 낚아 올리려고 일부러 하야시다와 하이츠

나카무라를 무대로 시나리오를 준비한 것 아닌가? 실제로 오늘도 세 시간 가까이 하야시다에 있었다던데. 그것도 가게 주인에게 친밀하게 굴며 방범 카메라 영상을 입수하려 기를 썼다든가?”

“…….”

“아무튼 적어도 당신은 하야시다의 사장과 아는 사이고, 어쩌면 단골일지도 모르지. 그런데 찍어 온 영상을 확인해 보니 당신은 ‘지나갈 수 없는 건널목’에 맞닥뜨리자마자 망설임 없이 옆길로 들어서더군. 그럴 수 있었던 건 그 일대의 지리를 잘 알기 때문이 아니야?”

그 순간 온몸의 털이 곤두섰다. 왜 내게 직접 현장을 달려 보라고 시켰는가. 그 진정한 목적은 무엇인가. 과연, 완패다. 무조건 항복, 백기를 흔들 차례다.

“그러나 물론 내 말이 100퍼센트 옳다는 건 아니야. 이번 안건은 가짜가 아니고, 당신에게도 내가 주장하는 속셈은 없을지도 모르지.”

그러나, 하고 사장은 머리를 쓸어올렸다.

“이 스토리라면 모든 위화감을 설명할 수 있고, 그렇게 많이 빗나갔을 것 같지도 않지만.”

실내가 쥐 죽은 듯 고요해졌다. 들리는 것이라고는 윙윙 돌아가는 환풍기 소리뿐.

"뭐, 이상이야. 보고 자료에도 똑같은 내용을 써 놨어. 그래도 상관없다면 100만 엔을 내고 주문하겠지. 물론 그것 때문에 내 신원이 드러날 가능성은 절대로 없지만."

무표정하고 창백한 얼굴. '공허'하게 변한 두 눈동자. 나는 압도적인 패배감에 빠져 그저 침묵을 지키는 것이 고작이었다.

빠앙, 하는 경적에 내 의식은 현실로 되돌아왔다. 고개를 돌리자 쇼난신주쿠라인의 선두 차량이 플랫폼으로 들어오는 참이었다.

그렇게 큰 굴욕을 당했으니 다시는 그 '가게'에 갈 일이 없으리라. 정말 아쉽고 원통하지만 일생일대의 기삿감은 버릴 수밖에 없다. 뭐, 그 밖에도 소재는 있으니까 문제없지만.

스마트폰을 넣고 배낭을 다시 메려고 한 순간.

어깨를 밀치는 힘이 느껴졌다. 누군가 우연히 부딪힌 게 아니다. 분명 손바닥이다. 그리고 거기에는 명확한 의지가 담겨 있었다. 앗, 하고 균형을 잃고 헛발을 디뎠다. 나는 그대로 플랫폼에서 떨어졌다.

—덧붙여 이 이야기는 절대로 남에게 발설하지 말도록.

언젠가 나누었던 대화가 귓속에 되살아났다.

—만약 발설하면……, 목숨은 없다고 생각해.

그 '교훈'이 머릿속을 맴돌았다. 위험한 다리는 건너지 말 것. 사장의 말에 거역하지 말 것.

—자취를 감춘 배달기사가 있다는 건 아세요?

빠아아아아아아앙, 귀청을 찢을 듯한 경적이 다가왔다.

—언제 죽어도 이상하지 않을 지경입니다.

—꾸준히 운동하셔야 해요.

허무하게 죽기는 아깝다. 특별히 집착해야 할 '인생'은 아니지만, 붙들 수 있다면 꼭 붙들고 싶다. 드디어 그런 '인생'에 집착해야 할 이유를 찾아냈는데…….

쿵, 하고 충격을 받았다. 그 직전에 플랫폼 위에서 수많은 비명이 들린 것 같았다.

5장
악령 퇴치
닭봉 삼계탕풍 수프 사건

평소와 똑같은, 그야말로 몇백 번은 봤던 광경이었다. 똑바로 뻗은 아파트의 외부 복도. 오른쪽에는 난간벽 너머로 하도 많이 봐서 질린 밤의 주택가가 펼쳐지고, 왼쪽에는 방범창이며 계량기 박스 문이며 현관문이 무미건조하게 늘어서 있다. 201호에서 204호까지 총 네 집. 입주자들이 숨죽인 듯 조용히 지내는 건지 생활음은 전혀 들리지 않는다.

'이상함'을 제일 먼저 감지한 건 후각이었다. 기름지다고 할까 구수하다고 할까……. 그래, 이건 그거다. 마늘이다. 일하느라 지친 몸과 마음에 위안을 주는 냄새였다. 하지만 이곳에 3년 반을 살면서 이렇게 강렬한 마늘 냄새를 맡은 적은 처음이었다. 입주자 중 누군가가 갑자기 요리에 눈뜬 걸까.

상상의 나래를 펼치며 내가 사는 204호로 걸어갔다. 201호와 202호 앞을 지나쳤지만 역시 인기척은 없었다. 방범창으로 희미한 불빛이 비치니 분명 안에 있긴 하겠지만, 부지런히 요리하는 낌새는 느껴지지 않았다. 202호 앞을 완전히 지나친 직후, 위화감이 확신으로 바뀌었다.

203호 문고리에 비닐봉지가 하나 걸려 있었다. 옆면에 유명 만둣집의 로고가 보였다. 냄새의 근원은 이것이리라. 설음을 범추고 비닐봉지를 빤히 바라보았다. 잘못 배달됐나? 203호는 지난 한 달쯤 빈집이었을 테니까.

"내 알 바 아니지."

그냥 놔둔들 무슨 지장이 있는 것도 아니고, 집에 들어가면 냄새도 신경 쓰이지 않을 테니까. 202호 사람에게 혹시 만두를 배달시키지 않았느냐고 물어봐도 되겠지만, 그렇게까지 하는 건 괜한 참견이리라. 만약 배달시켰다면 기다리다 못해 알아서 무슨 행동에 나설 것이다. 그런데.

"응?"

다음 날 아침, 외부 복도로 나가 보니 만둣집 비닐봉지는 203호 문고리에 그대로 걸려 있었다.

더구나 숫자가 두 개로 늘어났다.

I

"헌티드 맨션입니다."

내가 그렇게 말한 순간, 냉동고에 고깃덩이를 쑤셔 박고 있던 남자가 움직임을 멈췄다. 지금까지는 무슨 말을 해도 아무 반응이 없어서 거의 벽에 대고 이야기하는 것이나 마찬 가지였지만, 드디어 와닿는 바가 있었던 모양이다.

남자는 냉동고 문에 손댄 채 고개만 이쪽으로 돌렸다.

"모 테마파크에 있는 놀이기구 말이야?"

"아니에요. 전혀 특이한 구석이 없는 평범한 아파트입 니다."

"흠." 남자가 한쪽 눈썹을 올리더니 냉동고 문에서 손을 뗐다. 계속하라는 뜻이리라.

"사는 사람이 없는 집에 자꾸 배달이 와요."

"그 일의 어디가 '헌티드'지?"

확실히 그렇다. 설명이 약간 부족했다고 반성하면서도 이 기묘한 상황은 뭘까 싶어 쓴웃음을 삼켰다. 완전히 콩트 아닌가. 그것도 아주 초현실적이라 관객에게는 내용을 전달 하기 어려운 부류의. 만약 내가 탐정 사무소 직원이고, 눈앞 의 남자가 탐정 사무소장이라면 비교적 쉽사리 받아들일 수 있겠지만.

"예전에 그 아파트에서 고독사한 사람이 있었나 봐요."

보충 설명하면서 주변을 둘러보았다.

오른편에는 금붕어 어항이 놓인 선반, 왼편 안쪽 벽 앞 에는 거대한 수직형 업소용 냉장·냉동고, 정면에는 4구 가스레인지, 거대한 철판, 더블 싱크대, 가로형 냉장고 등이 배치된 널찍한 조리 공간, 천장에는 음식점 주방 등에서 흔히 볼 수 있는 훌륭한 배연 및 배기 덕트.

그렇다, 여기는 배달 전문점이다. 그것도 조금……, 아니 꽤 특이하고 어쩐지 아주 수상쩍은. 그리고 나는 비버 이츠의 배달기사로 이 '가게'에 자주 드나드는 하잘것없는 예능인이다.

이 '가게' 사장인 흰색 요리 모자에 흰색 요리복, 감색 치노팬츠 차림 남자가 냉동고 문을 닫더니, 여전히 이해가 안 된다는 표정으로 "그게 뭐?" 하고 고개를 갸웃했다.

그러니까……, 하고 나는 어깨를 움츠리며 대답했다.

"의뢰인은 '일종의 저주' 아니겠느냐고 의심하는 것 같습니다."

"말도 안 되는 소리." 사장은 듣기 좋은 맑은 목소리로 칼같이 말하더니 이쪽으로 다가와서 내 맞은편에 앉았다.

"뭐, 그래도 일단 계속해 봐."

요점을 간결하게 설명하면 다음과 같다.

지금으로부터 석 달 전인 4월 어느 날. 시나가와구 니시고탄다에 위치한 아파트 '팰리스 고탄다'에서 빈집에 배달이 오는 기묘한 현상이 자꾸 발생했다.

"이번 의뢰인은 그 옆집인 204호에 사는 히가시다 씨라는 분인데요.”

그의 말에 따르면 처음으로 배달된 건 유명한 만둣집의 만두 세트였다고 한다. 문고리에 걸린 비닐봉지, 풀풀 피어오르는 마늘 냄새. 그런 일이 며칠이나 계속돼서 마침내 문고리에 걸 수 없어지자 비닐봉지는 현관 앞 복도에 놓였고, 얼마 지나지 않아 만두가 복도에 수북이 쌓였다나.

“물론 지나다니기에 방해가 된다는 의미에서도 민폐입니다만.”

―그 이상으로 기분이 으스스하잖습니까?

―아무도 안 사는 빈집이란 말입니다.

아까 히가시다 씨는 못마땅한 표정으로 그렇게 말했다. 한두 번이면 몰라도 현관 앞에 수북이 쌓일 만큼 계속 배달이 오다니. 히가시다 씨는 참다못해 202호를 찾아가 넌지시 확인해 보았지만, 집주인은 역시 배달시킨 적 없다고 했다. 상의 끝에 히가시다 씨가 건물주에게 연락하기로 했다.

―“뭐, 기대는 전혀 안 되지만요” 하고 202호 사람은 투덜거렸습니다만.

―실제로 연락해 보니 예상대로 반응이 둔하더라고요.

아무리 상황을 설명해도 “확실히 묘한 일이기는 하지만, 이쪽에서 멋대로 폐기해도 괜찮으려나요”, “일단 앞으로도 가끔 방범 카메라 영상을 확인해 보겠습니다” 하고 뜨뜻

미지근하게 대응할 뿐이었다.

　―다만 버려도 될지는 저도 고민되더군요.

　그건 누군가가 돈을 주고 산 어엿한 상품일 테니까. 으스스하기 짝이 없는 데다, 지나다니기에 방해가 된다고는 하나 함부로 처분하면 말썽이 생길지도 모른다.

　"그런데 그러는 동안에 배달물이 바뀌었다네요."

　순간 사장의 눈빛이 날카로워졌다.

　"구체적으로는?"

　"볼펜 한 자루라든가, 지우개 하나라든가."

　"응?"

　"소위 생활잡화류입니다."

　다른 배달 플랫폼은 어떤지 모르지만, 적어도 비버 이츠에서는 식품 이외의 물건도 주문할 수 있다. 사실 나도 지금까지 몇 번인가 주간지나 만화잡지를 편의점에서 수령해 고객에게 배달해 봤다. 그렇다고는 하지만.

　"지금 볼펜 한 자루라고 했어?"

　역시 똑같은 부분에서 의아함을 느낀 듯했다.

　어떤 사정일지는 전혀 상상도 안 되지만. 어쩔 수 없는 사정 때문에 볼펜 한 자루가 필요했다고 치자. 그렇더라도 단지 그것만을 위해 배달 서비스를 이용할 것이라고 보기는 힘들다. 아파트 정면에 보이는 길 건너편에 24시간 영업하는 편의점이 있다. 무거운 엉덩이를 들어 조금만 걸어가면 볼펜을 살 수 있다. 하지만 히가시다 씨 말에 따르면 그 후로도 이따금 생활잡화가 배달됐다고 한다. 즉, 그때마다 배달비가 든 셈이다. 볼펜 한 자루, 기껏해야 지우개 하나 때문에.

게다가 말이죠, 하고 나는 몸을 내밀었다.

"이야기는 여기서 끝나지 않습니다."

어느 날부터 비슷한 일이 다른 층에서도 일어나기 시작했다나.

"처음에는 203호만 그랬는데, 언제부터인가 403호에도 물건이 놓여 있었대요."

아까 '헌티드 맨션'이라는 발언은 여기로 이어진다.

"예전에 입주자가 고독사한 집이 바로 404호입니다."

—보기에 따라서는 다가간 것 같지 않습니까?

악령이 귀 기울이고 있을지도 모른다는 듯 히가시다 씨는 굳은 표정으로 목소리를 낮추었다. 40대 중반으로 보이는 중년 남자가 '저주'라는 둥 '심령'이라는 둥 겁내는 모습을 보자 약간 우스꽝스럽기도 했다. 하지만 코웃음을 칠 수 있는 건 내가 제삼자이기 때문이리라. 실제로 그 아파트에 살고, 심지어 그 아파트에서 고독사한 사람이 있다면 그렇게 상상할 만하다. 그게 아니라면 대체 어찌 된 일이란 말인가.

"게다가 403호에 배달된 물건도 기묘해서요."

"뭔데?"

"조의금 봉투입니다."

"뭐라고?"

"이번에는 예전과 달리 부자연스러울 만큼 많아요. 한 번에 열 장입니다."

"뭐야 그게."

나도 완전히 똑같은 기분이었다. 하지만 이쯤 되자 히가시다 씨의 말이 신빙성 있게 들린 것도 사실이었다. 일찍이 고독사가 발생한 이른바 사고물건(*과거에 범죄나 자살 같은 일로 사람이 사망한 건물을 가리키는 말). 그 현장의 옆집에 죽음을 연상시키는 물건이 배달된다. 그건 확실히 저주 아니면…….

"다만 마음에 걸리는 점이 하나 있습니다."

"호오."

"203호와 달리 403호는 빈집이 아니었어요."

"무슨 뜻이지?"

―장기 해외 출장으로 한 달쯤 집을 비운 모양이에요.

―그런데 딱 그 시기에 일이 벌어진 거죠.

―우연치고는 너무 잘 맞아떨어진 것 아닌가요?

"이상입니다."

그렇게 말하고 사장이 견해를 밝히길 기다렸다.

예리하게 쭉 뻗은 눈썹, 속세의 부조리함을 모조리 꿰고 있는 듯한 시원스러운 눈매, 그리고 날렵한 턱선. 빈틈이라고는 찾아볼 수 없어서 웬 미남 배우가 여기 있느냐고 괜히 빈정거리고 싶을 정도다. 그중에서도 특히 두드러지는 부분은 눈동자였다. 무미건조하고 무감정. 모든 것을 꿰뚫어 볼 듯하지만 이쪽에서는 아무 감정도 읽어 낼 수 없다. 말하자면 타고난 매직미러다.

그 매직미러에 괴기나 오컬트 부류가 비칠 여지는 없었다. 어떻게든 논리적으로 앞뒤를 맞춰서 무사히 일을 해결해 줄 것이다.

그런데, 하고 사장이 요리 모자를 벗어서 테이블에 탁 내려놓았다.

"지금도 그런 일이 계속 일어나고 있나?"

아차, 그 점을 아직 설명하지 않았다.

"아니요, 이제는 그쳤다고 합니다."

결국 건물주가 사태를 심각하게 받아들여 출입구를 자동 잠금 장치 방식으로 바꾸어서다. 그러면 지금까지처럼 아무나 마음대로 아파트에 드나들기가 불가능하니, 그런 수수께끼 같은 비대면 배달도 발생할 수 없다.

—다만 역시 너무 찜찜해서요.

—404호 사람은 스트레스가 심했는지 지난달 말에 집을 뺐습니다.

─이걸로 진짜 사태가 수습됐다고 할 수 있을까요?

"그래서 무슨 해석이 필요하다는군요."

이러저러한 이유로 그런 일이 발생했다는, 어느 정도라도 수긍이 가는 설명이.

"그렇군."

사장은 고개를 끄덕이더니 천장을 가만히 노려보았다.

물론 히가시다 씨가 걱정하는 초자연현상일 리는 없다. 악령인지 지박령인지는 모르겠지만, 그런 존재가 앱을 사용해 주문하다니 그런 말도 안 되는 이야기가 어디 있겠는가. 그건 히가시다 씨도 잘 알 것이다. 그러나 누군가의 장난질이라는 결론을 내려도, 그리고 설령 그것이 진상이더라도 히가시다 씨의 꿈자리는 계속 사나우리라.

갑자기 언뜻 비슷해 보이지만 다르다는 생각이 들었다. 무엇과? 우리의 개그 스타일과.

주된 활동 영역은 콩트. 일상에서 벌어지는 이상한 사태와, 느닷없이 거기에 말려드는 소시민. 하지만 등장인물들은 왜 그런 상황에 빠졌는지, 배후에 누구의 어떤 의도가 숨어 있는지 히가시다 씨처럼 머리를 끌어안고 고민하지 않는다. 그냥 받아들이고 어디까지나 담담하게 대화를 나눌 뿐. 물론 마지막에 '이렇게 된 일입니다'라는 식으로 해답을 주지도 않는다. 어떻게든 해석할 수 있고, 그러기 위한 여백을 일부

러 남겨 둔다. 그것이야말로 다른 개그 콤비에게는 없는 우
리만의 개성이라 믿고 달려온 지 어언 10년.

　10년. 돌이켜보면 정말로 순식간이었다. 감상에 빠진 나
를 본체만체 사장은 "일단" 하고 요리 모자를 다시 썼다.

　"사흘 후에 다시 와."

　즉, '숙제'를 내겠다는 뜻이다. 뭐, 그건 그것대로 수입이
늘어나니까 고마운 일이기는 하지만.

　"시간은 밤 9시."

　"알겠습니다."

　그때 조리 공간에 놓아둔 태블릿PC에서 띠리링, 하고
소리가 났다. "앗." 내가 눈을 돌렸을 때 사장은 이미 태블릿
PC 쪽으로 향하고 있었다.

　"주문인가요?"

　"그런 것 같아."

　"메뉴는요?"

　"종종 나가는 그것."

　사장은 조리 공간에 서서 아주 나른해 보이는 표정으로
프라이팬을 집었다.

　"자, 또 어딘가의 누군가가 곤란한 상황에 빠진 모양
이군."

2

새벽 3시가 지나서야 아사가야의 집에 도착했다. 롯폰기에서 자전거로 약 한 시간. 그러나 아침부터 일정이 있는 날은 거의 없고, 연일 썩어날 만큼 시간이 남아돌기에 고생스럽다고 느낀 적은 없었다.

건축 연수 60년, 목조 2층 건물, 계약금과 보증금 없이 월세 3만 엔, 욕실 없는 3평짜리 단칸방. 좀 더 좋은 집으로 이사할 수 있지만, 개그로 인기를 얻고 나서 그러기로 마음먹었다. 일종의 다짐이라고 할까. 헝그리 정신을 유지하기 위한 족쇄다. 물론 언제쯤 그럴 수 있을지, 현재로서는 앞이 전혀 보이지 않지만.

방에 들어가자 앞니가 몹시 커서 웃기게 생긴 비버 그림이 들어간 빈 배달 가방을 현관에 내팽개치고 곧장 부엌으로 향했다. 실은 근처 대중목욕탕에라도 가서 땀을 빼고 싶지만, 어쩐지 귀찮아서 내키지 않았다.

비좁은 부엌에 서서 빈 컵야키소바 용기에 수돗물을 채웠다. 물을 버리는 구멍으로 머리에 물을 부으면 샤워한 기분을 살짝 맛볼 수 있다.

감았다기보다는 그냥 물에 적신 머리를 수건으로 닦지도 않고, 늘 깔아 놓는 이부자리에 털썩 드러누워 스마트폰 화면에 손가락을 댔다. 절약을 위해 방에 불은 켜지 않는다. 무미건조한 블루라이트가 몹시 눈부셨다.

일단 시간을 좀 줘

알았어

사흘 전 파트너인 사카이와 마지막으로 주고받은 메시지다. 기본적으로 콩트는 사카이가 짜고, 나는 대본이 완성되기를 기다릴 뿐이다. 그걸 불만스럽게 여긴 적은 없으며, 이것이 우리에게 최선의 역할 분담이라는 것도 이해한다. 내게는 콩트를 짜는 센스가 없고 사카이에게는 있다. 동기 중 그 누구보다도. 아니, 수많은 선배 예능인과 비교해도.

나는, 오로지 나만이 '있다'고 믿는다.

다케우메 예능의 양성소에서 사카이와 처음 만났다. 고등학교 졸업 후 부모님의 반대를 무릅쓰고 상경해 양성소에 들어간 지 한 달이 지났을 무렵, 갑자기 복도에서 그가 먼저 말을 걸었다.

—저기, 잠깐만.

막 일어난 게 아닐까 싶을 만큼 푸석푸석한 머리, 혈색이 좋지 않은 피부, 시장에서 산 듯한 운동복, 그리고 맨발에 슬리퍼. 호리호리한 몸에 키가 크고 생긴 것도 나쁘지 않았지만, 어쩐지 퇴폐적인 분위기를 풍겼고 너저분해 보였다.

―너, '잘 있게' 좋아해?

잘 있게는 요즘 인기 절정인 '잘 있게 지난날의 빛이여'라는 개그 콤비의 약칭이다. 일단은 다케우메 예능의 선배에 해당하지만, 이런저런 사정으로 지금은 독립해 1인 기획사를 차렸다. 사카이 말대로 나는 잘 있게의 열렬한 팬이고, 그래서 다케우메를 선택한 측면도 적지 않았다.

―그 티셔츠, 요전번 단독 라이브 공연의 굿즈지?

솔직히 말해 당시 사카이라는 남자는 결코 인상이 좋은 편이 아니었다. 어쩐지 모든 걸 삐딱하게 받아들이는 느낌이었고, 너희와는 센스부터 다르다는 듯 늘 까칠한 분위기를 풍겼다. 개그 실습 수업에서도 한 번도 웃음을 지은 적이 없었다. 모두에게 미움받는 수준은 아니어도 거리감이 느껴진다고 할까, 사람들 사이에 끼지 못하는 유형이었다.

―그 공연의 두 번째 코너, 굉장했지.

막상 이야기를 나누자 의외로 평범한 녀석이었다.

―시점이랄까, 착안점이 말이야.

사카이가 언급한 건 세탁소를 무대 삼아 펼친 10분짜리 콩트였다. '경악스러운 순백'이라는 홍보 문구를 쓸 만큼 와이셔츠 세탁에 자신 있는 가게지만, 실은 고객이 맡긴 와이셔츠와 모양 및 크기가 똑같은 새 제품을 사서 돌려준다는 사실이 판명되는 내용이다. 한 명의 팬으로서 배를 끌어안고 웃었던 게 기억난다. 동시에 용케 이런 발상을 하는구나, 하고 감탄했었던 것도.

—그거야말로 센스지.

—뭐, 딱히 그런 콩트를 하고 싶은 건 아니지만.

이렇듯 쓸데없이 한마디 덧붙이는 점이 다소 삐딱하기는 하나 어쩐지 마음이 잘 맞은 것도 사실이라 그로부터 1년 후 콤비로 활동하게 됐다. 콤비명은 '소이카우보이'. 미소의 나라 태국에서 가장 유명한 거리 이름이다. 딱히 깊은 이유는 없다. 콤비 활동 직전에 양성소 동기들과 저가 여행을 갔던 곳이라 이름으로 붙여 봤을 뿐이다.

그러나 여행의 추억은 선명하게 남아 있다. 하네다 공항에서 출발하는 초저가 심야 비행기를 타기 위해 공항에 도착하자, 국내선은 이미 운항을 마친 뒤였다. 한산한 터미널에서 디스토피아 같은 분위기가 느껴져 가슴이 두근거렸다. 현지의 숙소는 치안이 안 좋아 보이는 거리에 위치한 싸구려 호텔이었고, 택시 기사는 수없이 바가지를 씌웠으며, 동기 중 한 명은 도중에 지갑을 소매치기당했다. 정신없고 엉망진창이었지만, 동남아시아 특유의 열기와 잡다한 분위기를 가슴 가득 들이마시며 실감했다. 나와 통하는 부분이 있다고. 아직 발전하는 도중인 점이나, 야심과 에너지 넘치는 점이.

—괜찮은데?

—어감도 좋고, 입에 짝 붙고.

사카이는 그 여행에 함께하지 않았다. 그래도 콤비명에는 이의를 제기하지 않고 선뜻 받아들였다.

—해외? 안 가 봤는데.

—가고 싶은 마음도 없고.

들어보니 사카이의 지난날은 상상 이상으로 처절했다. 어릴 적에 가족이 뿔뿔이 흩어져 한동안 집 없는 아이 신세였다가, 몇 년 후 왠지 모르게 가족이 재결합했다. 그렇지만 아버지는 변함없이 백수로 지냈고, 어머니는 파친코에 미쳐 살았다. 요금을 체납해서 툭하면 전기, 수도, 가스가 끊겼고, 창밖의 신호등 불빛에 의지해 길에서 주운 만화잡지를 읽은 적도 많았다. 형은 중학교 담임이 원서 제출 기한을 놓쳐서 중졸에 머물렀고, 누나는 고등학교를 중퇴하고 어째선지 수묵화가를 지망했다 등등. 이렇게 말하면 실례겠지만, 완전히 개그만화다. 그랬던 어린 시절에 사카이의 낙은 매일 밤 잠자리에서 몰래 라디오를 듣는 것이었다. 그중에서도 개그 코너를 특히 좋아했다고 한다.

—솔직히 구원받았어.

—예능인들은 자신의 불행한 처지까지 소재로 삼아서 수많은 사람에게 웃음을 주지.

—엄청 친환경이잖아.

그걸 '친환경'이라고 불러도 될지는 제쳐 놓고, 나도 동감이었다. 부모님이 화목하지 못해 가시방석 같던 집. 힘 있는 아이가 활개 쳐서 구석에 움츠려 지낼 수밖에 없었던 교실. 그렇게 늘 잔뜩 웅크려 껍데기 속에 틀어박혀 지내던 내가 유일하게 마음의 관절을 펼 수 있었던 건, 매일 밤 라디오를 듣는 시간뿐이었다. 나도 사카이처럼 개그 코너를 즐겨 들었는데, 언젠가 나도 누군가의 버팀목이 될 수 있으면 좋겠다고 가끔 몽상하곤 했다.

하지만 사카이가 짜는 콩트를 솔직히 처음에는 이해하기 힘들었다. 화재가 발생해 주변이 불바다로 변했건만 두 노인이 장기에 몰두하기도 하고, SM클럽에서 "L사이즈는?" 하고 계속 물어보는 손님에게 종업원이 대응하기도 하며, 상어가 자주 습격하는 술집 '죠스바'가 무대로 등장하기도 한다. 일상과 비일상. 기상천외한 상황을 있는 그대로 받아들이고서 "달리 신경 써야 할 부분이 있잖아!" 하고 무심코 핀잔을 주고 싶을 만한 대화를 덤덤하게 이어 나가는 등장인물들. 웃음 포인트를 자극하는 한마디를 던지지도, 과장된 행동으로 웃음을 유발하지도 않는다. 장르로 따지자면 초현실 개그에 속하리라.

본심을 말하자면 좀 더 정통적인 노선이라도 괜찮았다. 스탠드 마이크 양쪽에 서서 서로 때리고 맞는 왕도 스타일이라도 상관없었다. 피카소도 처음부터 〈게르니카〉 같은 그림을 그린 건 아니다. 흔들림 없는 기초를 갖추었기에, 비로소 그걸 무너뜨릴 수 있었으리라.

하지만 어느새 나는 '사카이 월드'의 포로가 된 뒤였다. 긴장과 완화가 교대로 찾아오지 않고 동시에 나란히 이어지는 세계관에 푹 빠졌다. 그 부분에 다른 콤비에게는 없는 우리만의 개성이 있다고 확신했다. 인기를 얻는 조건으로 혼을 싸게 팔아넘길 바에야 인기가 없어도 상관없다……, 그건 너무 과한 표현일지도 모르지만 신인에게는 그 정도 패기가 있어야 한다고 믿었다.

당연히 볕을 볼 날은 좀처럼 찾아오지 않았다. 기획사가 주최하는 라이브 공연에서는 늘 꼴찌에 가까운 순위를 헤맸고, 때로는 관객 설문에서 '의미 불명', '이해하기 힘들다'라는 신랄한 비판이 날아들기도 했다.

마침내 싹이 튼 것은 2년 전, 갓 오브 콩트의 준결승에 진출했을 때였다. 결과는 탈락이었지만 그때 선보였던 '양지 아르바이트'(물론 음지 아르바이트의 반대다)라는 콩트는 지금도 우리를 대표하는 콩트 중 하나다.

하지만 거기서부터 더는 싹이 자라지 않았다. 텔레비전에서도 라디오에서도 섭외가 오지 않고, 지금까지의 완만한 일상이 당연하다는 듯한 얼굴로 계속 찾아올 뿐이었다. 그리하여 여태 '개그 장르에 심취한 열성적인 팬 중에서는 이름을 아는 사람도 있다'라는 어중간한 위치에서 벗어나지 못했다.

스마트폰을 머리맡에 내던지고 눈을 감았다.

─나도 콩트를 짜 볼까?

예전에 한 번 제안한 적 있었다. 둘이서 콩트를 많이 짜 놓고 라이브 공연에서 관객의 반응을 살펴보는 것이 앞날을 위해서 좋지 않겠느냐고. 사카이는 단호히 거부했다. 네 콩트는 너무 평범하다고 딱 잘라 말했다. 그렇게 거절하자 할 말이 없었다. 내가 짜는 콩트는 좋은 뜻에서도 나쁜 뜻에서도 정석적이라 상황을 제시하고, 엉뚱한 소리를 하고, 핀잔을 준다는 기본에 충실하다. 관객에게는 개그가 잘 전해지겠지만, 남들보다 돋보일 만한 '뭔가'는 없다.

한편으로 '관객에게 전해지지 않으면 무슨 소용이냐'라는 생각이 드는 것도 사실이었다. "'무반응'과 '썰렁함'은 다르다." 사카이의 말버릇 중 하나인데, 앞쪽은 재미가 있되 관객에게 전해지지 않았을 뿐이라는 뜻이고, 뒤쪽은 애당초 재미가 없다는 뜻이다. 사카이는 우리가 앞쪽이라고 했다.

내내 그렇게 믿어 왔다. 이해하지 못하는 관객이 잘못이라고까지는 하지 않겠지만, 적어도 우리 스스로는 재미있는 콩트를 해 왔다고 자부했다.

그 확신이 최근 흔들리고 있다.

정말로 그럴까. 실은 애당초 재미가 없는 것 아닐까. 그렇다고 이제 와서 관객에게 다가가고자 자세를 바꿀 수도 없다. 그러기에는 우리만의 스타일을 너무 많이 밀어붙였다.

그렇지만 사카이는 좀 더 바깥세상으로 나가야 한다고 생각한다. 해외에 다녀오라는 건 아니다. '술과 유흥은 예능의 밑거름'이라는 구시대적인 발언을 할 마음도 없지만, 그래도 사카이는 자기만의 세상에 너무 틀어박혔다. 예를 들어 잘 있게의 대본 담당인 모리바야시 씨는 '술집에서 다른 손님이 주문한 음식이 실수로 자기네 테이블에 나왔다'는 사소한 일화에서 콩트 소재를 떠올렸다고 라디오에서 말했다. 그리고 그 소재로 그들은 갓 오브 콩트 준우승이라는 쾌거를 남겼다. 일상은 콩트 소재의 보물창고. 안테나는 최대한 넓게 펼쳐야 한다가 내 지론이다.

한군데 머무름으로써 엉뚱한 발상이 숙성되는 면도 없지는 않으리라. 오로지 집에 틀어박혀 노트를 들여다보며 끙끙대다가 썩는 냄새가 풍긴 끝에 광기와 종이 한 장 차이의 엄청난 콩트가 태어날 수도 있다는 사실은 부정하지 않겠다.

그래도 역시 사카이는 도를 넘었다. 내 방과 어금버금한 2.5평짜리 단칸방에 사는데, 총 여섯 집 중에 사카이 말고 다른 입주자는 두 명뿐이다. 외출이래 봤자 근처 편의점에 밥

을 사러 나가는 것뿐이고 그것도 사나흘에 한 번꼴인 듯하
다. 추측인 건 내가 직접 보지는 않았기 때문이다. 사이가 나
쁘지는 않지만 그렇다고 아주 돈독하지도 않다. 일이 있어
만날 때 말고는 기본적으로 메시지 앱을 사용해 대화를 나눌
뿐이다. 이렇듯 사카이는 오로지 머리를 끌어안은 채 끙끙대
고, 나는 사카이가 콩트를 완성하기를 기다리며 다양한 아르
바이트로 막연히 일당을 벌고 있다.

그런 내가 그 '가게'를 만난 건 지금으로부터 약 반년 전.
얼마 전부터 비버 이츠 배달기사로 일하기 시작했지만,
그날은 의욕이 없어서 빈 배달 가방을 메고 거리를 달리다
롯폰기 일대까지 나갔다. 그런데 갑자기 앱에 배달 요청이
들어왔다. 연석을 넘을 때 충격을 받은 탓일까. 나도 모르게
앱이 가동된 듯했다.
'만두의 차와 포.' '궁'이 아니라 '차와 포'라는 부분에서
약간 겸손함을 느끼며, 이 또한 인연이다 싶어 요청을 수락
하고 앱에서 지시한 주소로 갔다. 기다리고 있던 것은 다른
건물과 별다를 바 없는 상가 빌딩과 기묘한 입간판이었다.
배달기사 여러분, 다음 가게는 빌딩 3층으로 가 주십시오
입간판에는 어마어마하게 많은 가게 이름이 적혀 있었
다. '태국 요리 전문점 왓포', '원조 꼬치튀김 가쓰카와', '카레

전문점 코리앤더', '본격 중화요리 진만채가' 등등. 목적지인 '차와 포'도 분명 입간판에 적혀 있었다. 과연, 하고 바로 이해했다. 이건 소위 '고스트 레스토랑'이다.

엘리베이터를 타고 3층으로 올라가 '배딜기사님은 이쪽으로←'라는 벽보를 곁눈질하며 복도 끝에 있는 문을 통과하자, 예상한 대로 조리 설비가 갖추어진 임대 스튜디오가 나타났다.

―뉴 페이스로군.

조리 공간에 서 있던 남자가 흥미 없다는 듯 말했다.

너무 흔해 빠진 비유겠지만, 순정만화에 나올 법한 미남이었다. 얼굴 생김새도, 목소리도, 몸동작 자체도, 죄다 한 치의 빈틈도 없어서 '절세의'라는 진부한 수식어가 더없이 잘 어울렸다. 나이는 전혀 짐작이 가지 않았다. 아무리 그래도 내 부모 세대는 아니겠지만, 범위를 더 좁히기는 힘들었다.

―배달 나갈 음식은 준비해 놨어.

둘러보니 테이블에 흰색 비닐봉지가 하나 놓여 있었다. 분명 이걸 가리키는 것이리라.

―그리고 부탁이 있는데.

남자는 계량스푼 속의 액체를 냄비에 넣고 양손을 가볍게 씻은 후, 당황한 내게 다가오더니 천천히 오른손을 내밀었다. 반사적으로 받아 들고 확인하자 평범해 보이는 USB 메모리였다.

—배달 가는 김에 이걸 내가 말하는 주소에 전달해 줘.

—보수는 현금으로 1만 엔.

즉시 ‘위험’을 직감했다. 이건 ‘양지 아르바이트’가 아니라 의심할 여지 없는 ‘음지 아르바이트’라고.

—물론 수령증을 받아서 여기로 돌아오는 게 조건이지만.

하지만 단호하게 거절하지 못하고 망설인 것도 사실이었다. 여태 볕을 보지 못하고 땅 밑에 묻혀 있는 무명 예능인, 허름하다는 말이 절로 나오는 집에서 보내는 빈곤한 삶. 말이 좋아 예능인이지 심할 때는 한 달에 1천 엔도 못 번다. 딱히 돈을 벌고 싶어서 예능인이 된 건 아니래도 돈이 없는 것보다는 있는 편이 낫다.

하겠습니다, 하고 나도 모르게 고개를 끄덕였다. 그리고 머릿속에서 뭔가가 번뜩였다. 예를 들어 ‘고스트 레스토랑’이라는 설정은 어떨까.

나쁘지 않다. 잘 살릴 수 있을 것 같았다. 반전을 좀 넣어서 사장은 진짜 유령이고……, 아니 오히려 배달기사 쪽을 본인이 죽은 줄 몰라서 성불하지 못한 영혼으로 설정하는 것도 방법일까. 멋대로 망상을 부풀리는데, 남자가 내 머릿속을 꿰뚫어 봤다는 듯 잠깐 뜸을 들이다 덧붙였다.

─덧붙여 이 이야기는 절대로 남에게 발설하지 말도록.

─만약 발설하면…….

목숨은 없다고 생각해.

남자의 눈을 본 순간, 순정만화에서 호러만화로 장르가 바뀌었다. 정신이 번쩍 드는 것과 동시에 섬뜩한 오한이 등 골에 퍼져 나갔다.

초등학생도 아닌데 무슨 협박이 그러냐고 코웃음을 치면서도 만약을 위해 방금 떠오른 아이디어는 '폐기' 폴더에 넣기로 했다. 어차피 내가 제안해 본들 사카이는 받아들이지 않을 테니.

어쨌거나 이미 배에 올라탔다. 갈 수 있는 데까지 가 보자. 그것은 의도치 않게 내게 다가온, 우리 콩트 이상으로 초현실적인 비일상이었다.

그 후로 나는 이 '가게'에 들락날락했다. 부여받은 '임무'를 수행하는 것만으로 현금 몇만 엔이 지급된다. 단번에 한 달 월세가 손에 들어왔다. 처음 한동안은 틀림없이 '음지 아르바이트'일 것이다 싶어서 찜찜했지만 '가게' 운영 방식을 점점 파악하면서 그러한 걱정은 사라졌다. '정당'한 일인지 아닌지에 관해서는 다양한 의견이 나올 것 같으나 적어도 '음지 아르바이트'에서 '반음지 아르바이트' 정도로는 채광이 좋아졌다.

이제는 매달 나름대로 괜찮은 수입을 올리고 있다. 옛날 사카이네 집처럼 전기, 수도, 가스가 끊기지도 않거니와 하루에 한 끼는 컵라면으로 때워야 할 필요도 없다. 그렇다고 현재 상태에 안주하는 건 아니다. 개그 외길로 먹고살고 싶었다. 우리만의 스타일로 세상을 뒤흔들고 싶었다.

그렇다면 이 '가게'를 소재로 한 콩트가 우리에게 딱 맞을 것 같았지만, 그런 생각이 들 때마다 그날 봤던 사장의 '텅 빈 구멍 같은 눈'이 눈앞을 가로막았다.

―덧붙여 이 이야기는 절대로 남에게 발설하지 말도록.

―만약 발설하면…….

그러니까 사카이를 기다리는 수밖에 없다. 침묵을 지키며 날마다 자전거를 타고 다니는 수밖에 없다. 그리고 그런 나 자신에게 어렴풋이 아쉬움과 짜증을 느낀다.

머리맡의 스마트폰을 집어서 메시지 앱에 들어갔다. 일정이 예년과 같다면 슬슬 갓 오브 콩트의 참가 신청이 시작될 시기다. 올해야말로, 올해야말로, 하고 와신상담하길 10년. 아직 목표를 이루지 못했건만 이제 등이 배기고, 미각을 거의 잃었다.

일단 시간을 좀 줘

알았어

그런데도 채팅방은 아까와 달라진 점이 전혀 없었다.

3

"일단은 전제 조건부터 복습할까."

사장은 지난번과 똑같이 내 맞은편에 앉아 말했다.

사흘 후 밤 9시가 지난 시각. 지시받은 대로 나는 '가게'를 방문했다.

"문제의 팰리스 고탄다는 지은 지 30년 된 임대 아파트고, 총 16세대인 4층 건물이야. JR고탄다역에서 도보로 10분이라는 위치 조건도 한몫했는지, 건축 연수가 오래됐는데도 인기가 높지. 사실 그 사태가 벌어진 당시에도 공실은 203호뿐이었고, 현재는 공실이 없어."

한 가지 덧붙이자면 현재 404호에 사는 사람은 '사건' 당시에 살던 사람이 아니라는 것 정도일까.

—404호 사람은 스트레스가 심했는지 지난달 말에 집을 뺐습니다.

그렇게 공실이 나오자마자 바로 다음 입주자가 정해진 것이다. 과연, 인기 물건이라는 간판은 허위가 아니다.

자, 하고 사장이 말을 이었다.

"사태가 처음으로 목격된 건 석 달 전인 4월 어느 날. 퇴근하던 204호 입주자 히가시다가 203호 문고리에 만둣집 비닐봉지가 걸려 있다는 걸 알아차렸어. 누구도 가져가지 않고 점점 숫자만 늘어나서, 결국은 복도에 쌓일 지경이 됐지."

"네."

"그리고 배달물은 도중에 볼펜 한 자루나 지우개 하나 등 배달 서비스에 맡길 필요 없는 생활잡화류로 바뀌었고, 결국 비슷한 사태가 403호에서도 발생했지. 하지만 403호는 203호와 달리 원래부터 공실이었던 게 아니야."

게다가 403호에는 대량의 조의금 봉투가 배달됐고, 옆집인 404호에서는 예전에 입주자가 고독사했다. 그렇기에 히가시다 씨는 저주가 아니겠느냐고 의심한 것이다.

"여기서부터는 지난 사흘간 어떤 소식통에게 얻은 정보야."

왔구나. 나는 생침을 꿀꺽 삼키고 자세를 바로 했다.

"일단 예전에 404호에서 일어난 고독사 말인데, 사건성은 없다고 봐도 되겠지. 시기는 4년 전 12월 하순. 사망자는 82세 독거노인. 한동안 연락이 안 돼서 걱정하던 친족의 부탁으로 건물주가 살펴보러 갔다가 사망했다는 사실이 밝혀졌어. 특수 청소를 해야 할 만큼 오염과 손상이 심했다지만, 이것 자체는 드물지 않은 이야기야."

"그렇군요."

이 죽음에 의문을 품은 사람이 다시금 사람들의 관심을 모으기 위해서라는 스토리는 나도 생각해 봤지만, 방식이 너무 우회적인 데다 203호를 사이에 끼울 이유도 없다.

"또한 건물주에게 부탁해 예전부터 공동현관에 설치해 두었던 방범 카메라 영상을 확인했어. 그 결과 주문자, 즉 이번 안건에서 '범인'에 해당하는 인물은 근처에 사는 사람이라는 사실까지 확실해졌어."

"네?"

"더 정확하게는 거리상 아파트 사정을 파악할 수 있는 사람이라고 해야 할까?"

무슨 뜻이지? 논리가 몇 단계를 건너뛴 것 같은데.

설명하자면, 하고 사장이 손바닥에 턱을 괬다.

"5월 하순에 공동현관이 자동 잠금 장치 방식으로 바뀌었지. 그런데 그 이후로 공동현관 앞에서 어쩔 줄 몰라 하는 배달기사의 모습은 한 번도 찍힌 적이 없어."

"아아……."

그런 거구나, 하고 이해했다. 그전까지는 아무나 공동현관을 드나들 수 있었으므로, 배달기사는 아무 지장 없이 203호 또는 403호까지 배달을 나갈 수 있었다. 하지만 지금은 자동 잠금 장치가 버티고 있으므로, 사람이 없는 집에 배달 간다면 공동현관에서 발목을 잡힌다. 그러나 그런 상황에 처한 배달기사의 모습은 방범 카메라에 찍히지 않았다.

여기서 이번 안건의 '범인'을 먼 곳에 사는 사람이라고 가정해 보자. 목적은 뭐든 상관없다. 그냥 장난기가 발동한 사람이든, 이미 203호에서 퇴거했다는 사실을 모른 채 일종의 뒷바라지하듯 식사나 생활잡화류를 챙겨 준 친족이든. 어쨌거나 그들은 자동 잠금 장치가 설치됐다는 사실을 확인할 수 없으므로, 지금까지처럼 주문하리라. 그러면 배달기사는 공동현관에서 아무도 살지 않는 집 호수를 호출할 테니 한동안 오도 가도 못 할 것이다.

"그렇지만 자동 잠금 장치로 바꾸자마자 그런 배달기사가 찾아오는 일은 없어졌어. 즉, 그 희한한 사태가 멈춘 건 '공동현관이 자동 잠금 장치 방식으로 바뀌었기 때문'이 아니야. 정확하게는 '공동현관이 자동 잠금 장치 방식으로 바뀌었음을 알고 범인이 더 이상 주문을 하지 않았기 때문'이지."

"그렇군요……."

굉장하다는 기분에 혀를 내두르는 것이 고작이었다. 그런데 '어떤 소식통'은 어디의 누구일까? 어마어마한 정보 수집력과 기동력을 겸비한 것 같은데.

"그래서 이번 '숙제' 말인데."

잠깐의 정적. 사방을 팽팽하게 둘러싼 긴장의 끈.

"204호의 히가시다에게 시간 순서를 최대한 자세히 듣고 와."

"네?"

"처음으로 배달이 온 건 언제인가, 202호 입주자와 상의한 건 언제인가, 건물주에게 연락한 건 언제인가, 그리고 배달물이 생활잡화로 바뀐 건 언제인가 등등."

"아, 네……."

확실히 처음으로 사정을 청취하러 갔을 때 그렇게까지 세세한 정보는 확인하지 않았지만, '단지 그뿐?'이라는 생각이 들었다.

"또 하나는 아파트 자체에 관해."

"……무슨 말씀이신지?"

"당시 어떤 사람이 살았는가. 특히 문제의 2층과 4층에. 인상이든 뭐든 상관없어. 어쨌든 생각하는 바와 느끼는 바를 모조리 끌어내."

"그 말은 즉……."

입주자가 '범인'이라는 걸까? 어쩐지 그럴 가능성이 짙을 것 같기는 했다. 그렇더라도 역시 의문은 끊이지 않는다. 왜 그런 짓을 할 필요가 있었을까, 그 목적은 뭘까.

"그럼 그렇게 알고, 잘 부탁해."

그렇듯 담담하고 사무적으로 다음에 할 일이 결정됐

다. 물론 목적지는 이번 안건의 의뢰인 히가시다 씨가 사는
204호다.

4

“이야, 참 흉흉한 세상이라니까요.”

히가시다 씨는 테이블에 보리차가 든 유리잔을 내려놓
으며 혼잣말하듯 중얼거렸다.

다음 날 밤 10시가 지난 시각. 사장의 지시에 따라 나는
팰리스 고탄다 204호를 방문했다. 지난번에 “혹시 추가로 여
쭙고 싶은 일이 생기면요?” 하고 물어보니 평일 밤 9시 반 이
후라면 기본적으로 집에 있다고 했기 때문이다.

집이 더럽지는 않았지만 난잡했다. 아주 일반적인 원룸
으로, 방바닥 여기저기에 벗어젖힌 옷가지가 널브러져 있었
고, 업무와 관련 있는 듯한 서류와 서적을 아무렇게나 쌓아
놓았다. 뭐, 그래도 내 방보다는 훨씬 낫다고 할 수 있겠지만.

“넉 달쯤 전에 근처에서 강도 사건이 몇 건 발생했어요.
피해자는 혼자 사는 여성이고 범인은 아직 체포되지 않았
다나.”

“그렇군요.”

창피하게도 그런 사건이 일어난 줄 전혀 몰랐다. 고탄다는 도쿄에서 손꼽히는 환락가라 저속한 분위기가 없지는 않지만 강력 사건과는 별로 어울리지 않는 이미지다. 굳이 따지자면 취객끼리 길거리에서 싸우거나 윤락업소에서 무리하게 호객행위를 하거나. 기껏해야 그 정도 인상이다.

"그런데 추가 질문은 뭡니까?"

히가시다 씨는 내 정면에 앉아 보리차를 한 모금 마시고 고개를 갸웃했다. 퇴근하고 얼마 안 지났는지 머리는 7대3 가르마에 넥타이 없는 와이셔츠 차림이다. 말쑥하니 청결감이 느껴지는 한편으로 어쩐지 인상이 흐릿하게 생겼다고 할까. 당신이야말로 유령 아니냐고 지적하고 싶을 만큼 존재감이 희박했다.

아아, 그러니까……, 하고 물어봐야 할 내용을 정리해 순서를 세웠다.

"일단은 시간 순서를 자세히 알려 주셨으면 합니다."

사장이 지시한 바를 되새기며 얼마나 구체적이어야 하는지 알려 주자 히가시다 씨는 당혹스러운 듯 눈살을 찌푸리면서도 스마트폰을 꺼내 화면을 들여다보았다.

"다행히 혹시나 모를 일에 대비해, 그야말로 경찰이나 법원 신세를 져야 할 때를 대비해 어느 정도는 기록해 놨어요."

처음으로 비대면 배달물을 발견한 건 4월 12일 수요일 밤이라고 한다.

"그리고 그 후의 경과는 대강 이렇습니다."

대략 정리하면 다음과 같다.

① 4월 12일 밤, 물건이 배달된 걸 처음 확인.

② 4월 13일 아침, 두 번째로 배달된 걸 확인.

③ 4월 16일 낮, 202호 입주자에게 문의.

④ 4월 16일 저녁, 건물주에게 상황을 알림.

⑤ 4월 17일 아침, 배달되는 물건이 생활잡화로 바뀜.

⑥ 4월 하순(확실한 날짜 모름), 403호에도 물건이 배달된 걸 확인.

⑦ 5월 상순(확실한 날짜 모름), 다시 건물주에게 문의.

⑧ 5월 하순(확실한 날짜 모름), 자동 잠금 장치를 설치해 사태가 해결됨.

히가시다 씨가 스마트폰 화면에서 고개를 들고 이렇게 보충했다.

"이 사이에도 며칠 간격으로 203호에 계속 배달이 왔습니다. 많은 날은 하루에 여러 번 온 적도 있었고, 반대로 아무 일도 없었던 날도 있었어요. 규칙성은 없었을 테지만 굳이 따지자면 비 내리는 날은 배달이 오지 않았던 것 같네요."

"비 내리는 날?"

"확실히 기억나는 건 아니지만요."

배달기사의 노고를 고려했다는 걸까? 어쨌거나 영문을 모르겠다.

"403호 쪽은요?"

관점을 바꾸기 위해 물어보자 히가시다 씨는 미안하다는 듯 어깨를 움츠렸다.

"다른 층이라 자세하게는 모르지만, 분명 크게 다르지는 않았을 겁니다."

"그렇군요."

글렀다. 과연 힌트라 할 만한 것이 있는지 전혀 모르겠다. 애당초 추가된 정보가 많은 것도 아니고, 지난번에 청취했을 때보다 진전된 것 같지도 않았다.

"별로 대단한 정보를 못 드려서 죄송하네요."

내가 낙담했다는 걸 눈치챘는지 히가시다 씨가 송구스럽다는 듯한 표정으로 고개를 푹 숙였다.

"아니요, 도움이 됐습니다."

적당히 얼버무리며 새삼 방을 둘러보다가 벽에 걸린 티셔츠에 시선이 멈췄다. 다른 옷들은 바닥에 난잡하게 내팽개쳐 놨으면서 이 옷은 대우가 아주 좋다. 그럴 만도 하다.

"히가시다 씨, 잘 있게를 좋아하세요?"

"네? 아아, 네."

히가시다 씨는 내 시선을 좇듯 고개를 돌리더니 쑥스럽게 웃고는 180도 달라진 태도로 의기양양하게 말했다.

"옛날부터 개그 콤비를 좋아했거든요. 그중에서도 '잘 있게'는 최고입니다. 라이브 공연은 딱 한 번 보러 간 라이트 팬이지만요."

"저도 똑같은 티셔츠를 가지고 있어요."

"어, 굉장한 우연이네요!"

동지를 만났다는 기쁨과 함께 '개그 콤비를 좋아한다'고 자칭하는 그가 나를 눈앞에 두고도 소이카우보이 중 한 명임을 알아차리지 못해 섭섭한 기분이 밀려왔다.

긴장이 약간 풀리고 기분이 좋아졌는지 히가시다 씨가 "그 밖에 도와드릴 일은 없을까요?" 하고 의욕을 보였다. 뭐, 같은 예능인을 좋아한다는 걸 계기로 거리를 좁힐 수 있다면, 나로서도 편하긴 하다.

"아아, 또 하나는요."

―당시 어떤 사람이 살았는가.

―인상이든 뭐든 상관없어.

―어쨌든 생각하는 바와 느끼는 바를 모조리 끌어내.

사장의 지시를 떠올리며 내용을 전달하자 히가시다 씨의 표정에 그늘이 드리웠다.

"접점이 별로 없어서 잘 모르겠다는 게 솔직한 심정이

지만……."

201호에는 중년 남자가 사는데 외출을 싫어하는 건지 모습을 본 적은 거의 없다. 아주 뚱뚱한 것으로 봐서 식습관과 생활 방식이 엉망이지 않을까 싶다.

202호에는 젊은 여자가 사는데 말을 나눈 건 ③ 때가 처음이다. 캐주얼한 정장 차림을 몇 번 봤으므로 회사원으로 추정된다.

203호는 물건이 배달된 집으로, 아무도 살지 않는다.

401호와 402호는 어떤 사람이 사는지 전혀 모른다.

배달로 피해를 입은 또 다른 집인 403호에는 자기 또래의 독신 회사원이 산다. 성씨는 야마네다. 휴일에 쓰레기를 내놓으러 갔을 때 두세 마디 대화를 나눈 적이 있다. ⑦ 때 건물주가 '아무래도 해외 출장을 나간 틈을 노린 것 같다'라는 정보를 제공했다.

404호(당시)에는 역시 자기 또래의 중년 남자가 살았는데.

"뭐랄까 좀 별난 사람이랄까……."

갑자기 말투에서 찜찜함이 묻어났다. 나는 잠자코 고개를 끄덕여 이야기를 재촉했다.

"소위 불평론자였어요. 출입구 게시판에 '소음 때문에 밤에 잠을 못 자겠다. 다음에는 경찰에 신고하겠다'라고 멋대로 경고문을 붙이거나, 각 층 입주자를 찾아가 비슷한 피해를 당하지 않았는지 확인하기도 하고요.”

뭐, 그렇듯 ‘민폐를 끼치는 입주자’ 자체는 그렇게 드문 이야기도 아니다.

그걸까요, 하고 히가시다 씨가 말을 이었다.

“이렇게 표현하면 좋지 않겠지만, 왜 404호는 그…….”

“고독사가 발생한 집.”

입에 담기를 약간 꺼리는 눈치길래 앞질러서 말하자 히가시다 씨는 “네” 하고 고개를 끄덕했다.

“그래서 집세도 시세보다 꽤 낮았던 모양입니다.”

이 또한 있을 수 있는 이야기다.

“제 입으로 말하기는 좀 그렇지만, 이 아파트는 집세가 저렴하지 않아요. 지은 지 꽤 됐지만, 입지 조건이 좋은 덕분에 비교적 인기거든요. 공용 부분을 리모델링하면 좋겠다 싶기도 하지만, 건물주는 그런 면에 전혀 무관심한 사람이라…….”

“아, 그래서.” 무심코 말을 꺼냈다가 당황해서 정정하려 했지만, 이미 늦었다.

역시나, 하고 히가시다 씨는 쓴웃음을 지었다.

“알아차리셨어요? 그게, 전부터 몇 번 말은 했거든요. 이런저런 부분을 좀 더 개선할 수 없겠느냐고요. 뭐, 늦게나

마 드디어 자동 잠금 장치는 설치됐습니다만."

확실히 난간의 칠이 벗어지거나 비가 샌 듯한 얼룩이 외부 복도에 남아 있는 등 아파트 여러 군데에서 노후화 현상이 보이는 것 같기는 했다. 최근 자동 삼금 장치로 바꾸어서인지 공동현관은 말끔했지만, 전체적으로는 하자가 눈에 띄는 경향이 있었다.

"이야기를 되돌리면 역시 입주자의 됨됨이는 집세를 따라간다는 거겠죠."

그 한마디가 예상치 못한 각도에서 내 가슴을 푹 찔렀다. 건축 연수 60년, 목조 2층 건물, 계약금과 보증금 없이 월세 3만 엔, 욕실 없는 3평짜리 단칸방. 거기 사는 나는 결국 '됨됨이'가 그 정도일까. 앞으로 영원히 그 허름한 방에서 붙잡을 수 없는 꿈을 공상하는 보잘것없는 인간으로 남는 걸까.

"그밖에 또 필요한 게 있으세요?"

그 말에 정신 차렸다.

"어, 아니요……."

이걸로 충분할 것 같지는 않았지만, 그렇다고 어디까지 파고들어야 충분한지도 모르겠다.

"일단은 이 정도로 하고 돌아가겠습니다."

고개 숙여 인사하고 벽에 걸린 티셔츠를 한 번 더 바라보았다. 빨간 바탕에 흰색 글씨, 아주 화려한 로고, 꿈꾸던 단독 라이브 공연. 언젠가 내게도 올까. 이 답답한 나날에 '잘 있게' 하고 이별을 고하고, '지난날의 빛'으로서 그리워하는 그런 날이.

5

"탐정 같은 건가요?"

403호 입주자 야마네 씨는 테이블에 마주 앉자마자 흥미진진해하는 말투로 물었다.

"뭐, 그 가까운 느낌입니다."

실은 "개그 콤비로 활동하는 예능인입니다" 하고 대답하고 싶었고, "어디서 본 것 같네요" 하고 알은체해 주기 바라는 마음도 있었으나 꾹 참았다.

그로부터 며칠 후, 밤 9시가 지난 시각.

히가시다 씨의 주선으로 나는 펠리스 고탄다 403호를 방문했다.

—혹시 필요하면 403호의 야마네 씨에게도 이야기해 두겠습니다.

—그 사람도 수수께끼 같은 배달에 얽힌 당사자 중 한

명이니까요.

돌아갈 때 그렇게 제안하길래 두말없이 부탁하고 히가시다 씨와 연락처를 교환했다. 그길로 롯폰기에 돌아가 사장에게 의기양양하게 자초지종을 전달했더니.

—잘됐군.

그런 대답이 돌아왔다. '잘 해냈다'는 둥 '대단하다'는 둥 좀 더 노고를 위로하는 반응이 나오길 바랐지만, 그 남자에게 그런 '인간다운 면모'를 기대해 봐야 헛수고이리라.

그리고 어젯밤 히가시다 씨에게 '야마네 씨가 쾌히 승낙했다'라고 연락을 받았다.

"어쨌거나 참 든든하네요."

"아니요……, 제가 딱히 대단한 건 아니라서요."

그렇게 어깨를 움츠리는 한편으로, 오늘 어쩐지 머릿속이 산만하다는 것도 자각하고 있었다. 아니, '산만하다'기보다 '머릿속이 부글부글 끓는다'고 할까. 그도 그럴 것이 아까 파트너 사카이에게 버럭 고함을 지르고 왔기 때문이다.

콩트 짜는 건 좀 어때?

그저께 참다못해 메시지를 보냈다. 하지만 사카이는 메시지를 읽지도 않고 방치하다 오늘 저녁에야 한마디를 남겼다.

좀 더 느긋하게 기다릴 순 없어?

그 순간 관자놀이 혈관이 뚝 끊어지는 소리가 들린 듯했다. 시야가 좁아지고 심장 박동이 빨라졌다. 이 자식이……. 즉시 전화를 걸었다. 발신음이 열 번쯤 울린 후 사카이가 겨우 전화를 받자 나는 불같이 화를 내며 말을 쏟아냈다.

─야, 지금 우리 상황이 어떤지는 알아?

─그럴 여유가 어디 있어!

예상했던 대로 며칠 전부터 갓 오브 콩트의 참가 신청을 받기 시작했다. 그런데도 우리에게는 새롭게 선보일 콩트가 없었다. 대본을 연습하고 미흡한 점을 수정하며 착실히 나아가야 할 시기인데 이게 무슨…….

─잠자코 기다리라고 할 거면, 내가 입을 닥칠 수 있게 애쓰는 모습을 보여 줘!

─그나저나 콩트를 짤 마음은 있는 거야?

─실은 그냥 집에 틀어박혀 자빠져 자는 거 아니야?

사카이는 아무 대답도 없었다.

─더는 못 참겠어.

─언제까지고 이 모양 이 꼴로 지낼 바에야…….

거기서 입을 딱 다물었다. 지낼 바에야, 뭔데? 콤비를 해체할 건가? 예능인을 그만둘 건가? 고졸에 취직도 못 하고 운전면허조차 없는 내가 이 일을 그만두면 어떻게 될까?

─솔직히 구원받았어.

―예능인들은 자신의 불행한 처지까지 소재로 삼아서 수많은 사람에게 웃음을 주지.

―엄청 친환경이잖아.

나는 지금 불행한 처지를 웃음으로 바꾸기는커녕 웃음만 빼앗기고 있다. 여유를 잃고 신경질만 낸다. 친환경은커녕 환경오염에 앞장서는 영구기관으로 변했다.

사카이는 사죄나 반론 한마디 없이 전화를 끊었다. 그건 분명 녀석 나름의 배려였을 것이다. 사카이에게도 할 말은 있을 테고, 나도 폭발시키고 싶은 감정이 산더미 같았다. 하지만 지금 같은 상황에서 서로에게 힘껏 퍼부어댔다간 돌이킬 수 없는 지경에 이를지도 모른다. 가끔은 그런 충돌도 필요하겠지만, 지금은 그럴 때가 아니라고 알아차린 것이 틀림없었다. 상식을 벗어난 묘한 녀석이기는 해도 오랜 세월 함께한 만큼 그런 쪽으로 후각이 예민하다는 걸 나도 안다. 다만 사카이 말대로 느긋하게 기다릴 수도 없는 노릇이라 여태 머릿속이 부글부글 끓는 것이다.

"뭐부터 말씀드리면 될까요?"

그런 나와는 대조적으로 야마네 씨는 냉정하고 이지적인 분위기를 풍기는 사람이었다. 그건 또랑또랑한 말투 때문일까, 코 위에 얹힌 무테안경 때문일까. 어쩐지 자기계발서만 읽고 개그에는 전혀 흥미가 없을 듯해 보였다.

음, 하고 자세를 바로 했다.

"옆집인 404호 입주자는 어떤 분이셨나요?"

야마네 씨는 쓴웃음을 짓더니 안경을 올렸다.

"히가시다 씨에게 들으신 대롭니다. 민폐를 끼쳐서 성가셨죠. 하지만 딱히 법을 어긴 것도 아니라서 솔직히 어쩔 도리가 없었어요."

집을 빼서 속이 시원했습니다. 그런 말은 입 밖에 꺼내지 않았지만 그렇게 말하고 싶은 듯한 눈치였다.

"야마네 씨는 언제부터 언제까지 집을 비우셨습니까?"

"4월 25일부터 5월 30일까지, 약 한 달간 베트남 호치민에 있었습니다."

"그렇군요."

비슷한 시기에 이 집에도 물건이 배달되기 시작했다.

뭐랄까, 하고 야마네 씨가 목소리를 낮추었다.

"기분이 안 좋네요. 실제로 피해를 본 건 아니지만, 아무한테도 해외 출장으로 집을 비운다고 말한 적 없거든요. 게다가 조의금 봉투가 배달된 것도 찜찜하고요."

그 점은 나도 마음에 걸렸다. 목적은 제쳐 놓고, 배달되는 물품이 시기에 따라 달라지는 건 분명 주목해야 할 포인트 중 하나이리라. 그냥 변덕으로 치부하고 넘어갈 일은 아니다. 뭔가 명확한 의도가 느껴졌다.

"401호와 402호 입주자는 어떤 분이시죠?"

"평범해요. 401호에는 아이를 키우는 부부가 살아요. 아이는 아직 유치원에 다닐 겁니다. 402호에는 동거 중인 커플이 살고요."

"그렇군요……."

돌파구가 전혀 보이지 않았다. 사방팔방이 꽉 막힌 듯한 기분이었다. 결국 별다른 정보를 얻지 못한 채 돌아가기로 했다. 히가시다 씨가 애써 도와주었는데, 미안할 따름이었다. 그런데.

"수고했어. 이걸로 전부 갖추어졌군."

'가게'로 돌아가서 "아무 성과도 올리지 못했습니다" 하고 보고하자마자, 사장은 표정 변화 하나 없이 말했다.

"네? 정말로요?"

"응, 정말이야."

사장은 입이 떡 벌어진 나를 무시하고 "그러니까" 하고 말을 이었다.

"상품 라인업에도 추가해야겠어."

어쨌거나 드디어 '마지막 단계'에 접어들어 의뢰인에게 보고할 일만 남았다. 실은 이 단계를 위해 의뢰인을 처음 만나러 갔을 때 '암호'를 정한다. 무슨 말이건 상관없지만 히가시다 씨가 "어쩌지?" 하고 눈만 되록되록 굴리길래 내가 "이

왕이면 재수 좋은 말로 하죠?” 하고 재촉했더니.

　―‘악령 퇴치’는 어떨까요?

　―잘 있게에도 제목이 같은 콩트가 있으니까요.

　그리하여 지금 수많은 업소명 중 하나인 ‘국물 요리 마코토’라는 가게의 메뉴에 그 ‘암호’를 붙인 요리를 추가하려 한다. ‘악령 퇴치 돼지고기 된장국’이라거나 ‘악령 퇴치 포토푀’라거나 그런 유의 요리를. 그리고 그 요리의 가격이 이번 안건의 ‘성공 보수’인 셈이다. 해답을 알고 싶다면 그 요리를 주문해야 한다. 설령 가격이 아무리 터무니없을지라도.

　국물 요리 마코토, 즉 진상을 아는 자다.

　“의외로 재미있게 즐겼으니, 이번에는 5만 엔 정도로 깎아 줄까.”

　흘려넘길 수 없는 말이라 나도 모르게 물었다.

　“재미있게 즐겼다고요?”

　“내가 생각하기에도 ‘괜찮은 해석’을 내놓은 것 같아서 기분이 좋아.”

　“그게 무슨 뜻입니까?”

　잠시 침묵이 흘렀다. 들리는 것이라고는 윙윙 돌아가는 환풍기 소리뿐.

　사장이 요리 모자를 다시 쓰고 무덤덤하게 말했다.

　“그럼 시식회를 시작할까.”

6

"안녕." 머리 위에서 익숙한 목소리가 들려서 스마트폰 화면에서 고개를 들었다. 까치집을 지은 푸석푸석한 머리, 변함없이 안색이 좋지 않은 얼굴, 후줄근한 운동복, 그리고 맨발에 슬리퍼. 패밀리 레스토랑 체인점이라고 해도 외출할 때는 좀 더 겉모습에 신경을 쓰는 편이 좋겠다.

나도 "안녕"이라고만 인사를 받아 주었다. 물론 지난번에 '몹시 격노했던' 일은 언급하지 않았다. "미안해. 내가 너무 열을 냈네" 하고 고개를 숙이고 들어가기에는 아직 이르고, 여기서 그 이야기를 다시 문제 삼은들 아무 진전도 없을 테니까.

사카이는 내 정면에 앉아 종업원에게 아이스커피를 주문한 후 천천히 말을 꺼냈다.

"드디어 콩트를 짰어."

"그렇구나."

갓 오브 콩트의 참가 신청 마감일까지 앞으로 사흘. 드디어 사카이가 움직였다.

"어떤 내용이야?"

"차근차근 설명할게."

그렇게 말하며 사카이는 표지가 너덜너덜해진 대학노

트를 테이블에 펼쳤다. 그 모습을 바라보다가 문득 의식이 그날로 날아갔다.

그날 '악령 퇴치 닭봉 삼계탕풍 수프'를 메뉴에 추가하자 곧 주문이 들어왔고, 그 요리는 그대로 메뉴에서 조용히 자취를 감추었다. 그런 웃기지도 않는 요리가 한순간이나마 메뉴에 추가됐다는 사실을 아는 사람은 거의 없으리라.

하지만 나 말고 다른 배달기사가 그걸 히가시다 씨에게 배달했다. 가능하면 엔드 크레디트까지 지켜보고 싶었지만, 누구에게 배달 요청이 들어갈지는 앱의 알고리즘에 달렸으니 이것만큼은 포기하는 수밖에 없다. 히가시다 씨는 보고 자료를 읽고 어떻게 느꼈을까. 무사히 '악령'을 퇴치해 가슴을 쓸어내렸을까. 사카이의 설명에 귀를 기울이며 그날 들었던 이야기를 다시 떠올려 보았다.

"그럼 시식회를 시작할까."

사장은 내 맞은편에 앉아 이렇게 단언했다.

"결론부터 말하자면 범인은 202호에 사는 여자야."

"네?"

물론 입주자 중 한 명이 범인 아니겠느냐고 어렴풋이 짐작하기는 했다. 객관적으로 보건대 그 외의 가능성은 없으리라. 하지만 어디까지나 감에 지나지 않았고, 그 사실을 증명할 만한 카드는 하나도 갖추지 못한 게 아닌가 싶었다.

하지만 사장은 무덤덤하게 말을 이었다.

"여자는 자기가 사는 아파트에 자동 잠금 장치를 설치하고 싶었던 거야."

"뭐라고요?"

너무 뜻밖의 이유였다. 하지만 확실히 듣고 보니…….

"그 무렵에 근처에서 강도 사건이 자주 발생했으니까."

―이야, 참 흉흉한 세상이라니까요.

―근처에서 강도 사건이 몇 건 발생했어요.

―피해자는 혼자 사는 여성이고 범인은 아직 체포되지 않았다나.

과연, 하고 수긍이 가는 부분도 있었다.

"202호 입주자도 다른 피해자들과 마찬가지로 혼자 사는 여성이지. 한편 자신이 사는 건물은 아직 체포되지 않은 범인이 노리기에 안성맞춤이야. 상황상 하다못해 자동 잠금 장치 정도는 설치해 주기를 바라는 게 사람 마음이겠지."

"확실히."

그런데, 하고 사장이 날카로운 눈빛으로 말했다.

"의뢰인 히가시다의 말에 따르면 건물주는 그런 면에 전혀 무관심하고 반응이 둔한 사람이라고 했어."

"아아, 그러고 보니……."

—전부터 몇 번 말은 했거든요.

—이런저런 부분을 좀 더 개선할 수 없겠느냐고요.

그날의 사소한 대화가 차례차례 한 줄기 선으로 연결됐다.

"그리고 건물주가 그런 사람이라는 걸 여자는 알고 있었어. 어쩌면 벌써 몇 번쯤 교섭해 봤는지도 몰라."

"앗, 어떻게 그런 것까지……."

하지만 이 의문도 금방 풀렸다.

"4월 16일 낮에 현관 앞에서 히가시다에게 이렇게 말했잖아?"

"뭐라고 했었죠?"

"'기대는 전혀 안 되지만요'라고."

"아!" 무심코 무릎을 쳤다.

—"뭐, 기대는 전혀 안 되지만요" 하고 202호 사람은 투덜거렸습니다만.

—실제로 연락해 보니 예상대로 반응이 둔하더라고요.

확실히 이 발언에는 사장의 추측을 뒷받침할 만한 체념이 배어 있는 듯하다. 아니, 이제는 그렇게밖에 느껴지지 않았다.

"정당하게 목소리 높여 주장해도 건물주는 귀를 기울이지 않아. 어쩌면 좋을지 여자는 지혜를 짜냈어."

그리고 마침내 빈집에 물건을 배달시킨다는 비장의 수법을 찾아냈다.

"중요한 점은 배달시키는 것 자체는 불법이고 뭐고 아무것도 아니라는 거야."

이 또한 누가 봐도 명확한 사실이었다. 불법은 아니지만 몹시 으스스하다. 그렇지만 함부로 처분하기는 꺼려지고, 양이 늘어나면 그건 그것대로 골치다. 배달 서비스의 구멍을 이용한 비책 중의 비책이라 할 수 있었다. 하지만 여기서 한 가지 반론을 시도해 보자.

"확실히 여자에게는 그럴 만한 이유가 있는 것 같습니다만……."

다른 입주자가 그랬을 가능성도 있는 것 아닌가? 예를 들어 201호나 다른 층의 누군가. 하지만 사장의 아성은 털끝만큼도 흔들리지 않았다.

"아니, 범인은 십중팔구 202호 사람이야."

"어째서요?"

"히가시다가 여자를 찾아간 다음 날부터 배달되는 물품이 바뀌었으니까."

"앗."

나는 사건을 시간 순서대로 정리한 내용을 떠올렸다.

③ 4월 16일 낮, 202호 입주자에게 문의.

④ 4월 16일 저녁, 건물주에게 상황을 알림.

⑤ 4월 17일 아침, 배달되는 물건이 생활잡화로 바뀜.

"히가시다가 찾아와서 확신한 거지. 아파트의 다른 입주자들도 사태를 파악했다는 걸."

그렇기에, 하고 사장은 막힘없이 말을 이었다.

"그날을 경계로 주문하는 물품을 바꾼 거야. 지금까지처럼 냄새와 크기로 주의를 끌 필요가 없어졌으니까."

더는 찍소리도 나오지 않았다. 앞뒤가 딱 들어맞아서 그저 감탄할 따름이었다.

"그 후로는 '의미 불명의 물품이 계속 배달된다'라는 상황만 유지하면 돼. 매번 식료품을 주문하려면 돈이 많이 들겠지만, 볼펜 한 자루나 지우개 하나라면 부담스럽지 않지."

배달료는 거리에 따라 정해지고, 최저액은 50엔 정도다. 그리고 이번 안건에서는 최저액이 적용됐다고 봐도 무방하리라. 아파트 바로 정면에 편의점이 있으니까. 거기를 구입 지정 장소로 설정하면 그만이다.

"그리고 하루에 여러 번 배달이 오기도 하고, 전혀 오지 않기도 했던 건 배달료의 변동, 즉 날씨 때문이야."

―규칙성은 없었을 테지만.

―굳이 따지자면 비 내리는 날은 배달이 오지 않았던 것 같네요.

배달료가 변동되는 또 하나의 요소는 공급과 수요의 균형이다. 예를 들어 주문이 몰리는 저녁 식사 시간대나 배달기사 숫자가 줄어드는 악천후에는 평소보다 배달료가 높아진다. 즉, 맑은 날에는 볼펜 한 자루 100엔에 배달료 50엔이면 되지만, 비가 내리는 날에는 배달료가 높아져 돈이 더 든다.

과연, 경제적이다. 그 부분만 경제적인 게 아니라.

"결과적으로는 자동 잠금 장치가 완비된 건물로 이사하기 위해 업자에게 의뢰하는 것보다 싸게 치이겠지."

우아, 이럴 수가. 그렇게나 의미가 불분명해 보였던 사태에 이렇게 그럴듯한 결론을 이끌어 낼 줄이야, 하고 감탄한 건 사실이지만 아직 완벽하게 해결된 것으로는 보이지 않았다. 물론 403호를 빼놓았기 때문이다.

"그것도 여자의 짓일까요?"

여자의 목적은 이해가 갔지만, 그렇더라도 403호까지 범위를 넓히는 건 지나친 감이 들었다. 그리고 조의금 봉투를 한꺼번에 열 장이나 주문하다니, 경제성을 중시하는 여자의 행동 양식과 조금 거리가 있는 것처럼 느껴졌다.

"재미있는 건 여기서부터야."

사장은 코로 픽 웃더니 그렇게 말했다.

"403호에 물건을 배달시킨 범인은 따로 있어."

"뭐라고요?"

예상외의 전개에 머릿속이 새하얘졌다. 따로 있다고? 즉, 두 사람이 배달을 시켰다는 건가?

"그럼 그건 누구일까?"

꿰뚫을 듯한 시선. 냉소적으로 일그러진 입술.

"누군데요?"

머뭇머뭇 묻자 사장은 아무렇지도 않게 말했다.

"건물주야."

"네?"

"건물주는 여자와 완전히 다른 목적으로 403호에 배달을 시켰어."

"다른 목적이라니요?"

"404호 입주자를 쫓아내기 위해서지."

그 순간 수많은 대화가 머릿속을 스치고 지나갔다.

—소위 불평론자였어요.

떨떠름하게 말했던 히가시다 씨.

—민폐를 끼쳐서 성가셨죠.

—하지만 딱히 법을 어긴 것도 아니라서 솔직히 어쩔 도리가 없었어요.

속 시원하다는 듯이 이야기했던 야마네 씨.

요컨대 이런 거야, 하며 사장이 요리 모자를 벗었다.

"임차인의 권리는 기본적으로 법률로 단단히 보호되기

때문에 어지간해서는 입주자를 쫓아낼 수 없어. 이번 안건에서도 마찬가지야. 설령 소송하더라도 '건물주와 임차인의 신뢰 관계가 파괴돼서 계약을 존속하기 어렵다'라는 판단이 내려질 만한 짓을 404호 입주자는 일절 하지 않았어."

그리고, 하고 설명이 이어졌다.

"그것과는 관계없이 건물주가 404호 입주자를 꼭 쫓아내야 할 이유가 있지."

"뭔데요?"

"집세."

"아아!"

이 또한 히가시다 씨가 말하지 않았던가.

—집세도 시세보다 꽤 낮았던 모양입니다.

"엄밀히 따지면 사고물건이 된 직후에 계약하는 임차인에게만 이 사실을 고지하면 돼. 즉, 그다음 입주자에게는 시세에 맞게 집세를 받을 수 있을 가능성이 크지."

더구나 팰리스 고탄다는 인기 있는 건물이다. 실제로 이제는 공실이 없다고 한다. 시세보다 집세를 싸게 내는 사람은 한시라도 빨리 나가는 편이 건물주에게는 이득이다.

"그래서 건물주는 생각한 거지."

히가시다 씨에게 상담받은 일을 자기도 써먹을 수 있지 않겠느냐고.

그 증거로, 하고 사장은 머리를 쓸어올렸다.

"403호의 야마네는 해외 출장으로 집을 비운다는 걸 아무에게도 알리지 않았어. 한편 히가시다는 건물주에게 '해외 출장을 나간 틈을 노린 것 같다'라는 정보를 제공받았지."

이 또한 완벽하게 정확한 지적이었다. ⑦ 때 건물주가 '아무래도 해외 출장을 나간 틈을 노린 것 같다'는 정보를 제공했다고 히가시다 씨는 말했고, 한편 야마네 씨는 다음과 같은 반응을 보였다.

—기분이 안 좋네요.

—아무한테도 해외 출장으로 집을 비운다고 말한 적 없거든요.

그럼 건물주는 어떻게 알고 있었느냐 하면.

"방범 카메라 영상이지."

사장이 단언하자 웃음밖에 나오지 않았다. 히가시다 씨가 사태를 알렸을 때, 건물주가 이렇게 답했지 않은가.

—일단 앞으로도 가끔 방범 카메라 영상을 확인해 보겠습니다.

그렇듯 카메라를 확인했기에 건물주는 야마네 씨가 해외 출장을 떠났다는 걸 알 수 있었다. 하지만 여기서 또 의문이 생긴다.

"아무리 그래도 해외 출장이라고 단정할 수는 없지 않

을까요?"

물론 커다란 캐리어를 끌고 출입구를 나서는 모습을 보면 출장일 거라고 예상이 간다. 계약 전에 심사하면서 직업 등도 확인했을 테니, 직종과 회사명으로 해외 출장이 잦을 것 같다고 어렴풋이 짐작했을지도 모른다. 그렇다고 해서 단정할 수는 없을 것 같은데. 설마 여권을 손에 든 채 집을 나서지는 않았을 테고.

"아니, 할 수 있어."

"어떻게요?"

"시간."

고개를 갸우뚱하자 사장은 머리가 왜 그렇게 안 돌아가느냐는 듯 아주 시큰둥한 투로 말했다.

"심야에 출발하는 비행기는 기본적으로 국제선이야."

"아."

확실히 그렇다. 예전에 양성소 동기들과 태국으로 여행 갔을 때, 국내선은 이미 운항을 마친 뒤였다. 그때의 경험을 이런 형태로 상기할 줄이야.

"예외가 없는 건 아니지만 국내선은 기본적으로 밤 10시경이 마지막 편이지. 설령 그 이후에 비행기가 있더라도, 기한 한정 이벤트가 대부분이라 늘 운항하는 건 아니고. 그렇다면 집을 나서는 시간으로 국내선일지 심야에 출발하는 국제선일지 얼추 짐작이 갈 거야."

게다가, 하고 사장은 의자 등받이에 편하게 몸을 기댔다.

"아주 미적지근한 반응을 보이던 건물주가 자동 잠금 장치를 설치한 건 5월 하순."

"네, 그랬죠."

분명 '⑧ 5월 하순(확실한 날짜 모름), 자동 잠금 장치를 설치해 사태가 해결됨'이라고 히가시다 씨의 이야기를 들으며 메모했다.

"그리고 불평 많은 404호 입주자가 집을 뺀 건 다음 달 말, 즉 6월 말이야."

"그래서요?"

"퇴거할 때는 한 달 전에 미리 통보하는 게 일반적이야. 따라서 404호 입주자가 그러한 뜻을 전한 건 5월 말쯤이겠지."

"아아……."

그런 건가. 감탄의 한숨이 또 새어 나왔다.

"퇴거 통보를 받았기에 드디어 집주인은 자동 잠금 장치를 설치하기로 한 거야."

404호 입주자가 퇴거를 통보하자마자 배달이 멈추면 그건 그것대로 부자연스러우니까. 그게 아니라 어디까지나

‘외적 요인’, 즉 자동 잠금 장치가 설치돼서 배달기사가 함부로 아파트에 드나들 수 없게 됐다는 형태로 사태를 수습할 필요가 있었던 것이다.

“정리하면 이번 안건은 ‘목소리를 높여도 소용없는 자들의 고육지책’이라고 할까.”

자동 잠금 장치를 설치해 주길 바라지만 씨알도 안 먹힌다. 가능하면 퇴거시키고 싶지만 법적 근거가 없다. 그런 두 사람이 짜낸 고육지책.

그러나, 하고 사장이 요리 모자를 다시 썼다.

“이건 하나의 ‘해석’에 지나지 않아. 다른 해결책을 배제한 절대 불가침의 진상은 아니지. 그냥 누군가 장난삼아 그랬을 가능성도 당연히 남아 있어.”

하지만.

“히가시다에게 중요한 건 진실이 아니야.”

그가 바라는 건 이러저러한 이유로 수수께끼의 배달 사건이 발생했다는, 얼마간이라도 수긍이 가는 설명이다.

“자, 이것으로 ‘악령 퇴치’가 끝났어.”

이야, 정말로 굉장하다는 말밖에 안 나온다. 사장의 지적대로 이것이 진상이라는 보장은 없고, 다른 가능성이 완전히 부정된 건 아니다. 그래도 이야기의 앞뒤는 맞는다. 그럴 리가 있느냐고 코웃음을 칠 수 없는 ‘진실미’가 이 가설에는 존재한다.

그리고. 목소리를 높여도 소용없는 자들의 고육지책. 이 대사가 내게 어떤 깨달음을 안겨 준 것도 사실이었다.

"제일 중요한 콩트 소재 말인데."

사카이의 그 한마디에 정신이 번쩍 들었다.

"아, 응."

사카이는 감질나게 잠깐 뜸을 들이다가 이렇게 말했다.

"아무도 살지 않는 빈집에 자꾸 배달이 온다는 건 어때?"

가게에서 소리가 사라졌다. 사카이가 꺼낸 말의 의미를 새삼 곱씹었다. 우연이 아니다. 느닷없이 하늘의 계시를 받은 게 아니다.

"오호?"

재미있을 것 같다는 표정을 만들며 역시나, 하고 속으로 웃음을 지었다. 분명 본 것이리라. 편의점에 밥을 사러 가려고 외부 복도로 나왔다가 공실일 옆집 문 앞에 놓여 있는 배달품이 사카이의 눈에 들어온 것이리라. 누가, 뭣 때문에? 당연히 호기심이 생길 것이다.

"그리고 우리는 그 양쪽 옆집에 사는 사람이라는 설정으로."

내 반응이 마음에 들었는지 사카이가 열띤 어조로 말을 이었다. 나는 나대로 적당히 맞장구 치며 만족감에 젖었다.

힘들 테니 나도 콩트를 쓰겠다고 제안하면 거절할 테고, 그럼 빨리 콩트를 쓰라고 채찍질하면 싸움이 난다. 또 사카이는 좀처럼 외출하지 않는 데다 외출하더라도 일주일에 몇 번 편의점에 가는 정도다. 좀 더 자주 바깥세상으로 나가서 여러 곳을 돌아다니면 콩트 소재도 눈에 띨 텐데, 녀석은 한사코 나가기를 거부한다. 그렇기에 반대로 그 점을 노리기로 했다. 사카이에게 아이디어의 씨앗을 넌지시 던져 준 것이다.

그 '가게'에서 그 사건을 맡은 덕분이다. 마지막에 사장의 한마디를 듣고 깨달았다. 나도 이것을 '고육지책'으로 사용할 수 있겠다는 걸.

"그리고 빈집에 물건이 배달되는 걸 계기로 우리가 전혀 상관없는 말다툼을 시작하는 거야."

"그렇구나."

고개를 끄덕이는 것과 동시에 우리 둘만의 세계가 펼쳐졌다. 그 세계에서 이 세상을 깜짝 놀라게 할 계획을 몰래 세워 나간다. 그렇지, 하고 사카이가 천장을 올려다보았다.

"예를 들어 말다툼 내용은."

올해 갓 오브 콩트는 어쩐지 즐거울 듯했다.

6장

모르는 게 약인 완탕 고추장 수프 사건

옆머리가 불붙은 것처럼 뜨거웠다. 아직도 뇌가 흔들렸고 끊임없이 구역질이 치밀었다. 점차 흐려지는 의식의 끄트머리를 붙잡고 무슨 일이 일어났는지 이해하려 애썼다.

일단 30분쯤 전에 비버 이츠로 음식을 주문했다. 궂은 날씨에 배달을 시키려니 조금 미안했지만, 쿠폰 이용 기한이 오늘까지라 어쩔 수 없었다. 드디어 공동현관 인터폰이 울렸고, 화면에 비친 여자 같은 배달기사의 모습을 힐끗 본 후 문 열림 버튼을 눌렀다. 당연히 이때는 아무 의심도 품지 않았다. 2, 3분쯤 기다렸을까. 현관 인터폰이 울려서 문을 열자마자 머리를 얻어맞았다. 정신을 차리자 안대로 눈을 가렸는지 앞이 보이지 않았고, 입에는 재갈을 물려 놓았다. 두 손과 두 발은 케이블 타이 같은 것으로 단단히 묶었다. 아마추어의 소행 같지 않았다. 너무 능숙하다. 범인이 인터폰 화면에 비친 여자인지, 아니면 다른 사람인지조차 확실치 않았다.

다만 목적이라면 안다. 나 자신이리라. 회사 공금을 횡

령해서 징계받았고, 헤어진 전처에게 협박 비슷한 짓을 되풀이했으며, 끝내는 불법 약물 밀매 등 떳떳하지 못한 일에도 손댔다. 어디서 누구에게 원한을 샀더라도 이상하지 않다.

그야말로 자업자득. 이것이 바로 인과응보. 그렇게 체념하고 목숨의 등불을 내려놓으려던 순간이었다.

인터폰 소리가 울려 퍼졌다. 현관의……, 아니다. 이 멜로디는 공동현관이다. 이렇게 밤늦게, 연달아, 대체 누구일까. 한순간 안개 저편에 한 줄기 섬광이 번쩍였다.

—혹시.

모든 것이 한 줄의 선으로 연결돼 나는 범인의 정체를 확신했다.

I

"인간 소실입니다."

내가 그렇게 말한 순간, 남자가 등을 움찔하며 반응을 보였다. 지금까지는 정말로 듣고 있는 건지 불안해질 만큼 미동도 하지 않았지만, 걱정할 것 없다. 어떻게 말을 꺼내면 흥미를 끌 수 있는지, 어떤 말을 선택하면 귀에 닿는지, 그 비결은 이미 파악했다.

넘실거리는 열기와 소용돌이치는 욕망과 일종의 무상관. 관능적이고 향락적이며 찰나적. 도쿄, 롯폰기. 그 한구석에서 수상한 '비밀 부업'에 힘쓰는 특별한 나.

"아파트의 어떤 집에서 입주자가 자취를 감췄어요."

그렇게 보충 설명하며 주변을 둘러보았다.

오른편에 남자의 뒷모습, 왼편 안쪽 벽 앞에는 거대한 수직형 업소용 냉장·냉동고, 정면에는 4구 가스레인지, 거대한 철판, 더블 싱크대, 가로형 냉장고 등이 배치된 널찍한 조리 공간, 천장에는 음식점 주방 등에서 흔히 볼 수 있는 훌륭한 배연 및 배기 덕트.

그렇다, 여기는 음식점이다. 그것도 조금……, 아니 꽤 특이하고 어쩐지 아주 수상쩍은.

그도 그럴 것이 특정한 음식들을 주문하면 '비밀 의뢰'가 발동한다. 전국 방방곡곡 어디를 찾아봐도 이런 '가게'는 존재하지 않으리라. 모둠 견과류, 떡국, 똠얌꿍, 콩고물을 묻힌 떡. 이 네 가지 음식이 의미하는 것은 '수수께끼 풀이', 즉 탐정 업무 의뢰다. 실무팀은 나 같은 배달기사. 비버 이츠가 아니라 비버 디텍티브. 마침내 탐정 업무의 일부를 긱 워커가 담당하는 시대가 도래하다니, 참으로 감개 깊다.

선반 위의 금붕어 어항을 바라보기 위해 웅크렸던 등을 펴며 이 '가게' 사장인 흰색 요리 모자에 흰색 요리복, 감색 치노팬츠 차림 남자가 천천히 이쪽을 돌아보았다.

"그건 좀 묘하군." 사장은 듣기 좋은 맑은 목소리로 말하더니 이쪽으로 다가와서 내 맞은편에 앉았다.

"계속해 봐."

"네." 나는 고개를 끄덕이며 눈앞의 남자에게 시선을 주었다.

중간 길이의 찰랑찰랑한 진갈색 머리와 총명해 보이는 곧은 눈썹, 권태로운 분위기를 풍기는 기름한 눈. 우뚝한 콧대도 그렇고 날렵한 턱선도 그렇고, 변함없이 정교한 밀랍 인형을 상대하는 것만 같아 으스스하지만 내가 지금 극도로 긴장한 건 그 때문이 아니다. 이 '가게'에 드나든 지 1년 이상 지났다. 이제는 단골 배달기사라 할 만한 수준이니, 인간계를 초월한 외모를 보고 매번 쩔쩔매지는 않는다.

"사실 이번 의뢰인은 저인데요……."

예상대로 사장의 미간에 주름이 살짝 잡혔다.

"무슨 뜻이지?"

평소와 다름없이 단조로운, 그러면서도 어쩐지 힐문하는 듯한 목소리. 당연하다. 원래 비버 이츠 배달기사 본인이 주문한 상품을 본인이 배달하는 건 규약상 금지다. 배달 건수를 부풀려 성과 보수를 부정 수급하는 자들이 나타날지도 모르기 때문이리라. 그 말은 이 '가게'의 의뢰인과 배달기사도 언제나 다른 사람이라는 의미다.

"이야기하면 길어지는데요……."

사장은 무미건조하고 무감정한 눈동자로 흔들림 없이 나를 똑바로 바라보았다.

1초, 2초. 침묵은 바로 깨졌다.

"상관없어, 계속해."

"알겠습니다."

일의 경위는 다음과 같다.

지금으로부터 일주일 전, 오후 4시가 지난 시각. 삐걱거리는 침대에 누워 유튜브에서 갓 오브 콘트 예선 영상을 보고 있는데 갑자기 인터폰이 울렸다. 마침 소이카우보이라는 콤비가 '비대면 배달'이라는 소재로 콘트를 시작해서 관심이 갔지만, 어쩔 수 없이 현관으로 향했다.

문밖에는 경찰관 두 명이 서 있었다.

―이런 사람입니다.

경찰수첩을 보자 심장 박동이 빨라졌다. 어어, 잠깐만. 뭔데? 갑자기 왜 날 찾아온 건데? 범죄 행위를 저지른 기억은 없다. 정확하게는 아직 성인이 되기 전인 대학교 1학년 때 술을 마신 적은 있고, 친구 집에서 밤이면 밤마다 내기 마작에 열을 올린 적도 있지만 그 정도로 경찰이 찾아올 것 같지는 않았다. 일본의 경찰은 그렇게 한가하지 않다.

—여쭤볼 게 있어서요. 이 사람을 보신 적 있습니까?

경찰관이 내민 것은 어떤 남자의 상반신을 찍은 사진이었다. 깔끔한 단발에 무테안경, 그 안쪽의 날카로운 눈매. 본적 있는 징도가 아니다. 집을 찾아가 한 시긴쯤 이야기를 나눈 사이다.

"놀랍게도 가지와라 씨의 사진이었습니다."

그렇게 말하자 사장이 날카로운 눈빛으로 물었다.

"가지와라라면, 그 가지와라?"

작년 12월 이 '가게'에 '수수께끼 풀이'를 의뢰한 남자다.

—기본적으로 밤에는 탄수화물을 안 먹는데요.

처음 만난 날, 그는 현관 앞에서 쓴웃음을 지으며 말했다. 생김새만 보면 가방끈 긴 조폭 같았지만, 말투와 행동거지가 정중하고 세련돼서 첫인상은 좋았던 것도 기억났다.

—아들 일을 상담하고 싶어서요.

대학생 아들 가지와라 료마가 담뱃불을 제대로 끄지 않은 탓에 그가 자취하는 연립주택이 전소했다고 한다. 료마가 재빨리 행동에 나선 덕분에 입주자는 모두 무사했지만, 화재 현장에서 그것도 바로 료마의 집에서 불탄 시체가 발견됐다. 사고일까, 아니면 사건일까. 배달 요청을 받아들여 그러한 사정을 청취한 사람이 바로 나였다.

사장이 추리력을 발휘해 전부 료마의 자작극이었으며,

'아들이 사건의 흑막임을 밝혀내 전처를 협박하기 위해' 가지와라 씨가 수수께끼 풀이를 의뢰했으리라는 사실을 밝혀냈다. 아니, 밝혀냈달까 '그렇게 보는 것이 타당하지 않겠느냐'는 한 가지 '예시 답안'을 제시했다.

어쨌거나 평범하기 짝이 없는 일상에 흥분과 자극을 안겨 준 드라마틱하고 판타스틱하고 손에 땀을 쥐는 안건이라 나로서는 잊기가 힘들다.

"실은 반년쯤 전에 한 번 더 가지와라 씨 집에 배달 갔었는데……."

그 안건이 마무리되고 약 두 달 후, 즉 올해 2월. 기억에서 완전히 사라진 상태였으나 경찰이 말해 준 날짜를 들으니 어렴풋이 기억이 돌아왔다. 아아, 그러고 보니 배달 갔었구나, 하고. 그때는 의뢰가 들어왔던 게 아니다. 순수하게 허기가 져서 야식을 주문했으리라.

"당시 상황을 알고 싶다고 했는데……."

―그때 뭔가 마음에 걸린 점은 없으셨습니까?

마음에 걸리는 점이고 뭐고 그날 배달했던 사실조차 까맣게 잊고 있었는데요, 하고 장난스럽게 대답할까 싶기도 했지만 괜히 나쁜 인상을 줄 필요는 없으니 무난한 대답으로 적당히 넘어가기로 했다.

뭔가 있었나? 평소와 다른 점이나 마음에 걸린 점이.

"그런데 문득 생각나더라고요."

"뭐가?"

"가지와라 씨가 아니었다는 거요."

순식간에 기억이 윤곽을 되찾았다.

아파트에 도착해 공동현관에서 집 호수를 눌러 호출했다. 곧 문이 열리길래 엘리베이터를 타고 가지와라 씨가 사는 10층으로 향했다. 여기까지는 아주 평범하니 평소와 똑같다. 그런데 비닐봉지를 한 손에 들고 초인종을 눌렀더니.

"처음 보는 여자가 나왔습니다."

마스크로 얼굴 절반을 가렸고, 긴 머리를 하나로 묶어서 등 뒤로 늘어뜨렸다. 운동복이랄까 작업복이랄까, 아무튼 그런 느낌의 옷차림이었던 걸로 기억한다.

―밤늦은 시간인데, 감사합니다.

여자는 고개를 살짝 숙이고 재빨리 문 안으로 사라졌다.

"이것 자체는 딱히 수상한 이야기가 아니죠."

가지와라 씨는 이혼하고 지금은 혼자 사니까 연인이 있어도 이상하지 않다. 단순히 누군가 놀러 왔을 가능성도 있다. 위화감이라고 표현하기가 꺼려질 만큼 사소한 일이다. 하지만 기껏 여기까지 왔는데 빈손으로 돌려보내기는 미안했다. 협력할 마음이 있다는 자세만이라도 보여 주고 싶었다. 그런 기분으로 별생각 없이 그 일을 말하자 경찰관 두 명의 표정이 싹 바뀌었다.

—이 사람이 그 여성 아닙니까?

경찰관이 다른 사진을 내밀었다. 엘리베이터 내부의 방범 카메라 영상을 캡처한 것이리라. 비버 이츠 배달 가방을 멘 여성이었다. 체격이 작은지 몸에 비해 가방이 몹시 커 보였다. 고생 많으십니다. 그렇게 큰 짐을 메고 배달하러 다니다니 죽을 맛이겠군요. 그런 감상은 제쳐 놓고, 확실히 옷차림과 머리 모양이 내가 마주친 여자와 흡사해 보이는 것도 사실이었다. 전체적으로 색조가 어두운 데다 화질도 별로고, 무엇보다 반년 가까이 지난 기억이라 확답할 순 없었지만.

"다만 어쩐지 마음에 걸려서 현장에 가 봤죠."

그게 바로 그저께였다. 크레센트 롯폰기. 롯폰기 거리를 다메이케산노 방면으로 쭉 달리다가 큰길에서 한 블록 안으로 들어가면 느닷없이 나타나는 비교적 한적한 주택가, 그 한구석에 자리한 고급 아파트다. 가지와라 씨 집 말고 다른 집에도 몇 번 배달하면서 관리인과 안면을 텄으므로, 도착하자마자 공동현관 옆 관리인실로 향했다.

초로의 관리인은 책상에 놓인 작은 텔레비전을 보고 있었다. 저기……, 하고 조심스레 말을 걸자 "아아, 자주 오던 배달기사?" 하고 반기듯 미소 지었다.

"그래서 단도직입적으로 물어봤어요."

1011호에 사는 가지와라 씨에게 무슨 일 생겼느냐고. 그러자 부드럽던 관리인의 표정이 딱딱하게 굳어졌다.

—자네가 왜 그 일을?

경찰이 수사하러 왔다는 것, 가지와라 씨의 사진과 엘리베이터에 탄 여자의 사진을 보여 주었다는 것, 그리고 어쩌면 내가 그 여자에게 배달물을 넘겨줬을지도 모른다는 걸 요약해서 설명하자 관리인은 "그 정도까지 알고 있다면" 하고 목소리를 낮추어 알려 주었다.

"가지와라 씨가 실종됐다고요."

그것도 단순한 실종이 아니다. 아파트에 돌아오고 나서 한 번도 외출한 흔적이 없건만, 홀연히 사라졌다고 한다.

—그리고 여기서만 하는 이야기인데.

—욕조에서 심상치 않은 양의 루미놀 반응이 검출됐다나 봐.

루미놀 반응. 요컨대 혈흔이 나왔다는 뜻이다. 피비린내를 띤 사건 냄새가 풀풀 풍기는 듯했다.

그 이상 자세한 정보는 얻지 못했지만 이 정도면 '단정'해도 지장 없으리라. 가지와라 씨는 무슨 사건에 휘말렸다. 그 사건을 수사하는 과정에서 경찰이 날 찾아온 것이다.

"그렇군, 무슨 상황인지는 이해했어."

사장은 고개를 끄덕이며 테이블에 몸을 내밀었다.

"하지만 그래도 여전히 모르겠는 점이 있어."

몸을 꿰뚫을 듯한 시선. 작은 동물을 노리는 맹금류 같은 살기.

"왜 네가 의뢰인이지?"

그뿐만이 아니야, 하고 얼굴을 더 가까이 들이댔다.

"어떻게 주문자에게 배달 요청이 들어간 거지?"

당연한 의문이리라. 그리고 그것이야말로 이번 일의 핵심이기도 하다.

"제가 의뢰인인 건 저도 당사자 중 한 명이기 때문입니다."

관리인 말에 따르면 가지와라 씨가 실종됐다고 추정되는 날, 입주자를 제외하고 10층에 드나든 사람은 나와 그 여자뿐이었다고 한다. 용의자는 지나친 말이고, 중요 참고인 중 한 명일 것이다. 물론 나와는 전혀 무관한 일이지만, 생선 가시가 목구멍에 걸린 것처럼 답답하고 거슬렸다.

"즉, 자신의 결백을 증명하고 싶다?"

"네, 뭐."

그러나 사장이 내가 무고하다는 사실을 증명했다고 해도 신난 기분으로 그것을 경찰에 전달할 수는 없다. 이 '가게'의 존재는 남에게 발설해서는 안 되고, 추리를 전달한들 성의 있게 들어줄지도 의문이다. 오히려 괜히 파고들었다간 더욱 의심받을지도 모른다. 요컨대 단순한 자기만족이다. 나는 내가 무고하다는 사실을 알지만, 제삼자에게도 그걸 인정받고 싶다. 이름 없는 선량한 소시민으로서, 혹시 경찰이 의심할지도 모른다고 머릿속 한구석으로 걱정하며 살아가는 건 역시 기분 나쁜 일이다.

"두 번째는 지인에게 부탁했어요."

"지인?"

"이 '가게'에 드나드는 배달기사 동료요."

"호오?"

'가게' 앞 공원에서 지장보살을 하다가 배달기사 몇과 안면을 텄다. 그리고 그들에게 이번 일을 이야기하자, 그들도 지금까지 가지와라 씨와 관계가 있었음이 밝혀졌다.

"그래서 그들의 협력을 받았다는 건가?"

"네. 그중 한 명이 '종종 나가는 그것'을 주문했고, 제가 배달을 수락했습니다."

물론 '종종 나가는 그것'은 모둠 견과류, 떡국, 똠얌꿍, 콩고물을 묻힌 떡이다. 총 10만 엔인 소위 '착수금'은 분담하기로 했다. 세 명이니까 1인당 3만 엔 남짓. '가게'의 수족으로 일하면서 번 돈으로 주머니 사정에 조금 여유가 생겼대도 선뜻 응하기에는 부담되는 금액이다. 그런데도 다들 찬성한 데는 이 자리에서는 밝힐 수 없는 어떤 사정이 있어서다.

"만약 다른 배달기사가 먼저 배달 요청을 받으면 어쩔 작정이었지?"

"그럼 주문을 취소하고 제게 배달 요청이 들어올 때까지 반복할 작정이었어요. 다행히 한 번에 성공했지만."

"그렇군."

어째서일까, 천장을 올려다보는 사장의 표정에 한순간 미소 같은 것이 떠오른 듯했다. 아니, 미소라기보다 찡그림에 가까울지도 모르겠다.

일단, 하고 사장이 자세를 바로 했다.

"사흘 후에 다시 와."

"사흘 후요."

"시간은 밤 9시."

"알겠습니다."

나는 사장에게서 시선을 떼지 않고 고개를 끄덕였다. 약간의 표정 변화도 놓치지 않기 위해서였다.

"뭔가 할 말이라도 있나?"

사장이 내 시선을 알아차렸다.

"아니요, 딱히……."

얼른 고개를 숙여 어느덧 무릎 위에 부르쥐고 있던 주먹을 바라보았다. 여기서는 밝힐 수 없는 어떤 사정.

—어디까지나 문득 떠오른 생각이라 명확한 근거가 있

는 건 아니지만.

　—정황상 이것밖에 없을 것 같아.

　'협력자' 중 한 명이 꺼낸 추론.

　진실을 알아야 할 것인가, 모르는 편이 신상에 좋을 것인가. 여태 판단을 내리지 못했다. 하지만

　—이번 일에 사장이 얽혀 있는 것 아닐까?

　결국 나는 이렇게 '가게'를 방문했다.

2

　상가 빌딩에서 한 발짝 밖으로 나오자마자 여름밤의 열기가 밀려와서 숨이 콱 막힐 것만 같았다. 겨드랑이에서 배어나는 진땀과 구토물과도 흡사한 이 거리 특유의 비릿한 냄새 때문에 눈살을 잔뜩 찌푸린 후, 앞니가 몹시 커서 웃기게 생긴 비버 그림이 들어간 배달 가방을 추슬러 멨다.

　8월 초순, 밤 1시가 지난 시각. 목적지는 골목 반대편에 있는 공원이랄까, 그냥 빈터다. 뻐끔하니 비어 있는 땅의 삼면을 상가 빌딩이 둘러싸고 있어 마치 이가 빠진 것처럼 보인다. 명색뿐인 화단과 벤치 두 개, 그리고 수은등 하나뿐이라 도시의 오아시스라고 부르기에는 너무나 변변치 못하다.

평소처럼 공원에는 사람들이 띄엄띄엄 흩어져 있었다. 수은등 아래에서 당당히 담배를 피우는 사람, 안쪽 벤치에서 스마트폰을 들여다보는 사람, 그리고 그 옆 벤치에 나란히 앉은 두 사람. 이 두 사람이 이번 안건의 '협력자'다.

중년 남자와 나보다 약간 나이가 많아 보이는 여자. 두 사람 사이에는 흰색 비닐봉지가 하나 놓여 있었다. 아까 내가 배달했던 '종종 나가는 그것'이다. 아마 손대지 않았을 테고 억지로 먹을 필요도 없지만, 버리기는 아깝다. 끝까지 아무도 가져가지 않으면 내가 가져가도록 하자. 음식 낭비를 막기 위한 소소한 배려는 소시민도 함께할 수 있는 SDGs다.

"어땠어?"

내 모습을 보자마자 두 사람은 벤치에서 일어났다. 남자가 지체 없이 물었다.

"뭐, 일단은 순조로운 것 같은데……."

두 사람은 마주 보고 안도한 듯 표정을 풀었다. 이 두 사람도 여기서 지장보살을 하다가 친분을 쌓은 사람들이다.

남자는 미타에서 아내와 단둘이 사는 전직 회사원. 회사가 망해서 다음 직장을 구할 때까지 입에 풀칠하기 위해 비버 이츠 배달기사 일을 시작했다가 이 '가게'와 만났다. 벌이가 꽤 좋은지라 아직 빠져나갈 계기를 찾지 못했다는 모양이다. 한때는 국교 단절이라고 표현할 만큼 부부 사이가 싸늘

했는데 지금은 개선될 조짐이 보인다고 한다.

그도 나처럼 가지와라 씨의 안건을 맡은 적이 있었다. 그때 '부부'란 무엇인지에 관해 대화를 나누었는데 뜻밖에 죽이 잘 맞았다고 한다. 이미 이혼한 사람과 언젠가 이혼할지도 모르는 사람. 뭔가 통하는 바가 있어도 이상할 건 없다.

한편 여자는 사사즈카에 사는 싱글맘이다. 낮에는 슈퍼 계산대에서 일하고, 밤에는 자전거로 약 40분 거리인 롯폰기 일대까지 나와서 배달에 힘쓴다. 그 부지런하고 억척스러운 모습을 보면 머리가 수그러질 따름이다. 매일 밤 혼자 집을 보는 아들을 위해 한때는 배달기사 일을 그만두려고 했지만, 아들이 "난 괜찮아. 엄마가 열심히 하니까 나도 응원할게" 하고 지지해 주었다고 한다. 지금은 배달 건수를 줄여서 일과 가정을 잘 양립시키는 듯하다.

그녀는 가지와라 씨가 실종됐다고 추정되는 올해 2월에 사장에게 희한한 '심부름'을 부탁받았다. 단골 한정 쿠폰을 배달하되, 우편함에 넣지 말고 직접 건네라는 엄명을 내렸다고 한다. 시킨 대로 가지와라 씨 집을 방문해 현관 앞에서 두세 마디 말을 나눈 것에 지나지 않지만, 처음으로 맡은 '임무'이기도 해서 묘하게 기억에 남아 있다나.

그 외에 안면 있는 배달기사들은 오늘 보이지 않았다. 예를 들어 미스터리 작가와 비버 이츠 배달기사로 투잡을 뛴다는 풍채 좋은 아저씨는 한동안 눈에 띄지 않았다. 책이 잘 팔려서 드디어 전업 작가가 된 걸까. 아니면 마감에 쫓겨서 배달하러 나올 여유가 없는 걸까. 쉽게 진입하고 쉽게 떠나는 업계니까 별일은 아니다.

"네가 없는 사이에 우리 둘이 다시 생각해 봤는데……."

남자가 눈짓하자 여자가 진지하게 이맛살을 모았다.

"배달 당일에 있었던 일을 한 번 더 들려주지 않겠어? 가능하면 '가게'에서 사장과 나눈 대화를 중심으로."

남자의 의도는 잘 안다. 거기에 이번 수수께끼를 풀기 위해 넘어야 할 첫 번째 벽이 있다. 물론이죠, 하고 고개를 끄덕인 후 일단 앉으라고 재촉했다. 두 사람이 벤치에 앉자 나는 그날 일을 한 번 더 기억 속에서 파내기로 했다.

"음, 그날은 분명."

비가 내렸다. 물이 꽉 찬 양동이를 뒤집은 것처럼 주룩주룩. 이런 날에는 굳이 일하지 않아도 될 것 같았지만, 조만간 대학 친구들과 여행 갈 예정이라 목돈이 필요했던 데다 악천후에는 경쟁자도 줄어드니까 롯폰기에 나가 보기로 했다. 그리고 '가게'가 있는 상가 빌딩 출입구에서 비를 피할 겸 지장보살을 하고 있으니 곧 배달 요청이 들어왔다. 수락하고 확인해 보자 배달지는 크레센트 롯폰기 1011호였다. 이 시점에서 나는 주문자가 가지와라 씨라는 사실을 알아차렸다.

‘가게’로 가서 사장에게 음식을 받았다.

―비가 많이 오니까 조심해.

―음식 중 하나가 라면이거든. 넘어져서 국물이 새면 골치야.

출발하기 직전에 사장이 그런 말을 덧붙였다.

기분이 좋았던 걸까, 아니면 그냥 변덕이었던 걸까. 아무튼 사장이 이런 식으로 마음을 써 주는 건 보기 드문 일이다. 하긴 이렇게 비가 펑펑 쏟아지니까, 하고 묘하게 공감했던 것도 기억난다.

“그리고 ‘가게’를 출발해서……” 하고 말을 이으려는데 남자가 “잠깐” 하고 끼어들었다.

“주문자가 가지와라 씨라는 사실을 처음부터 알고 있었다는 거지?”

“네.”

“그걸 사장에게 말하지는 않았고?”

“맞아요.”

즉, 이런 뜻이다. 엘리베이터 방범 카메라에 찍힌 여자가 이번 일의 실행범이고, 내가 배달물을 건넨 사람도 그 여자였다고 치자. 그렇다면 여자는 내가 배달 가기 전에 가지와라 씨 집에 있었던 셈이다. 어떻게? 간단하다. 음식을 배달하러 온 배달기사라고 가지와라 씨를 착각하게 만들면 된다.

실제로 주문을 넣었으니, 그로서는 제일 먼저 찾아온 사람이 진짜 배달기사가 아니라는 걸 알아차릴 수 없었으리라. 그래서 의심 없이 문을 열어 준 가지와라 씨를 습격한 후, 시치미를 딱 떼고 진짜 배달기사인 내게서 음식을 받은 것이다. 요컨대 그 여자는 그때 '가지와라 씨가 비버로 주문했다'라는 사실을 알고서 이용한 셈이다. 그리고 그 시점에 그 사실을 알고 있던 사람은.

"저밖에 없을 겁니다."

물론 가지와라 씨 본인이 지인 중 누군가에게 "방금 비버로 음식을 시켰어" 하고 연락했을 가능성도 없지는 않다. 그리고 그 연락을 받은 누군가, 또는 그 관계자가 배달기사로 위장해 급히 가지와라 씨 집으로 향했다는 시나리오도 완전히 부정할 수는 없다. 하지만 직감상 그건 무리가 있지 않을까 싶다. 가지와라 씨는 무엇 때문에 주문했다고 알렸을까. 알렸다고 한들 범인이 즉시 준비해서 그런 행동에 나설 수 있을까. 아무리 생각해 봐도 의문이 끊이지 않는다.

그렇다면 역시 수상한 건 사장이다. 아니, '수상하다'고 단정하는 건 약간 성급한 것 같지만.

—이번 일에 사장이 얽혀 있는 것 아닐까?

실은 나도 완전히 똑같은 생각이었다. 그날 가지와라 씨가 '가게'에 주문했다는 것. 배달기사로 위장한 누군가가 관여했을 가능성이 높다는 것. 덧붙여 사장의 수하 중에는 '어떤 소식통'이라는 이름의 심상치 않은 기동력을 겸비한 정보원이 있다는 것. 물론 명확한 근거는 없다. 느낌상 그렇다는 것에 가깝다. 하지만 첫 번째 가설보다는 이 세 가지가 비교적 그럴싸하게 다가오는 것도 사실이다.

"다만 역시 문제가 남지만요."

그러자 남자는 "뭐, 그렇지" 하고 고개를 떨구었다.

사장은 내 배달지가 가지와라 씨 집이라는 사실을 알 방법이 없었으니까. 주문이 들어오면 가게에는 주문 시각과 상품 정보만 공개된다. 요컨대 고객 정보는 일절 드러나지 않는 시스템이다. 그렇다면 내가 배달 가기에 앞서 가지와라 씨 집에 배달기사로 위장한 실행범을 보내기는 도저히 불가능하지 않을까 싶다.

남자가 끙, 하고 앓는 소리를 내더니 물고 늘어졌다.

"예를 들어 가지와라 씨가 매번 같은 메뉴를 주문했을 가능성은 없을까?"

"과연……."

그런 사정이라면 100퍼센트는 아닐지언정 주문 내용을 보고 가지와라 씨라고 추측할 수 있을지도 모른다. 하지만.

"그렇더라도 그날은 아니었을 거예요."

"왜?"

"가지와라 씨는 기본적으로 밤에 탄수화물을 안 먹거든요."

―기본적으로 밤에는 탄수화물을 안 먹는데요.

처음 만난 날, 그는 현관에서 쓴웃음을 지으며 말했다. 중년 치고는 마른 체격인 데다 그렇다고 건강에 문제가 있는 듯하지도 않았으니, 자기 관리에 신경 쓰는 것이리라.

한편 그날 밤, 사장은 배달 가려는 내게 충고했다.

―비가 많이 오니까 조심해.

―음식 중 하나가 라면이거든. 넘어져서 국물이 새면 골치야.

"라면은 누가 봐도 탄수화물이죠."

라면을 시키다니 이상하다! 다들 잘 들어라! 이것이 바로 이번 사건의 키포인트다! 그렇게 침 튀기며 강조할 생각은 없다. 평소 탄수화물 섭취량을 철저히 관리하는 보디빌더라면 모를까, 그렇지 않다면 "오늘 한 번쯤은 괜찮겠지" 하고 스스로에게 관대해지는 건 충분히 있을 법하다. 실은 나도 지금까지 열 번 넘게 다시는 술을 마시지 않겠다고 다짐했다. 인간은 이렇게나 의지가 약한 생물이다. 요컨대.

"가지와라 씨가 늘 주문하는 '원픽 메뉴'가 있었더라도, 그게 라면일 가능성은 아주 낮을 거예요."

따라서 사장이 주문 내용을 보고서 가지와라 씨라고 예

측했을 가능성도 극히 낮은 셈이다.

"확실히……."

남자는 팔짱 낀 채 답답하다는 듯 한숨을 내쉬더니 입을 다물었다. 넘어야 할 난관 중 하나가 벌써 벽에 부딪혔다.

"거기에 실종의 수수께끼도 있는 거잖아?"

여자의 한마디에 공원에 더욱 거북한 침묵이 내려앉았다. 현장 상황을 자세히 들은 건 아니지만, 이 또한 넘어야 할 난관이다.

수수께끼의 여자는 가지와라 씨가 주문했다는 걸 어떻게 알았을까. 외출한 흔적도 없이 어떻게 가지와라 씨를 '소실'시켰을까. 무엇보다 정말로 사장이 흑막일까. 그렇다면 이번 의뢰에 사장은 어떤 결론을 준비할까.

"일단 사흘 후를 기다리죠."

아무 묘안도 찾아내지 못한 채, 우리는 헤어졌다.

3

"일단은 전제 조건부터 복습할까."

사장은 지난번과 똑같이 내 맞은편에 앉아 말했다.

사흘 후 밤 9시가 지난 시각. 지시받은 대로 나는 '가게'

를 방문했다.

"가지와라가 실종됐다고 밝혀진 건 지금으로부터 약 한 달 전. 대마 취급법을 위반한 혐의로 가택수색이 실시됐을 때야. 관리인 입회하에 수사원이 집에 들어갔지만, 피의자인 가지와라는 없었어."

"가택수색……."

그랬구나, 하고 납득했다. 예전의 '연립주택 전소 사건' 때 가지와라 씨가 대마 밀매와 재배에 관여했다는 사실이 판명됐다. 실제로 나도 그의 집을 찾아갔을 때 그럴싸한 냄새를 맡았다. 밀고가 있었는지는 모르겠지만, 드디어 가지와라 씨가 수사를 받게 됐다. 과연, 경찰이 하찮은 대학생의 음주와 내기 마작에 신경 쓸 여유는 없으리라.

"가지와라의 행방을 쫓기 위해 수사를 진행한 결과, 다음과 같은 사실이 드러났어."

첫째, 실종된 건 약 반년 전, 올해 2월 10일(정확하게는 11일 새벽)로 추정된다. 둘째, 그 직전에 그가 사는 10층에 드나든 사람은 입주자를 제외하면 나와 그 여자뿐이다. 셋째, 욕실에서 대량의 루미놀 반응이 검출됐으므로 사건에 휘말렸을 가능성이 있다.

"반년 전에 실종됐는데 한 달 전에 가택수색을 할 때까지 아무도 그 사실을 알아차리지 못했다는 점에서 가지와라의 인간관계가 형편없다는 게 여실히 드러나지."

그건 제쳐 놓고, 하며 사장은 손바닥에 턱을 괬다.

"차례대로 검증하자. 첫 번째. 이날 가지와라가 실종됐다고 추측되는 가장 큰 이유는, 그날을 기준으로 수도와 전기 계량기가 전혀 돌아가지 않았기 때문이야."

"뭐, 타당하네요."

실로 단순하면서도 바로 수긍 가는 논리였다.

"두 번째. 가지와라가 사는 크레센트 롯폰기에는 공동현관, 엘리베이터 내부, 그리고 각층 비상계단 출입구에 방범 카메라가 있어. 그런데 2월 10일 밤 11시가 지나서 귀가한 뒤로 어느 방범 카메라에도 가지와라의 모습은 찍히지 않았어."

"엇……."

참으로 기묘한 이야기 아닌가. 나는 아파트 구조를 떠올려 보았다. 엘리베이터는 한 대. 10층에 도착해 문이 열리면 쭉 뻗은 내부 복도가 제일 먼저 눈에 들어온다. 저 안쪽 천장에는 녹색 유도등이 달려 있다. 분명 거기에 각층의 비상계단 출입구가 있으리라. 복도 양쪽에 방이 줄지어 있는데, 가지와라 씨가 사는 1011호는 엘리베이터에서 보았을 때 오른쪽 네 번째 집이다. 복도에는 탈출에 이용할 수 있는 채광창 따위가 없으니까 아파트 밖으로 나가려면, 아니, 다른 층으로 이동하려고만 해도 반드시 엘리베이터나 비상계단을 이용해야 한다. 하지만 실제로는 그 어디의 방범 카메라에도 가지와라 씨는 찍히지 않았다. 즉, 일종의 밀실이다. 크레센트 롯폰기라는 이름의 거대한.

자, 하며 사장이 팔짱을 꼈다.

"다행히 영상 저장 기한이 길어서 경찰이 샅샅이 확인해 봤더니, 문제의 날짜와 시간 부근에 10층을 드나든 수상한 인물은 너와 그 여자뿐이라는 사실이 판명됐어."

덧붙여 그 여자가 공동현관에서 가지와라 씨 집을 호출했는지는 불분명하다고 한다. 공동현관의 자동 잠금 장치 시스템에는 호출된 집 호수와 방문자의 영상을 기록하는 기능이 없으며, 가지와라 씨 집 인터폰에는 영상을 녹화하는 기능이 있지만 전부 삭제됐다고 한다.

"세 번째. 가택수색 때 현관문은 잠겨 있었고, 베란다 창문 등도 마찬가지였지. 얼핏 그냥 외출한 것처럼 보이기도 하지만 아까도 말했다시피 그런 흔적은 카메라에 일절 남아 있지 않았어. 그럼 왜, 그리고 어떻게 가지와라는 자취를 감춘 걸까. 사건에 휘말렸을 가능성을 염두에 두고 실내를 조사한 결과, 욕실에서 대량의 루미놀 반응이 검출된 거야."

참고로, 하고 사장이 말을 이었다.

"실내를 뒤지거나 금품 등을 강탈한 흔적도 없었지. 즉, 절도범이나 강도의 소행으로 보기는 힘들어. 또 곳곳에 가지와라의 것이 아닌 지문과 모발이 남아 있었지만, 누구 것인지는 판별이 불가능해서 수사가 지지부진하다는군.”

여기까지 단숨에 말한 후 사장은 입을 다물고 의자 등받이에 몸을 기댔다. 설명이 일난락됐다고 봐도 되리라.

“저기…….” 나는 말을 꺼냈다.

“뭐지?”

모르겠는 점이 수두룩하지만, 일단 이것만큼은 지적해둘 필요가 있으리라.

“가령 베란다에서 로프를 타고 탈출했을 가능성은요?”

탈출한 후 실 같은 도구로 잔꾀를 부려서 창문을 잠그면 실종 완료다. 구체적인 방법은 전혀 상상이 안 가지만 추리소설에는 그런 트릭이 자주 등장한다고 들었다.

과연, 하고 사장은 요리 모자를 벗어서 테이블에 내려놓았다.

“아쉽지만 그랬을 가능성은 거의 없다고 봐도 무방하겠지. 잔꾀를 부린 흔적을 경찰이 놓칠 것 같지도 않거니와, 무엇보다 주택가 한복판에 있는 아파트의 10층이야. 한밤중에 그랬더라도 목격자가 한두 명쯤은 있겠지.”

“아니, 하지만.”

“이렇게 말하고 싶은 거지? 꼭 땅까지 내려갈 필요는 없다. 협력자가 사는 한 층 아래의 베란다로는 아무에게도 들키지 않고 갈 수 있지 않겠느냐. 감쪽같이 자기 집에서 달아나 지금도 그 협력자 집에 숨어 있는 것 아니겠느냐고.”

“네, 뭐…….”

엘리베이터나 비상계단의 방범 카메라에 찍히지 않고 자기 집에서 홀연히 사라질 수도 있지 않을까. 평소 상상력이 빈약하지만, 이번에는 나름대로 핵심을 찌른 것 같은데.

사장은 말도 안 된다고 일축했다.

“그 가능성도 포함해 아파트 입주자 전원을 수사했어. 결과적으로 누구도 의심할 여지가 없었대.”

“그렇군요…….”

내 의견은 허무하게 격침당했다. 뭐, 내가 떠올릴 정도니까 당연히 경찰도 그 정도 생각은 하리라.

덧붙여, 하고 사장이 얼굴을 확 들이댔다.

“어떤 소식통에 따르면 범인은 그 여자가 거의 틀림없다는 전제로 수사를 진행 중이라는군.”

“네?”

잘못 들었나? 방금 뭔가 엄청나게 중요한 정보가 휙 날아든 것 같은데. 내가 당황스러워하는데도 아랑곳없이 사장은 어디까지나 차분하게 말을 이었다.

“열쇠는 너와 그 여자가 머무른 시간.”

나는 정신을 다잡으며 “아아” 하고 탄식했다.

"네가 10층에서 엘리베이터를 내리고 다시 올라타는 데 걸린 시간은 약 1, 2분이야. 한편 그 여자는 세 시간 넘게 걸렸어. 무슨 범행을 저지르기에는 충분한 시간이지."

평범한 배달기사가 그렇게 오래 머무를 리 없다. 상황 증거만 따지면 도저히 발뺌할 수 없는 수준이다. 너무 어이 없어서 맥이 탁 풀렸다. 내 마음을 들여다본 것처럼 "다만" 하고 사장이 해설을 덧붙였다.

"영상을 확인해 보니 과거에도 배달기사가 그 층에서 '오래 머무른' 사례가 있었기 때문에 그에 관해서도 경찰은 골머리를 앓고 있다는군."

"앗."

"무슨 뜻인지는 알지?"

맹점이었다. 과거에도 배달기사가 오래 머무른 사례. 물론 가지와라 씨가 '종종 나가는 그것'을 주문한 날을 가리키는 것이리라.

배달 요청을 수락한 배달기사는 '종종 나가는 그것'을 주문자에게 배달한 후, 의뢰 내용을 듣고 돌아오는 것이 이 '가게'의 규칙이다. 당연히 한 시간 넘게 걸리는 경우도 적지 않다. 즉, 가지와라 씨가 이 '가게'의 단골 의뢰인이었다면. 이번에 내게 협력해 준 남자 배달기사도 과거에 가지와라 씨의 안건을 맡았다고 했으니 실제로 단골이었겠지만, 그렇다면 그 여자가 오래 머무른 것만이 특별히 부자연스러운 상황은 아닌 셈이다.

"한편 경찰은 배달기사가 그렇게 오래 머무른 것이 대마 거래와 관련 있다고 보고 수사를 진행할 방침이래. 요컨대 '운반책'이 아니겠느냐고 의심하는 것 같아."

과연, 그럴듯하다. 아니, 너무 그럴듯하다.

—이번 일에 사장이 얽혀 있는 것 아닐까?

거기까지 예측했다면. 나무를 숨기려면 숲속에, 라는 말처럼 의혹의 시선을 돌려서 분산시키기로 마음먹었다면.

"다시 말해 애당초 넌 경찰에게 의심받지 않았어."

그 후로 배달기사는 행복하게 살았답니다, 하고 전래동화의 결말 같은 말이 이어지지 않을까 싶은 말투로 사장은 이야기를 끝맺었다. 하지만 내 가슴속에서는 여전히 의심이 소용돌이쳤다. 석연치 않아서 답답한 심정이 가슴속을 맴돌았다.

확실히 이번에 내가 의뢰인으로서 '가게'를 찾아온 건 '내 결백을 증명하고 싶어서', '제삼자에게 내가 결백하다는 사실을 인정받고 싶어서'였다. 그런 의미에서는 방금 설명으로 목적이 달성됐다고 해도 과언이 아니다. 그렇지만.

"원하는 바는 그것만이 아니지?"

시원스러운, 너무 시원해서 한기가 들 것 같은 목소리가 내 고막을 때렸다. 사장은 무미건조하고 무감정한 '텅 빈 구 멍 같은 눈'으로 나를 빤히 바라보았다.

"이번 일의 '진상'을 알고 싶지?"

나는 입을 다물고 그 '공허'한 눈동자를 들여다보았다.

잠깐의 정적. 들리는 것이라고는 윙윙 돌아가는 환풍기 소리뿐. 이 침묵이 대답이나 마찬가지였다.

잠시 후 사장이 요리 모자를 쓰고 무덤덤하게 말했다.

"이번에는 '숙제'가 없어."

"네?"

"조용히 그때를 기다려."

그때. '국물 요리 마코토'라는 가게의 메뉴에 '암호'를 덧 붙인 특별 요리가 추가될 때. 국물 요리 마코토, 즉 진상을 아는 자. 사건의 진상이 똑똑하게 밝혀지는 순간.

지금까지는 대개 '숙제'를 내줬다. 의뢰인에게 듣고 온 내용으로 수수께끼를 모조리 풀기는 어렵기에 '숙제'라는 이 름으로 관계자를 탐문하는 것이 정해진 순서였다. 그런데 이 번에는 '숙제'가 없다. 뒤집어 생각하면 이번에는 모든 단서 가 이미 손안에 있다는 뜻 아닐까. 왜? 사장 본인이 관여했기 때문이다. 그렇게 추측하면 심보가 너무 비뚤어진 걸까.

모르겠다. 사건의 진상도, 사장의 속내도, 전부. 아니, 내 본심조차 행방불명 상태였다. 사장이 범인이길 바라는 걸까,

그렇지 않기를 바라는 걸까.

"이상, 이야기는 끝이야."

나는 자리에서 일어나 성큼성큼 조리 공간으로 향하는 사장의 뒷모습을 묵묵히 바라보는 것이 고작이었다.

4

"일본 경찰도 무용지물은 아니네."

방금 사장과 나누었던 이야기를 전하자 남자는 머리를 긁적이며 그렇게 말했다. 지난번처럼 공원에서 '협력자' 두 명과 만났다.

"우리 집에도 경찰이 왔었어. 예전에 내가 크레센트 롯폰기 10층에 배달 갔다가 한 시간 가까이 돌아오지 않았던 이유를 묻더군. 용케 거기까지 알아냈다니까."

관계자가 아니고서는 이유를 절대로 모를 것이다. 아무리 경찰이라도 이렇게 희한한 '가게'가 있으리라는 상상은 하지 못하리라.

"부인은요? 걱정 안 하시던가요?"

여자가 걱정스럽게 묻자 남자는 어깨를 으쓱했다.

"마침 집에 없어서 잘 넘어갔지."

"그건 안심이네요……."

"일단 '현관에서 이야기를 나누다 보니 말이 잘 통해서 시간 가는 줄 모르고 수다를 떨었다'는 식으로 대답했는데, 분명 안 믿을 거야."

그럴 리가 있냐고 생각하겠지, 하고 남자는 자조적으로 웃었다.

확실히 그럴 리 없다. 오래 알고 지내던 사람이라면 모를까, 초면인 주문자와 배달기사가 마음을 터놓고 한 시간이나 이야기꽃을 피운다는 것은 세상의 도리에 어긋난다. 그렇다면 집에 드나드는 사람이 '운반책' 아니겠냐고 경찰이 의심하는 것도 자연스러운 흐름이리라. 그러나 배달 가서 뭘 했는지 솔직하게 털어놓을 수도 없는 노릇이다.

—덧붙여 이 이야기는 절대로 남에게 발설하지 말도록.

—만약 발설하면…….

목숨은 없다고 생각해.

내가 이 '가게'를 처음 방문한 날, 사장은 그렇게 못을 박았다. 너무 뜬금없어서 속으로 웃었지만, 얼굴에는 드러내지 않았고 드러낼 수도 없었다. 이쪽을 응시하는 두 눈동자가 너무나 차갑고 그저 '공허'하게 느껴졌기 때문이다. 당연히 내게만 그렇게 경고하진 않았을 것이다. 남자가 경찰에게 씨알도 안 먹힐 변명을 늘어놓은 건, 그도 나와 똑같은 소리를 들었기 때문이리라.

이제 와서 이런 말씀을 드리면 좀 그렇지만, 하고 나는 땅바닥으로 시선을 내렸다.

"정말로 사장 짓일까요?"

"무슨 뜻이지?"

"아니, 그러니까……."

손바닥을 홱 뒤집는 것 같아서 정말로 미안하지만 나는 사장이 범인이든 아니든 별 상관없다는 생각이다. 어느 쪽이든 적어도 내게 불이익은 끼치지 않을 테고, 지금까지처럼 돈을 벌게 해 준다면 불만도 전혀 없다. 게다가 가지와라 씨 본인에게도 여러모로 문제가 있었지 않은가. 그렇다고 난폭하게 다뤄도 된다는 건 아니지만, 어쩐지 "자업자득 아닌가?" 하는 생각도 들었다.

아니, 이 설명은 정확하지 않다. 그렇게 스스로를 타이르고 억지로 설득함으로써 판도라의 상자를 열지 않으려 애쓴다고 해야 정확하리라.

실제로는 기회가 있을 때마다 생각한다. 강의를 듣다가, 샤워하다가, 그리고 배달하다가. 늘 뒤에서 숨소리가 들리고, 이루 다 표현할 수 없는 불안에 시달린다. 이 '가게'는 마음만 먹으면 사람 한 명 정도는 간단히 '처리'할 수 있는 걸까. 불가해하고 불가능한 상황에서 경찰의 수사망에 걸리지 않게끔 그런 짓을 어려움 없이 완수할 수 있는 걸까.

예전에 '가게'에 배신행위를 저지른 배달기사가 자취를 감췄다는 이야기를 풍문으로 들었다. 미스터리 작가 겸 배달기사로 일하는 아저씨는 '배달 중에 사고가 나거나 다쳐서 그만뒀을 뿐'이라고 했다. 만약 그 사고가 계획적이었다면. 또는 그 소문 자체가 날조였다면.

알고 싶었다. 하지만 그건 그것대로 두려웠다. 갈등하는 두 심정 사이에 꽉 끼었다. 옴짝달싹할 수도 없는 지경이라 유일한 탈출구라는 심정으로 이 '가게'에 의지하고 있다.

"죄송해요. 저도 아직 제 마음을 잘 모르겠네요."

이렇다 할 마무리나 결론도 없이 도중에 뚝 끊어진 것처럼 말끝이 흐지부지하게 밤이슬 속으로 사라졌다.

'불야성', 도쿄 롯폰기. 그 감미로운 어감에 끌려 이 거리의 공기를 마시면 뭔가 특별한 존재가 될 수 있을지도 모른다고 망상했던 시기도 있었지만, 뚜껑을 열어 보니 별다를 것 없는 거리였다. 뒷골목에서 덩치 큰 문신남들이 피 튀기게 싸웠다든가 클럽 VIP룸에서 쇠파이프를 휘두르며 난투극을 벌였다는 소문은 들어 봤지만, 그런 일들은 평행 세계의 롯폰기에서 벌어지는 진귀한 일화이자 일종의 도시 전설에 지나지 않았다. 그렇지만.

그 '가게'는, 아니, 그 '가게'를 품고 있는 이 거리는 역시 천연덕스러운 얼굴로 엄니를 숨기고 있는 걸까. 내가 몰랐을 뿐 실은 항상 엄니 끝을 목에 대고 있었던 걸까.

한기가 들었다. 뼛속까지 냉기가 스며드는 것 같았다.

뭐, 하고 남자가 쓴웃음을 지었다.

"확실히 사장이 범인인지 아닌지는 아직 모르겠지만, 가능성이 없지는 않다고 생각해."

"나도." 여자가 바로 동의했다. 그에 관해서는 나도 동감이었다. 전에 이야기했던가, 하고 남자가 화제를 바꾸었다.

"예전에 맡았었던 '손가락 없는 시체' 안건."

나는 힘없이 고개를 저었다. 남자는 그렇구나, 하고 중얼거리더니 먼 곳을 보듯 눈을 가늘게 뜨고 설명했다.

"한 남자가 교통사고로 죽었는데, 그 남자의 아내가 남편 시신을 보고서야 왼손 약손가락과 새끼손가락이 없다는 사실을 알아차렸어. 덧붙여 손가락이 없어진 건 사고 때문이 아니야. 이미 치료받은 지 반년 가까이 지난 묵은 상처였지."

"네?" 잘못 들었나 싶어 무심코 여자와 얼굴을 마주 보았다. 뭐야 그게? 배우자의 손가락이 없는 걸 반년 넘게 몰랐다고? 그게 말이 돼?

"결혼반지를 잃어버렸다는 사실을 아내에게 들킬까 봐 겁먹은 나머지 스스로 왼손 약손가락과 새끼손가락을 절단했으리라는 이야기였는데."

한 번 더 말하겠다. 뭐야 그게? 그게 말이 돼?

"남편이 돈을 퍼부었던 호스티스가 그의 손가락을 절단하고 결혼반지와 함께 가져갔다는 시나리오를 아내에게 전한다. 그게 사장이 내린 결론이었어."

"뭐라고요?"

"게다가 사장은 수수께끼를 해결할 때 이렇게 말했지. 반지를 되찾는 수고비도 포함해서 30만 엔으로 할까. 뒷일은 이쪽에 맡겨 둬. 의뢰인에게는 *전부* 돌려줄 테니까, 라고"

"그 말은 즉……."

여자가 떨리는 목소리로 말하자 남자는 의미심장하게 입꼬리를 끌어올렸다.

"곧이곧대로 받아들이자면 반지뿐만 아니라 손가락도 되찾아서 아내에게 돌려주겠다는 뜻이겠지."

온몸에 소름이 쭉 끼쳤다. 실제로 어떻게 조치했는지는 남자도 모른다고 했지만, 말로는 다 표현할 수 없는 으스스함이랄까, 찜찜한 뒷맛이 감돌았다.

그렇게 따지면, 하고 여자가 땅으로 시선을 떨구었다.

"내가 맡은 안건은 그렇게까지 과격하지는 않았지만, 사장은 아주 소상히 알고 있었어."

"뭐를요?"

"긱 워커를 이용한 범죄에 관해."

들어 보니 여자가 예전에 담당했던 안건에서는 긱 워커가 사건의 열쇠를 쥐고 있었다고 한다. 비버 이츠 배달기사가 배달할 때, 편지를 써서 상품과 함께 준다. 편지 내용은 집마다 미묘하게 다르므로, 그중 누군가가 편지 사진을 SNS 등에 올리면 계정과 집 주소를 서로 연결할 수 있다. 그 후 SNS에 올린 글로 생활 패턴 등을 파악해 빈집털이에 나선다고 한다. 당장은 믿기지 않았고 믿고 싶지도 않았지만, 그렇게 조직적으로 범행을 저지르는 범죄 집단이 이 나라 어딘가에 있다는 모양이다.

"완전히 똑같다는 건 아니지만……."

말을 머뭇거리면서도 여자는 의연하게 고개를 들었다.

"어쩐지 우리와 비슷하지 않아?"

여기에도 완전히 동감이었다. 지금 들은 이야기만 가지고 "봐, 역시 사장이 수상하잖아" 하고 단정해서는 안 되겠지. 그래도 "에이, 생사람 잡으면 안 되죠" 하고 웃어넘길 만큼 구체적인 불신감을 지울 수 없는 것도 사실이었다.

같은 생각이었는지 어디까지나 느낌상이지만, 하고 서론을 깔며 남자가 목소리를 한층 낮추었다.

"하려면 할 수는 있을 거야."

뭐, 확실히. 아니, 하지만. "동기는요?" 나는 반론했다.

"어떤 의미에서 사장에게 가지와라 씨는 큰 고객이잖아

요? 단골 한정 쿠폰을 전해 주라고 지시했을 정도니까요.”

시선으로 여자에게 동의를 구하자 여자는 그러게, 하고 어깨를 으쓱했다.

“그렇게 큰 고객을 함부로 다룰까요?”

물론 우리 모르게 가지와라 씨가 ‘가게’에 뭔가 배신행위를 저질렀을 가능성은 있다. 하지만 배달기사와 달리 주문자에게는 이 ‘가게’의 정보를 발설해서는 안 된다는 규칙이 없다는 점이 중요하다. 사용자 대부분이 입소문으로 이 ‘가게’의 존재를 알았다는 것이 증거다. 인터넷에 정보를 공개하면 아무래도 위험할 듯하지만 그 정도는 가지와라 씨도, 아니, 이 ‘가게’의 사용자 대부분이 알고 있으리라.

“저기…….”

갑자기 왼쪽에서 목소리가 들렸다. 움찔하며 고개를 돌리자 옆쪽 벤치에 앉은 남자가 송구스럽다는 듯이 움츠린 자세로 이쪽을 보고 있었다. 나이는 20대 후반에서 30대 초반쯤. 아무런 특징 없이 평범하게 생겼지만, 어째선지 어디선가 본 적 있는 것 같았다.

“훔쳐 들은 것 같아서 죄송합니다만…….”

나는 자세를 가다듬으며 경계심을 드러냈다.

“사흘 전에도 그 일로 이야기를 나누셨죠.”

아아, 그러고 보니……, 하고 기억을 더듬었다.

사흘 전에 이 공원에서 밀담을 나눴을 때, 옆 벤치에 앉아 스마트폰을 들여다보던 '지장보살'이 하나 있었다. 분명 이 남자가 그 사람이리라. 그러나 상대의 의도를 모르기에 함부로 대답할 수는 없었다. 이 사람이 사장의 밀정일 수도 있으니까.

"아, 경계하지 않으셔도 됩니다. 적이 아니라고 할까……, 애당초 적이 존재하는지도 모르겠지만 아무튼 여러분과 같은 쪽이에요."

이 목소리……, 분명 들어 봤다. 어디서지?

"저는 인기가 없어서 배달기사 일로 생계를 꾸리는 예능인이에요."

그 순간 머릿속에서 뭔가가 번쩍했다. 얼마 전 경찰이 찾아왔을 때 틀어 놨던 유튜브. 갓 오브 콩트의 예선 영상. '비대면 배달'을 소재로 한 기발한 콩트.

"혹시 소이카우보이의?"

물어보자 그는 "엇" 하고 눈을 반짝였다.

"알아보시다니 기쁘네요!"

"요전에 예선 영상 봤거든요."

정확하게는 초반부 몇 초지만, 순 거짓말은 아니다.

"고맙습니다. 아직 결승 진출이 정해진 건 아니지만요."

익살스러운 말투로 대답한 그의 얼굴에서 바로 웃음이

사라졌다.

"그런데 아까 그 이야기 말씀인데요."

예능인이라기보다 괴담꾼 같은 목소리였다.

"좀 마음에 걸리는 일이 있어서요."

"마음에 걸리는 일?"

그는 네, 하고 고개를 끄덕인 후 경계하듯 '가게'가 있는 상가 빌딩을 힐끗 보더니 말했다.

"올해 2월경……, 이었죠. 지금도 생생히 기억합니다."

"뭐를요?"

심장이 점점 빠르게 두근거렸다. 위험한 분위기가 풍기는 대화에 일부러 끼어들었으니, 그에 걸맞은 이야기가 틀림없으리라.

"묘한 의뢰를 받았어요."

"사장에게요?"

"아니요."

두 '협력자'와 얼굴을 마주 보았다. 어쩐지 예상했던 전개와 조금 다른 것 같은데. 그게 아니라, 하고 예능인은 목소리를 더 낮췄다.

"종종 나가는 그것을 주문한 의뢰인에게요."

"어떤 의뢰였는데요?"

재빨리 묻자 예능인은 잠깐 뜸을 들이다가 대답했다.

"암살이요."

"네?"

"이 '가게'에서 살인은 맡아 주지 않느냐고 하더군요."

5

머칠 후 오후 6시가 지난 시각.

나는 침대에 드러누워 갓 오브 콩트 예선 영상을 시청했다. 소이카우보이가 펼친 콩트의 나머지 부분이다. '잘 모르겠다'라는 것이 솔직한 감상이었다. 공실인 연립주택의 한 집에 배달이 온 것을 계기로 양쪽 옆집 사람이 말다툼을 벌인다. 과장된 말이나 행동도, 강한 인상을 남기는 대사도, 장면 전환도 없다. 종잡을 수 없는 내용이 펼쳐지는 가운데 시간이 줄줄 흘러갔고, 그 후로 배달물에 대해서는 단 한 번도 언급하지 않고서는 모든 것을 내던지다시피 뜬금없게 콩트가 끝났다.

결코 재미가 없지는 않았다. 난센스랄까, 웃음이 나는 대목은 분명 있었다. 하지만 '여기가 웃을 장면'이라고 명확하게 알 만한 포인트는 눈에 띄지 않았다. 어쩐지 재미있기는 하다. 잘 모르겠지만 피식거린다. 뭐, 이런 감각에 중독되는 것도 이해하지 못할 바는 아니다. 좀 더 집중해서 봤다면 감상이 달라졌을 가능성도 크다.

물론 이러는 동안에도 요전번에 나눈 그 대화가 머릿속을 어른거렸다.

—암살이요.

—이 '가게'에서 살인은 맡아 주지 않느냐고 하더군요.

소이카우보이로 활동하는 예능인이 맞닥뜨린 흉흉한 의뢰. 의뢰인은 40대 중반으로 보이는 여자라고 했다.

—아무래도 판단이 서지 않아서 '가게'로 돌아갔습니다.

—사장에게 솔직히 물어봤죠.

그러자 사장은 담담한 목소리로 대답했다고 한다.

—그다음은 이쪽에서 맡을게.

—상대의 연락처를 알려 줘.

현장에서 들은 의뢰인의 메일 주소를 알려 준 후로, 사장은 그 안건에 대해 전혀 언급하지 않았다고 한다.

이 정도면 '확정'이라고 해도 될 터였다. 가지와라 씨를 죽이고 싶을 만큼 미워해도 이상하지 않을 인물이 있다. 물론 그의 전처다. 그녀는 어디선가 '가게'의 정보를 듣고서 애끓는 심정으로, 실제로 그랬는지는 모르지만, 어쨌든 툭하면 자신을 협박하는 전남편을 죽여 달라고 의뢰하기에 이르렀다. 그리고 사장은 그 의뢰를 받아들였다.

그러나 만약의 만약을 위해 나는 예능인에게 제안했다.

—메신저 아이디를 알려 주시겠어요?

뭣 때문에? 그 여자가 정말로 가지와라 씨의 전처인지 확인하기 위해서다.

'연립주택 전소 사건'이 벌어졌을 당시, 나는 가지와라 씨에게 옛날 가족사진의 사본을 제공받았다. 아들의 중학교 입학식 때 찍은 사진이지만, 동일 인물인지 아닌지 판단할 수는 있으리라.

집에 돌아오자마자 책상 서랍 깊은 곳에 넣어 두었던 사진을 꺼냈다. 그걸 스마트폰 카메라로 찍어서 메신저 아이디를 물어보는 김에 만들어 둔 '협력자'들의 채팅방에 올렸다.

어떤가요?

바로 읽음 표시가 뜨고 답변이 올라왔다.

이 사람이에요!

빙고! 자, 봐라. 결정됐다! 그렇게 쾌재를 부르고 싶었던 건 사실이지만.

나는 메신저 앱을 닫고 스마트폰을 머리맡에 툭 던졌다. 넘어야 할 난관은 여전히 철벽같은 방어를 유지하고 있다. 그 수수께끼의 여자는 가지와라 씨가 비버 이츠로 주문했다는 걸 어떻게 알고 있었을까. 집에서 나간 흔적이 없는 가지와라 씨를 어떻게 '소실'시켰을까.

그뿐만이 아니다. 다시금 생각해 보니 더 사소한 문제는 여기저기 널렸다. 그중 하나가 배달 타이밍이다. '가게'에서 크레센트 롯폰기까지 자전거로 약 10분. 길을 아는 사람이라면 7, 8분 정도로 줄일 수 있으리라. 반대로 말하면 아무리 기를 써도 5분 만에는 못 가는 거리다.

여기서 중요한 점은 비버 이츠는 배달기사가 가게를 출발한 시점에 주문자에게 그 사실을 알려 준다는 것이다. 물론 그런 알림을 일일이 확인하지 않을 수도 있겠지만, '절대로 확인하지 않는다'고 단언할 수는 없다. 그리고 확인했을 경우를 염두에 둔다면, 도착하는 타이밍을 세심하게 조정해야 한다. 너무 일찍 도착해도 부자연스럽고, 너무 늦으면 진짜 배달기사인 내가 먼저 배달을 마친다. 그사이의 빈틈을 노려 가지와라 씨를 급습해야 한다.

덧붙여 비버 이츠 앱으로 배달기사의 위치 정보를 대략 파악할 수 있으므로, 내 움직임에도 주의를 기울여야 한다. 내가 한눈팔지 않고 곧장 가지와라 씨 집으로 향한다는 보장은 없기 때문이다. 어디서 딴짓하거나, 친구와 딱 마주쳐 이야기를 나누거나, 교통사고를 당해 옴짝달싹도 못 하거나 하면 '배달기사는 한곳에 머물러 있는데 어째선지 인터폰이 울리는' 모순된 사태가 발생할지도 모른다. 뭐, 위치 정보 역시 일일이 확인하지는 않을지도 모르고, 정밀도도 100퍼센트 신뢰할 만한 수준이 아니기는 하지만.

다만 해결책이 전혀 없지는 않다. 예를 들어 배달물 속에 GPS를 심어 둔다든가? 그렇게 해서 내 움직임을 파악하며 적절한 순간에 가지와라 씨 집 초인종을 누른다. 현대 기술을 잘 활용하면 이 정도는 아주 간단할 것이다.

아니, 좀 더 단순히 길에 감시자가 있었거나 나 자신이 미행당했을 가능성도 있다. 그렇다기보다 그런 방법이 더 유력하리라. 그렇게 내 행동을 수시로 파악하며 적절한 순간에, 즉 가지와라 씨가 이것저것 확인했더라도 부자연스럽지 않을 타이밍에 가짜 배달기사가 그를 방문한다. 음, 이 방법이면 문제가 생길 것 같지 않다. 품도 많이 들지 않을 테니 이 정도가 현실적이리라.

그러나 아직도 문제가 남았다. 가령 가지와라 씨가 비대면 배달을 지정했다면 어쩔 작정이었느냐는 것이다. 대면 배달이 아니면 가짜 배달기사를 보낸들 닫힌 현관문은 열리지 않는다. 당연히 문이 열린 순간을 노려 쳐들어갈 수도 없다.

아니, 애당초 배달지가 자택이라는 보증조차 없다. 소이 카우보이의 콩트 덕분에 알아차렸는데, 비버 이츠의 주문 방식상 아무도 살지 않는 빈집을 배달지로 지정할 수도 있다. 거기가 주문자의 자택인지 아닌지, 거기 주문자 본인이 있는지 없는지는 따지지 않는다.

요컨대 불확정 요소가 너무 많다는 것이 솔직한 감상이었다. 다른 사람의 행동에 의존하는 부분이 너무 많아서 도저히 잘 풀릴 것 같지 않았다. 물론 그 밖에도 다양하게 손을 써 놓고 이 방법으로 성공하면 이득으로 여겼을 가능성도 있지만, 그렇더라도 엄청난 도박으로 분류해야 마땅하리라.

역시 지나친 생각인가? 우연히 사장이 아주 의심스러워 보이는 상황이 나왔을 뿐인데 우리가 거기에 너무 집착하는 걸까? 뭐, 그렇게 치면 가지와라 씨의 전처가 암살을 의뢰한 일이 허공에 떠 버리지만.

스마트폰이 진동했다. 확인하자 '협력자' 채팅방에 글이 올라왔음을 알리는 배너가 떠 있었다. 천천히 손을 뻗어 지문 인증으로 잠금을 풀었다.

드디어 때가 왔어

그 글 밑에 스크린 샷이 첨부되어 있었다. '국물 요리 마코토'라는 가게의 상품 메뉴. 그 제일 아래에 웃기지도 않는 이름의 '새로운 요리'가 실려 있었다.

드디어 '마지막 단계'에 접어들어 의뢰인에게 보고할 일만 남았다. 이번에는 다름 아닌 내게. 바로 이때를 위해 '암호'를 정해야 한다. 무슨 말이건 상관없지만 예전에 가지와라 씨가 '넘어져도 빈손으로는 일어서지 않는다'를 암호로 정한 게 인상적이어서 관용 표현이 좋지 않을까 싶었다. 큰 의미는 없겠지만 그래도 이래저래 고민한 결과 나는 '협력자'들에게 이렇게 제안했다.

　—'모르는 게 약'으로 하죠.

'긁어 부스럼 만들다'와 끝까지 경쟁을 벌였지만 조심성 없이 '긁으려' 하는 지금, '부스럼 만든다'는 표현은 아무래도 재수 없다고 판단했다.

그렇다, 우리는 알고 싶다. 모르는 게 약이더라도. '암호'와는 모순되지만. 이 사건의 진상을. 사장의 진실을.

아는 순간 돌이킬 수 없을 듯한 불길한 낌새가 느껴져서 이러쿵저러쿵 핑계를 대며 어느 쪽이라도 상관없다고 스스로를 타일렀지만, 역시 결국은 자신의 본심을 거스르지 못한 것이다. 만사 제쳐 놓고 '알고 싶은' 것이다. 호기심은 신이 인간에게 내려 준 가장 숭고하고 위험한 욕구가 틀림없다.

그리고 지금 '국물 요리 마코토'라는 가게의 메뉴에 '모르는 게 약인 완탕 고추장 수프'가 추가됐다. 가격은 10만 엔. 이 가격이 이번 안건의 '성공 보수'인 셈이다. '착수금'과 합쳐서 20만 엔. 예능인 겸 배달기사로 일하는 그 사람도 기꺼이 돈을 보태겠다고 나섰으니 한 명당 5만 엔이다. 기껏해야 수프 한 그릇에 이 가격이라니 순 바가지지만, 사장이 제시하는 금액치고는 꽤 양심적이라고 할 수도 있다.

　알겠습니다

그럼 오늘밤 10시에 평소 보던 공원에서

거기서 주문하죠

그렇게 잇달아 메시지를 보낸 후 크게 심호흡하며 그때
를 대비해 부지런히 마음의 준비를 했다.

"자, 앉아."

그로부터 몇 시간 후, 밤 10시가 지난 시각.

남자 '협력자'가 '모르는 게 약인 완탕 고추장 수프'를 주
문하고, 내가 배달 요청을 수락해 '가게'로 향하자 사장은 시
원스러운 얼굴로 재촉했다. 이 자리에서 '해답'을 알려 줄 모
양이었다. 빨라서 고마울 따름이었다.

"결론부터 말할게."

나는 숨을 삼킨 채 몸을 앞으로 기울였다. 사장의 입에
서 나올 말에 온 신경을 집중했다.

"가지와라의 안건, 범인은 바로 나야."

6

"순서대로 확인하자."

무덤덤하게 말을 잇는 사장을 보고 나는 망연자실한 상

태에 빠졌다. 영문을 알 수 없었기 때문이다. 아니, 물론 무슨 말인지는 알아들었고 원래부터 그럴지도 모른다고 예감하긴 했지만, 왜 이 남자가 범행을 자백한 건지는 전혀 이해가 가지 않았다.

"일단 이번 안건의 의뢰인은 가지와라의 전처야. 들은 바에 따르면 아들 료마는 실화죄로만 처벌됐고 살인 혐의는 받지 않았다는군. 그리고 아니나 다를까, 가지와라가 약점을 잡았어. 자기가 시키는 대로 하지 않으면 경찰에 찌르겠다고 말이야."

어째서지? 어째서 이렇게나 담담히 내게 사건의 배경을 들려주는 거지?

"가지와라는 일주일의 기한을 주며 돈을 요구했어. 전에 없이 막대한 돈을. 경찰에 달려가는 방법도 있지만, 그러면 아들이 저지른 사건을 언급해야 하지. 궁지에 몰린 전처는 이 '가게'의 정보를 듣고 지푸라기라도 붙잡는 심정으로 도움을 요청한 거야."

―암살이요.

―이 '가게'에서 살인은 맡아 주지 않느냐고 하더군요.

"여기서 문제는 주어진 기한이 아주 짧다는 거야. 시간만 충분하다면 방법은 얼마든지 있겠지. 남의 눈이 없는 곳에서 납치하는 정도는 일도 아니지만, 일주일 이내라는 제한

이 붙으면 아무래도 쉽지 않아. 뒤가 구린 짓으로 먹고사는 인간이잖아. 조사해 보니 녀석은 밖을 돌아다닐 때 기본적으로 인적 있는 길만 이용한다더군."

당혹스러워서 두 눈을 되룩거리면서도 한 가지는 수긍이 갔다. 방범 카메라에 찍힐 위험을 무릅쓰면서까지 가짜 배달기사를 보낸 이유다. 솔직히 다른 방법을 써도 되지 않나 싶어서 의아했다. 그야말로 사장 말처럼 '남의 눈이 없는 밤길에서 덮친다'든가. 하지만 시간제한이 있었던 탓에 약간 강경한 수단을 택할 수밖에 없었던 건가.

포인트는, 하고 사장이 손가락을 세 개 세웠다.

"초인종을 누르는 타이밍, 대면 배달, 그 음식을 시킨 사람이 가지와라라는 확증을 얻는 것, 이렇게 세 가지야."

전부 사전에 의문을 느낀 부분이었다. 첫 번째는 어떻게든 되겠거니 했지만 나머지는 해결책이 전혀 떠오르지 않았다.

"초인종을 누르는 타이밍은 간단해."

"배달기사를 미행한다든가?"

얼른 그렇게 말하자 맞아, 하고 사장은 고개를 끄덕했다.

"배달기사의 움직임을 쫓으면 부자연스럽지 않은 타이밍에 녀석의 집을 방문할 수 있어. 품도 거의 들지 않고 제일 손쉬운 방법이지."

그리고, 하고 사장은 손바닥에 턱을 괴더니 몸을 쑥 내밀었다.

"나머지 두 가지는 한 방에 해결할 수 있어."

"어떻게요?"

내가 조급하게 물어보는데도 어째선지 사장은 화제를 바꿨다.

"이런 이야기 들어 봤어? 긱 워커를 이용해 주문자의 SNS 계정을 알아내서 빈집털이를 저지르는 범죄 조직이 있다던데."

"네, 뭐."

여자 '협력자'가 들려주었던 그 이야기이리라. 그나저나 왜 여기서 그 이야기를? 미적지근한 표정으로 "들어 봤는데요" 하고 대답하자 사장은 "음" 하고 고개를 끄덕였다.

"그것의 응용 편이라고 할까. 가지와라 집에 '한정 쿠폰'을 보내 두었지."

"'한정 쿠폰'?"

들은 기억이 났다.

"기일까지 특정 상품을 주문해 집에서 대면 배달을 받으면, 그 후로 안건 상담 비용을 반액으로 할인해 준다는 내용의."

"앗!"

바로 모든 것이 한 줄기 선으로 이어졌다.

—어떤 의미에서 사장에게 가지와라 씨는 큰 고객이잖아요?

—단골 한정 쿠폰을 전해 주라고 지시했을 정도니까요.

올해 2월 사장이 여자 '협력자'에게 시킨 희한한 '심부름'. 게다가 그때 우편함에 넣지 말고 직접 건네라는 엄명을 내렸다고 한다. 분명 가지와라 씨가 못 보고 넘어가지 않도록 하기 위한 방책이었으리라. 그리고 그런 쿠폰을 받으면 '가게'의 단골인 가지와라 씨가 혹하지 않을 리 없다. 다음부터 안건 상담 비용이 반액으로 할인된다니까, 군침이 뚝뚝 흐를 만큼 좋은 조건으로 다가왔을 것이다.

—예를 들어 가지와라 씨가 매번 같은 메뉴를 주문했을 가능성은 없을까?

또 정해진 메뉴가 존재하지 않더라도 주문자가 가지와라 씨임을 알아낼 수 있다. 문구가 미묘하게 다른 편지를 이용해 SNS 계정과 주문자의 주소를 연결 짓듯, 보통 감각으로는 절대로 주문하지 않을 기묘한 음식 조합을 미리 지정해 둔다면.

—음식 중 하나가 라면이거든. 넘어져서 국물이 새면 골치야.

그날 사장은 '음식 중 하나가'라고 말했다. 즉, 라면 외에 다른 음식도 있었다고 봐야 한다. 그런데 이 수법은 이미 알고 있지 않았는가. 모둠 견과류, 떡국, 똠얌꿍, 콩고물을 묻힌 떡. 보통은 상상도 할 수 없는 괴상한 조합. 특정한 음식들을 주문함으로써 발동하는 '비밀 의뢰'. 이건 '가게'에 의사를 표시하기 위해서만 아니라, 특정한 고객을 알아내기 위해서도 써먹을 수 있다.

이런, 이런, 맙소사. 엎어지면 코 닿을 곳에 이렇게 간단한 해결책이 있었을 줄이야.

덧붙여, 하고 사장이 '자백'을 이어 나갔다.

"그중 하나를 라면으로 한 건 배달을 늦추기 위해서였어."

"아아……."

그래선가, 하고 수긍이 갔다. 밤에 탄수화물을 섭취하지 않을 가지와라 씨가 그래도 라면을 주문한 이유. 이 자체는 딱히 부자연스럽다고 할 정도는 아니지만 여기에도 의도가 숨겨져 있었다.

배달해야 할 음식에 국물이 있다는 걸 알면 배달원은 자연스레 신중해진다. 평소보다 속력을 내지 않고, 턱이 진 곳을 극구 피한다. 고객의 불만 제기를 회피하기 위해, 낮은 별점을 받지 않기 위해. 그래서 그날 사장은 일부러 내게 충고한 것이다. 그러면 나를 미행하기 수월할 테고 시간도 벌 수 있을 테니까.

"뭐, 비가 내린 건 우연이었지만."

"그렇겠죠……."

"자, 그렇게 해서 가짜 배달기사가 너보다 먼저 가지와라의 집을 방문했는데."

남은 수수께끼는 어떻게 가지와라 씨를 '소실'시켰느냐다.

"경찰이 엘리베이터에 탄 여자의 사진을 보여 줬지?"

"네? 아, 네……."

또 화제가 바뀌어서 당황스러웠다.

"그때 뭔가 마음에 걸린 점은 없었나?"

"마음에 걸린 점?"

그런 게 있었나? 전체적으로 색조가 어두웠던 데다 화질도 별로였고 무엇보다 반년 가까이 예전 기억과 비교했는지라, 내가 음식을 건네준 여자와 어쩐지 닮았다는 생각밖에 안 들었던 것 같은데.

"균형은 어땠어?"

"균형이요?"

"예를 들면 배달 가방의 크기라든가."

그 순간 온몸의 털이 곤두섰다. 비버 이츠 배달 가방을 멘 사진 속 여자. 체격이 작은지 몸에 비해 묘하게 커 보였던 가방. 고생 많으십니다. 그렇게 큰 짐을 메고 배달하러 다니다니 죽을 맛이겠군요. 그러고 보니 태평하게 그런 생각을 했다.

"설마……."

―그리고 여기서만 하는 이야기인데.

―욕조에서 심상치 않은 양의 루미놀 반응이 검출됐다나 봐.

루미놀 반응. 요컨대 혈흔이 나왔다는 뜻이다. 피비린내를 띤 사건 냄새가 풀풀 풍기는 듯했다.

짐작한 대로야, 하고 사장은 고개를 끄덕였다.

"토막 내면 다 못 넣을 것도 없지."

현기증이 나고 구역질이 치밀었다. 거짓말이다. 제정신이 아니다. 더는 알고 싶지 않았다.

그렇듯 간절한 바람도 헛되이, 사장은 설명을 멈추지 않았다.

"일반적인 배달 가방은 가로 42센티미터, 세로 24.5센티미터에 높이가 43센티미터야. 아무래도 여기에는 다 넣기가 어려우니까 훨씬 큰 가방을 준비했지. 그래도 쉽지는 않겠지만, 다행히 가지와라는 키가 크고 말랐잖아. 피를 뺀 상태로 빈틈없이 담으면 불가능하지는 않아. 입체 퍼즐과 비슷한 셈이지."

목구멍이 얼얼하고 뜨거웠다. 위산이 턱밑까지 올라왔다.

"덧붙여 굳이 현관문을 잠근 건 시간을 벌기 위해서야."

……무슨 시간? 궁금했지만 입을 열면 웩웩 토할지도 모른다. 살아 있는 인간은 실현 불가능한 자세로 배달 가방에 입체 퍼즐처럼 담긴 가지와라 씨. 가방 밑바닥에서 생기를 잃은 눈동자로 멍하니 위쪽을 올려다본다. 그런 광경이 머릿속에 들러붙어 떨어지질 않았다. 간신히 위액을 삼키고 겨우 입을 열었다.

"그런데 그……, 처리는?"

시체라는 말은 입이 찢어져도 꺼낼 수 없었다. 그래도 물어보지 않을 수 없었다. 그런 나 자신이 너무나 싫었다. 하지만 여기까지 왔다. 이제 와서 돌아갈 길은 없다. 끝까지 돌진해서 정면충돌하는 수밖에.

그리고 실제로 시체 처리가 문제인 건 틀림없다. 설마 특별히 준비한 그 가방에 넣어 두지는 않았을 테니 도쿄만에 가라앉혔을까, 첩첩산중에 묻었을까, 아니면 불태웠을까.

"간단해."

무미건조하고 무감정한 '텅 빈 구멍 같은 눈'. 칠흑 같은 어둠으로 통하는 '공허'.

"이 '가게'의 가장 큰 특색은 뭘까?"

“네?”

또 화제가 예상치 못한 쪽으로 방향을 틀었다. 그러나 질문을 받았으니 생각해 보았다. 이 ‘가게’의 가장 큰 특색. 그야 물론 일정한 절차를 밟음으로써 ‘수수께끼 풀이’를 의뢰할 수 있다는 점이리라. 전국 방방곡곡 어디를 찾아봐도 이런 ‘가게’는 또 없을 것이다. ‘고스트 레스토랑 겸 탐정 사무소.’ 다각 경영의 끝판왕이다.

간신히 목소리를 짜내서 그렇게 설명하자 아니지, 하고 사장은 고개를 저었다.

“정답은 풍부한 메뉴야.”

“네?”

“같은 조리 공간에서 서른 개가 넘는 음식점의 메뉴를 제공한다는 점이라고.”

“어……”

설마. 설마 그런.

“걱정하지 마. 손님이 눈치채지 못할 크기로 잘랐으니까.”

이번에야말로 위액이 목구멍을 솟구쳐 올라 입속까지 역류했다. 시큼한 맛이 입안 가득 퍼졌고 콧속이 찡하니 아팠다. 뜨겁고, 시큼하고, 진땀과 눈물이 멈출 줄 몰랐다.

배달기사 여러분, 다음 가게는 빌딩 3층으로 가 주십시오

상가 빌딩 앞에 세워 놓은 입간판. 거기에 적힌 어마어마하게 많은 가게 이름. '태국 요리 전문점 왓포', '원조 꼬치 튀김 가쓰카와', '카레 전문점 코리앤더', '본격 중화요리 진반채가', '반두의 차와 포' 등등. 족히 서른 개가 넘는 숫자다. 일식, 양식, 중식 등 온갖 입맛에 대응할 수 있다.

확실히 이러면 눈치채지 못한다. 부위별로 나눠서 섞어 넣는 것도 불가능하지는 않다. 하지만 정신 나간 짓이다. 인간의 도리를 저버린 짓이라고밖에 표현할 방법이 없다.

"시간을 번다는 건 이거야."

사장이 안쪽의 거대한 업무용 냉장·냉동고에 힐끗 시선을 주었다. 그 순간 나는 그가 의도하는 바를 알아차렸다. 번 시간을 어디에 사용했는가. 비교적 장사가 잘되는 '가게'이기는 하지만 고기를 저며서 사용한다면 나름대로 많은 요리가 나가야 한다. 따라서 그 시간을 번 것이다. 사태가 발각되기 전에 모든 처리를 끝낼 수 있도록. 어쨌거나 생고기니까. 상온에 방치하면 구더기가 끓겠지만 냉동과 냉장을 해 두면 한동안은 문제없다.

배달 가방 밑바닥에 잠든 가지와라 씨의 이미지가 순식간에 다른 것으로 바뀌었다. 보통 사람이라면 평생 들어갈 일 없는 극한의 땅. 좁고, 어둡고, 누구의 시선도 닿지 않는 곳. 일찍이 신체의 일부였던 부위들은 차례대로 그곳에서 조리 공간으로 여행을 떠난다.

그만해. 더는 상상하지 마. 다시 위액을 삼키고 쉰 목소리를 짜냈다.

"그런데……, 왜죠?"

사장은 의아해하는 표정으로 고개를 기울였다.

"왜냐니?"

"왜 자백한 겁니까?"

가지와라 씨가 실종된 안건은 이것으로 전부 해결됐다. 가짜 배달기사를 가지와라 씨 집으로 보낸 방법도, 집에서 가지와라 씨를 '소실'시킨 과정도. 하지만 이것만큼은 아무래도 이해가 가지 않았다. 왜 자신의 범행이라고 내게 밝혔는가. 내가 경찰에 신고하면 어쩔 작정일까.

설마 이다음에 나도……. 그런 예감이 등골을 타고 올라와서 당장이라도 벌떡 일어나 도망치려 한 순간이었다.

"이봐, 착각하지 마."

사장이 따끔하게 한마디했다.

"전에도 말했을 텐데."

무슨 소리일까. 엉거주춤한 자세를 풀고 다시 의자에 앉았다.

"난 '탐정'이 아니라 어디까지나 '셰프'라고."

아아, 그러고 보니. 어렴풋한 기억이 되살아났다. 분명 예전에도 들었던 말이다. 내가 아직 이 '가게'에 드나든 지 얼마 되지 않았을 무렵이었다.

"여기는 음식점이야. 그렇다면 해야 할 일은 하나."

고객의 허기진 배를 채워 주는 것.

"단지 그것뿐이지."

이 또한 예전에 들었던 말과 똑같았다.

어떤 욕구에 굶주린 사람들의 허기진 배를 채워 준다. 목격 증언과 현장 상황 등 객관적 사실이라는 이름의 '소재 본연의 맛'을 살리면서도 고객의 '취향'에 맞춰 조리하고 양념한다. 그것이 바로 이 독특한 '고스트 레스토랑'의 존재의 의이자 가치다.

"난 '진실' 따위는 단 한 번도 말한 적 없어. 이 '가게'에서 제공하는 건 어디까지나 고객이 원하는 '맛', 요컨대 '해석'에 지나지 않아."

진실을 말한 적 없다. 해석에 지나지 않는다.

"요금을 치렀으니 이번에 넌 이 '가게'의 정식 고객이야. 그리고 난 그 고객이 원하는 맛을 제공했지. '셰프'로서 당연한 일을 했을 뿐이야."

그도 그럴 것이, 하며 사장은 요리 모자를 벗고 앞머리를 쓸어올렸다.

"이상하다 싶었거든."

"이상하다고요?"

"과거에 접점이 있었다고는 해도 네게 가지와라는 생판 남이야. 게다가 그는 돼먹지 못한 인간이지. 확실히 기묘하게 실종되기는 했지만, 생판 남인 네가 그렇게 집착할 만한 일은 아닌 셈이야. 그런데 넌 '협력자'를 끌어들이면서까지 열의를 보였고, 착수금 10만 엔도 아까워하지 않았어."

어째서일까?

"알고 싶었기 때문이겠지?"

할 말이 없었다. 사장의 눈동자를 들여다보는 것이 고작이었다.

"그것도 '어떻게 실종됐는가'를 알고 싶었던 게 아니야."

그게 아니라.

"내가 관계된 이 '가게'는 마음만 먹으면 사람 한 명 정도는 쉽사리 '처리'할 수 있는 걸까. 나는 그런 위험한 곳에 드나드는 건가. 그걸 알고 싶었기 때문이겠지? 날 의심한 거야."

그렇지 않다고 부정해 봤자 헛수고이리라. 전부 사장이 지적한 대로니까.

"그리고 그 예상은 즉시 확신으로 바뀌었어. 몇몇 배달 기사가 갑자기 과거의 안건을 들춰냈거든. 한 명은 '반지를 돌려주기로 한 일은 어떻게 됐느냐', 한 명은 '단골 한정 쿠폰

의 내용은 무엇이냐', 그리고 나머지 한 명은 '암살 의뢰 안건
은 진척이 있느냐'라고 물어보더군. 감이 딱 왔지. 과연 그들
이 '협력자'인 건가, 하고 말이야. 질문 내용으로 보건대 내게
의혹의 시선을 향한 게 분명했어."

따라서 거기에 맞는 스토리를 준비한 것이다. 암살 의뢰
가 있었다는 것, 묘한 '심부름'을 시켰다는 것. 그러한 정보가
공유됐다는 걸 전제로 모든 의문을 설명할 수 있는 '이야기'
를 만들어 낸 것이다. 뭐, 그렇게 따지면 '반지를 돌려준다'는
안건만 방치된 것 같기도 하지만.

그렇게 생각한 것도 잠시, 덧붙여, 하고 사장이 입꼬리
를 끌어올렸다.

"아마 걱정할 테니 그에게 전해 줘. 반지에 관련된 안건
은 아무 탈 없이 잘 해결했다고."

아까 그 생각은 취소, 방치된 게 아니었다.

―곧이곧대로 받아들이자면 반지뿐만 아니라 손가락도
되찾아서 아내에게 돌려주겠다는 뜻이겠지.

머릿속에 그 말이 되살아났다. '아무 탈 없이 잘 해결했
다'는 건 '손가락도 함께 돌려줬다'는 뜻일까. 분명히 말하지
는 않았지만 그렇게 '해석'하는 게 타당하지 않을까. 그럼 그
손가락은 대체 어디서 조달했을까. 짚이는 구석이 하나 있었
다. 적어도 올해 2월에는 이 '가게'에 제공할 수 있는 손가락

이 있었을 것이다.

아니, 그렇지만. 아무래도 너무 지나친 생각일까. 다른 사람의 손가락을 본인의 손가락으로 속여서 돌려준 게 아니라, 그냥 '안타깝게도 손가락은 이미 처분했다'라고 설명했고, 의뢰인은 그 설명에 수긍하고 넘어간 걸까. 의심에 사로잡혀 괴로워하는 나를 본체만체 들어 봤으려나, 하고 사장은 고개를 갸웃했다.

"니체의 말 중에 '사실은 존재하지 않는다. 존재하는 건 해석뿐이다'라는 말이 있어."

처음 듣는 격언이었다. 사실은 존재하지 않는다. 존재하는 건 해석뿐. 그렇구나 싶었다.

지금까지 사장이 제시한 해답은 전부 '예시 답안' 중 하나였다. '연립주택 전소 사건' 때도 '달리 해석할 길'이 남아 있었고, '협력자'들이 과거에 담당한 안건도 마찬가지이리라.

이번에도 그렇다. 사장이 손을 썼다면 이러한 방법이 있다, 그렇게 하면 앞뒤가 맞는다는 하나의 '예시 답안'을 제시했을 뿐, 다른 가능성이 완전히 부정된 건 아니다. 단순히 주문자가 원하는 '진상'을, 욕구가 충족돼서 덥석 매달릴 '해석'을 눈앞에 내미는 것에 지나지 않는다.

"서글프게도 인간은 궁금증을 못 참는 생물이야. 모르

는 걸 기피하고 수긍이 가는 설명을 찾지."

이번엔 나 자신이 바로 그랬다.

"무슨무슨 일의 진상은? 무슨무슨 일의 진실은? 그게 '사실'이라는 확증은 영원히 얻을 수 없을 텐데도 필사적으로 찾아다니지. 그리고 최종적으로는 진상이니 진실을 찾아 낸 것처럼 굴어. 범인이 자백했다? 거기에 거짓이 섞여 있지 않다고 어떻게 단언하지? 꼼짝 못 할 증거? 그걸 뒤집을 만한 물증이 어딘가에 잠들어 있지 않다고 어떻게 단언하지?"

할 수 없다. 절대 불가능하다. 그렇게 따지고 들면 더는 아무것도 믿을 수 없다.

그렇기에, 하고 사장은 의자 등받이에 몸을 기댔다.

"난 명탐정인 양 '이것이 유일무이한 진상이다'라고 말한 적이 단 한 번도 없어. 물론 그중에는 신의 눈으로 보면 진상을 맞힐 수 있는 안건도 있었겠지만, 내 알 바 아니야."

내 알 바 아니야. 시원시원하게 느껴질 만큼 명쾌한 사고방식이었다. 그렇다고 대뜸 받아들일 수 있는 사고방식은 아니었지만 아쉽게도 반론할 말이 없었다.

"이번에 넌 '모르는 게 약'이라는 말을 '암호'로 삼았는데, 내 입장에서 정확하게 말하자면 이래."

알고 싶다면 가르쳐 주겠다. 결핍됐다면 채워 주겠다.

"다만 진실은 도외시해라."

정말로 그래도 될까 싶기는 했지만, 실제로 나는 현재 충족된 상태다. 사건의 '진상'을 알았고, 이 '가게' 더 나아가 사장에 대한 의혹은 해소됐다. 이 '가게'는 마음만 먹으면 사람 한 명 정도는 쉽사리 '처리'할 수 있다. 불가해하고 불가능한 상황에서 경찰의 수사망에 걸리지 않게끔 그런 짓을 어려움 없이 완수할 수 있다. 그건 그것대로 무시무시하지만, 말로는 다 못 할 불안감과 불신감에 시달리며 이래저래 상상을 부풀릴 필요는 없어졌다. 확신하고 수긍한 결과 가슴속에서 소용돌이치던 찜찜함은 흔적도 없이 사라졌다.

과거의 의뢰인들도 다들 이랬으리라. 중요한 점은 덥석 매달릴 만한 '해석'을 눈앞에 늘어뜨리는 것이다. 그게 진실인지 아닌지는 문제가 아니다. 그런 건 아무래도 상관없다. 모르는 게 약, 아니, 진실은 도외시해라. 말은 그렇지만.

"만약 제가 지금 들은 이야기를 경찰에 진술하면 어쩌시려고요?"

나도 모르게 그런 말이 튀어나왔다.

아니, 그뿐만이 아니다. 만약 아까 '아무 탈 없이 잘 해결했다'라는 말이 가지와라 씨의 손가락을 '손가락 없는 시체'의 손가락인 것처럼 꾸며서 돌려줬다는 뜻이라면, 그건 엄연한 증거가 되지 않을까. 사장이 가지와라 씨를 암살했는지 어쨌는지는 '해석'하기 나름이지만, 그것이 '손가락 없는 시체’의 손가락이 아니라는 사실은 감정하면 ‘사실’로 드러날 것이다.

하지만 사장은 여유만만하게 콧방귀를 끼었다.

“넌 그런 짓 못 해.”

“어째서요?”

“그야 첫날에 말했잖아?”

—덧붙여 이 이야기는 절대로 남에게 발설하지 말도록.

—만약 발설하면…….

목숨은 없다고 생각해.

“아니야?” 사장이 고개를 갸우뚱했다.

어쩐지 숨통을 조이는 듯한 압박감. 무미건조하고 무감정한 ‘텅 빈 구멍 같은 눈’. 칠흑 같은 어둠으로 통하는 ‘공허’.

나는 생침을 꿀꺽 삼켰다. 확실히 그냥 말해 봤을 뿐, 그런 짓을 할 마음은 눈곱만큼도 없었다. 그랬다가는 가지와라 씨와 같은 전철을 밟을 거라고 온몸의 세포가, 생존 본능이 경고했으니까. 실제로 어떻게 되는지는 상관없다. 중요한 건 내가 어떻게 ‘해석’하느냐 뿐이다.

그때 조리 공간에 놓아둔 태블릿PC에서 띠리링, 하고 소리가 났다. “앗.” 내가 눈을 돌렸을 때 사장은 이미 태블릿PC 앞으로 향하고 있었다.

"주문인가요?"

"그런 것 같아."

"메뉴는요?"

"종종 나가는 그것."

종종 나가는 그것. 즉, 모둠 견과류, 떡국, 똠얌꿍, 콩고물을 묻힌 떡. 보통은 상상도 할 수 없는 괴상한 음식 조합이지만, 그렇기에 굳이 이런 메뉴를 주문하는 손님에게는 공통점이 하나 있다.

그렇다, 그들 모두 한결같이 원한다. '진실'을……, '진실'이라는 이름으로 포장된 '해석'을. 그리고 그 해석으로 허기진 배를 채우고 싶어 한다. 그 허기는 채워져야 할까, 아니면 굶어 죽게 놔둬야 할까. 나 자신이 '채워진 쪽'에 해당하는 지금도 판단하기가 쉽지 않다. 채움으로써 심적으로 편안함을 얻는다면 괜찮지 않을까 싶기도 하고, 결국은 속임수에 불과하지 않나 싶기도 하다.

모르겠다. 모르겠지만 오늘도 주문이 끊이지 않는다. 서글프게도 인간은 궁금증을 못 참는 생물이기에.

사장은 조리 공간에 서서 담담히 요리 모자를 다시 썼다.

"자, 또 어딘가의 누군가가 곤란한 상황에 빠진 모양이군."

일상 속의 비일상을 해결하는
현대판 안락의자 탐정

유키 신이치로는 현대인의 삶에 새로이 등장한 문화나 기술을 작품에 잘 녹여 내는 작가다. 그는 에도가와 란포나 아유카와 데쓰야 등 선배 미스터리 작가는 절대 쓸 수 없는 이야기를 쓰고 싶었다고 한다. 그리하여 『#진상을 말씀드립니다』에서는 유튜브, 데이트 앱, SNS 등을, 『어려운 문제가 가득한 레스토랑』에서는 배달 앱, 배달 전문점, 그리고 배달 기사를 소재로 삼았다.

어느새 우리 일상이 된 배달 앱. 한 번도 안 써 본 사람은 있을지 몰라도 한 번만 써 본 사람은 없으리라. 그런데 이 배달 앱으로 실종, 도난, 살인까지 여러 수수께끼 풀이를 주문할 수 있다면? 고객이 배달 앱으로 주문하면, 배달 기사가 정보를 수집하고, 배달 전문점 사장이 가게에서 한 발짝도 움직이지 않고 미스터리를 해결한다. 그리고 배달 기사가 고객에게 해답을 배달한다.

이것이야말로 현대판 안락의자 탐정이다. 설정만 보면

아기자기한 일상 미스터리를 다룰 것 같지만 화재 현장에서 발견된 의문의 시체, 생전에 아내 모르게 손가락 두 개를 잃어버린 남자, 배달 음식을 받은 후 자신의 아파트에서 감쪽같이 사라진 인물 등 일상 속 비일상을 다룬다. 이렇듯 알싸한 수수께끼가 독자의 입맛을 한껏 돋운다.

『어려운 문제가 가득한 레스토랑』에는 수수께끼와 수수께끼를 푸는 명탐정이 등장하지만, 존재 자체가 수수께끼인 이 고스트 레스토랑(배달 전문점)의 사장은 "난 '탐정'이 아니라 어디까지나 '셰프'야"라고 말한다. 음식점의 존재의의는 어디까지나 고객의 허기진 배를 채워 주는 것이라면서. 어쩌면 이 작품은 탐정이 제시한 해결이 유일한 진실인지를 작품 속에서는 증명할 수 없다는 '후기 퀸 문제'에 대한 저자 나름의 해답일지도 모르겠다.

저자의 인터뷰 내용 중 일부를 인용하며 역자 후기를 마치겠다. "독자의 다양한 요구에 부응할 수 있도록 수수께끼 풀이, 서스펜스, 휴먼 드라마, 아이러니 등 다양한 요소를 가득 채워 넣었습니다. 분명 어떤 분이라도 만족하시지 않을까 싶습니다. 부디 방문해 주시기 바랍니다."

2026년 2월

김은모

참고 도서

제임스 블러드워스, 『고용된: 저임금의 영국에서 6개월 동안의 잠입 취재Hired: Six Months Undercover in Low-Wage Britain』, Atlantic Books, 2018

와타나베 마사시, 『40대 우버 이츠 배달기사 녹초 일기アラフォーウーバーイーツ配達員ヘロヘロ日記』, 와니북스, 2021

니시키고이, 『웅크렸던 중년의 역습くすぶり中年の逆襲』, 신초샤, 2021